KB187119

FANTASTIC ORIENTAL HEROES

무림의 여신

무림의 여신 3

아랑 新무협 판타지 소설

초판 1쇄 찍은 날 § 2004년 1월 26일
초판 1쇄 펴낸 날 § 2004년 2월 6일

지은이 § 아랑
펴낸이 § 서경석

편집장 § 문혜영
편집 책임 § 김희정
편집 § 장상수 · 김민정
마케팅 § 정필 · 강양원 · 이선구 · 김규진 · 홍현경

펴낸곳 § 도서출판 청어람
등록번호 § 제1081-1-89호
등록일자 § 1999. 5. 31
어람번호 § 제2-0323호

주소 § 경기도 부천시 원미구 심곡1동 350-1 남성B/D 3F (우) 420-011
전화 § 032-656-4452 팩스 § 032-656-4453
E-mail § eoram99@chollian.net

ⓒ 아랑, 2003

값 8,000원

ISBN 89-5505-937-X 04810
ISBN 89-5505-934-5 (SET)

3

무림대전 武林大戰

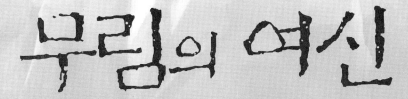

FANTASTIC ORIENTAL HEROES

아랑 신무협 판타지 소설

무림의 여신

도서출판

청어람

목 차_____

18

막은 오르고…

一片花飛 (일편화비)

꽃잎 한 장 날려

― 杜甫 (두보)

一片花飛減却春 (일편화비감각춘)

꽃잎 한 장 날 듯이 봄은 사라지,

風飄萬點正愁人 (풍표만점정수인)

흩날리는 꽃보라에 시름만 깊어가네

且看欲盡花經眼 (차간욕진화경안)

꽃이야 피었다 금세 또 지는 것,

莫厭傷多酒入脣 (막염상다주입순)

몸에 병 많다 술 마심 주저하랴.

― 一片花飛 (일편화비) 중 (中)

막은 오르고…

진회하(秦淮河). 금릉을 가로지르는 이 강가의 아침은 지극히 조용했다. 불야성을 이루었던 지난밤이 무색해지리만치 고요해, 들리는 것은 간간이 들리는 노 젓는 소리뿐이었다. 하지만 지난밤의 흔적들을 말해주듯 강가 여기저기에는 꽃잎들과 버려진 등들이 둥둥 떠다니고 있었다. 진회하에서도 기루들이 모여 있는 홍등가 주변은 특히 더 그러했다. 밤새 진회하에 배를 띄우고 뱃놀이라도 즐긴 듯 둥둥 떠다니는 술병들을 보라.

"적응이 안 되는군."

막 운기조식을 끝낸 단화우는 쓴웃음을 지었다. 섭능파를 따라 기루에 잠시 머물기로 한 것까지는 좋은데 밤만 되면 내걸리는 홍등의 불빛과 기녀들의 웃음소리, 주객들의 주정 소리에 밤새 잠을 이루지 못했다.

소란스러웠던 밤과는 달리 아침은 놀라우리만치 고요해 단화우는 잠을 못 잔 피로감을 씻어내기 위해 새벽부터 운기조식을 시작했던 것이다.

"형님, 일어나셨습니까?"

뒤에서 들리는 인기척을 이미 알아채고 있었기에 단운향이 불쑥 말을 걸었지만 그는 별로 놀라지 않았다. 그저 살짝 고개를 돌려 화답을 해주었을 뿐이다. 단운향은 화우의 옆에 와서 가만히 섰다.

"머물 곳이 정해져서 좋긴 한데, 적응하기 영 힘들군요."

"그렇구나. 다른 사람들은 모두 일어났느냐?"

"알 게 뭐랍니까. 저 역시 밤새 한숨도 이루지 못했으니 아마 다들 새벽쯤에야 곯아떨어졌을 겝니다."

푸념하는 동생이 화우의 눈에는 마냥 귀여워서 머리를 한번 쓰다듬어 주었다. 물론 마교 사람들이 화우의 표현을 들었으면 눈을 까뒤집으며 반론을 제기했을 터이지만 본인이 그렇다는데 어쩌겠는가. 사실 운향은 입만 다물고 잠자코 있으면 보기 드문 미소년으로 완전히 장성한 청년 때가 기대되지만, 그의 성격이 드러나면 모두 하늘은 공평하다는 생각을 하며 고개를 절레절레 내젓는다. 허구한 날 옷에 묻어 있는 게 핏자국이요, 치료를 빙자해 멀쩡했던 사람을 아주 병신 중의 병신으로 만들어놓지를 않나, 해부라는 소리만 들으면 자다가도 벌떡 일어나는 조금 비정상적인 행각을 일삼는 놈이니 그 얼굴이 아무리 조각 같고 보기 드문 미소년이라 해도 그다지 가까이 하고 싶은 사람이 없는 것이다.

며칠 전부터 금릉은 더욱더 술렁이고 있었다. 원래 무림대전이 열리기 전부터 대전에 참가하기 위해 찾은 무림인들 덕분에 금릉 전체가 북적이는 것이 사실이었으나 호사가들에 의해 여러 소문들이 돌고 있어 더욱 그러했다. 마교의 교주와 천안의 주인이 처음으로 모습을 드러낸다는 것과 필연적으로 대결하게 될 백도의 맹주 헌원가진과 누가 더 강할 것인가를 놓고 내기를 거는 사람들도 곳곳에서 생겨난 듯했다. 거기다가 대전이 열리기 불과 며칠 정도밖엔 남지 않았건만 마교 쪽 인사들은 도착의 기미도 보이질 않는 것이다.

어느 정도 큰 세력을 이끄는 우두머리들은 하나도 빠짐없이 당도한 상태인데 마교 쪽은 이렇다 할 움직임조차 없어 내기는 점점 헌원가진 쪽으로 기우는 듯했다. 마교의 교주 쪽은 이렇다 하게 알려진 사항이 하나도 없다는 것도 이유라면 이유랄 수 있었다.

"슬슬 들어가서야 하지 않습니까?"

"아직 괜찮다. 괜히 이목을 집중시키고 싶지 않으니 당일에 들어가자꾸나."

아직 며칠 정도의 여유가 남았으니 한가로움을 좀 더 즐기기로 마음먹었다. 사실 안 들어가고 버팅기고 있는 이유는 수배해 놓은 은평의 소식이 있을까 기대하는 마음도 약간은 작용한 듯 보이지만, 금황성에 꼭꼭 틀어박힌 은평이 마도인들의 눈에 띌 리가 있겠는가.

"이런 곳에 있었습니까?"

사락사락하는 옷자락 소리와 함께 능파의 목소리가 들려왔다. 인기척은 느끼고 있었지만 섭능파의 걸음걸이는 바로 곁에 왔을 때까지 느끼지 못할 정도로 정교했다.

"…그다지 자신을 드러내고 싶지 않은 것과, 뭔가 좋은 소식이 있을까 그것을 기다려 보는 마음은 잘 알겠습니다만, 더 이상 미룰 수 없습니다. 당일보단 오늘 들어가도록 하지요. 오시(午時)쯤에 출발토록 백발문사에게 말해 두겠습니다."

"……?"

화우의 눈가에 어째서라는 기색이 비춰졌다. 양미간을 살짝 찌푸린 그의 표정에 능파가 화사한 미소를 지었다.

"대전을 치르기 전에 백도와 마도의 대표가 만나는 것은 오랜 관례입니다. 더구나 오랜 봉문을 깨는 마교입니다. 예전의 세를 회복하기 위해서는 할 일이 많습니다. 지난 세월 동안 키워온 저력을 강호에 보이는 겁니다. 그것이 교주로서 해야 할 일이지요."

"난 명성이든 뭐든 아무래도 상관없소. 마음껏 무공을 익히는 것만으로 만족한다오. 그나저나 관례라니 만나긴 만나야겠군."

"욕심이 없는 사람이군요, 단은……. 어쨌든 용건은 끝났으니 이만."

화우의 푸념 어린 대답에 섭능파는 교구를 돌렸다. 백발문사와 의논해야 할 일도 아직 조금 남아 있었고 자신 역시 천안의 주인으로서 할 일이 여기저기 산재해 있었다.

나른하게 퍼지는 햇살이 졸음을 유발시키는 오후였다. 막 오시가 지나서인지 인적이 점점 끊기고 있었다. 점심 식사를 끝낸 후 몰려오는 졸음을 참지 못하고 팔자 좋게 오수(午睡)를 즐기는 자들 탓일 것이다. 아마도 조금 더 지나면 아주 조용해질 터였다.

백의맹의 정문을 지키는 외당 휘하의 서기들도 예외는 아닌지라 꾸벅꾸벅 졸고 있었다. 어차피 중요한 인물들은 거의 맹을 방문했고 이젠 명부(名簿)에 이름을 올리기 위해 오는 자들은 거의 대부분이 강호의 어중이떠중이들이었기에 몇몇은 아주 팔자 좋게 늘어져 있었다. 서기들과 같이 문을 지키는 몇몇 호법들은 서기들이 잔다고 해서 자신들역시 따라 잘 수는 없었기에 애써 졸음을 떨쳐 냈다.

"…어라? 이런 시간에도 오는 자들이 있나……?"

호법 중 하나가 고개를 갸웃거렸다. 멀리서 몇몇 인영들이 보였던탓이었다. 굉장히 조촐해 보이는 조합이라 호법은 언제나 그렇듯이 어중이떠중이로 결론을 내렸다. 그리고 앞에서 꾸벅꾸벅 졸고 있던 서기하나를 흔들어 깨웠다. 어중이든 떠중이든 명부에 이름은 올려놓아야하지 않겠는가.

인영은 모두 여섯이었다. 궁장 차림의 면사여인, 자의경장 차림의소녀, 그리고 난삼(襴衫) 차림의 죽립을 쓴 호리호리한 체구의 소년, 흑의무복을 걸친 죽립의 사내, 그리고 백색의 학창의를 깍듯이 갖추어 입은 죽립의 사내와 얇고 헐렁한 겉장포 하나만을 걸치고 역시 죽립을눌러쓴 여인. 공통점이라면 자의경장의 소녀를 제외하고는 전부 죽립이나 면사 등으로 얼굴을 가린 수상쩍은 면모를 보여준다는 점이었다.

"잠시 멈춰 서시오."

호법의 생각이야 어떻든 서기는 수상하든 수상하지 않든 명부에 이름만 올리고 다시 못다 잔 오수를 즐기고 싶은 마음이 간절했다.

"여기 명부에 이름 등을 적으시고 그 이후는 저기 있는 호법들의 안내를 받으시기 바랍니다."

서기는 붓에 먹을 듬뿍 찍어 앞으로 내밀었다. 붓을 받아 든 것은 학창의를 걸친 문사로 단아하고 그럴싸한 필체로 이름을 적어 나가기 시작했다. 다른 사람들 것도 대신해서 적는지 한참을 끄적거리더니 면사여인에게로 고개를 돌렸다.

"직접 적으시겠습니까?"

"그러지요."

면사여인의 고아하고 부드러운 음색에 졸고 있던 호법들과 서기들이 눈을 번쩍 떴다. 면사를 쓴 데다가 일행 사이에 깊숙이 들어가 있어 그다지 신경을 쓰지 않았건만 목소리는 가히 일품이었다. 면사 속의 얼굴을 한 번 보았으면 하는 마음이 스치고 지나갔다.

면사여인 역시 뭐라고 적은 뒤 명부를 서기에게 건넸다. 서기는 뭐라고 적었는지 확인할 요량으로 가볍게 명부를 받아 들었다. 그리고 혹시 틀린 글씨는 없는지 입 밖으로 소리 내어 읽어 내려갔다.

"에… 어디 보자. 마… 교……?!"

서기의 중얼거림에 보법들이 모두 용수철 퉁기듯이 튀어 올랐다. 지금 방금 서기의 입에서 나온 단어는 마교였다.

"지, 지금 뭐라고 하였는가?"

"어디 좀 보세!"

호법 몇몇이 서기가 들고 있던 명부를 빼 들고 아직 먹이 채 마르지 않은 글씨들을 찬찬히 바라보았다. 그리고 모두 뻣뻣하게 굳어버렸다. 명부와 일행을 한 번씩 바라보더니 한 호법이 부리나케 안으로 뛰어들어 갔다.

"아하하… 자, 잠시만 기다려 주십시오. 외당주께 연락을 취하러 사람이 갔습니다."

호법은 긴장했는지 말을 더듬더듬거리고 있었다. 그것은 서기들도 별반 다르지 않아서 구석에 처박힌 채 괜히 다른 명부들을 뒤적거리는 행동을 해댔다.

일 다경도 채 지나지 않아서 몇몇 발자국 소리와 함께 외당주라 추

정되는 자가 뛰어나왔다. 평범한 황색 장삼에 어깨엔 의(義)라는 글씨
가 수놓아져 있고 약간 수염도 기른 전형적이고 어디서나 볼 수 있는
장년의 무사였다.

"마교에서 오신 분들입니까?"

외당주는 지극히 공손한 태도로 물어왔다. 호법들처럼 말을 더듬거
나 하는 것은 아니었지만 말끝이 희미하게 떨리고 있었다.

"그렇소이다."

백색 학창의의 사내가 그 물음에 긍정을 표하며 소맷자락에서 백의
맹에서 발행한 첩(帖)을 꺼냈다. 외당주는 이내 공손한 자세로 첩을 받
아들고 살폈다. 분명 백의맹에서 발행한 것이었고 마교로 보낸다는 서
신이 똑똑히 찍혀 있었다. 마교에서 온 자들이 틀림없었다. 외당주의
표정이 점점 상기되어 갔다.

"드시지요. 안내해 드리겠습니다."

외당주는 앞장서서 걸으면서 여러 가지 생각을 떠올렸다. 처음 호법
이 달려와 마교에서 사람이 왔고 그 일행이 단 여섯이란 소리를 들었
을 땐 자신의 귀를 의심했다. 하지만 곧 생각을 바꾸었다. 세상에 어떤
미친놈이 마교 교주를 흉내 내겠는가. 그리고 첩까지 확인을 한 후에
는 의심 따위는 멀리멀리 날려 보냈다.

어느새 외당 건물에 당도해 있었다. 객들을 맞고 대외적인 활동을
하는 곳으로 다른 문파에 뒤지지 않을 만큼 화려하게 꾸며져 있었다.
각자 맡은 일을 하고 있던 몇몇 호법들과 무사들, 그리고 서기들은 외
당주가 평소에는 볼 수 없었던 심각하고도 진지한 표정으로 정체불명
의 일행을 뒤에 달고 나타나자 의아한 기색으로 이목을 집중시켰다.

외당을 지나 내당 쪽으로 이동해 갈수록 집중받는 시선은 더욱 거세

어졌다. 외당 쪽은 주로 업무를 보는 곳이지만 내당은 수많은 무사들이 기거하는 곳이니 이 기묘한 일행이 시선을 받지 않는다는 것이 오히려 더 이상할 터였다.

"이곳입니다. 아마도 인편으로 맹주께서도 연락을 받으셨을 터이니 드시지요."

외당주는 한 건물 앞에 멈춰 서서 공손히 문을 열었다. 안은 구획 등이 없는 그저 널찍한 공간으로 원탁을 중앙에 두고 여러 인물들이 앉아 있었다. 그들은 문을 열고 여섯 명의 인원이 나타나자 모두 시선을 집중하였다. 이미 인편을 통해 연락을 받은 터였고 오랜 봉문을 깨고 나온 마교의 교주가 과연 어떤 자일지, 그리고 그 지닌 바 무공은 어느 정도인지 의문투성이였기에 시선들은 더욱더 강렬(?)했다.

─저희는 잠시 물러가 있겠습니다

단화우의 귓전으로 백발문사의 전음이 들려왔다. 확실히 지금의 이 자리는 한 문파를 이끄는 장문인 정도만이 참석할 수 있는 자리였다. 백발문사나 밀랍아 등은 낄 수 없다고 그 역시도 판단되어 화우는 승낙의 의미로 고개를 끄덕여 보였다.

화우가 안으로 들어서고 외당주가 문을 닫으려는 찰나 그때까지 가만히 있던 섭능파가 외당주의 손을 막아섰다. 그리고 낭랑한 음색으로 나지막이 내뱉었다.

"천안의 주인은 이 자리에 참석할 수 없다는 의미입니까……?"

조용조용했지만 여기 있는 자들은 거의가 고수의 반열에 드는 자들, 섭능파의 말을 듣지 못할 리 없었다.

"천안은 지금까지 무림대전에 참가한 적은 없지만 정보력이나 휘하 문도들의 수는 대파 못지 않다고 자부할 수 있건만, 본녀는 참가 자격이 부족한 겁니까?"

좌중들 사이에 조그마한 침음성이 울렸다. 맹주 헌원가진에게 천안의 주인 역시 이번에 참석할 가능성이 있으며 더구나 여자라는 이야기를 얼마 전 들었던 터라 어떤 인물일까 궁금해했던 차였지만 이리 젊은 나이일 줄은 생각지도 못했다. 두터운 면사 속에 가려진 그녀의 모습 역시 보고 싶었다.

"외당주, 어찌 된 일인가. 천안의 주인 역시 당도했다는 기별은 받지 못하였네만."

"자, 잠시 착오가 있었나 봅니다."

확실히 마교라는 이름에만 정신이 팔려 명부 확인을 제대로 하지 않았다는 사실이 떠올랐는지 외당주는 조심스레 얼버무렸다.

"…이것을 보낸 이가 당신이 맞소이까?"

새하얀 백의와 가지런히 문사건으로 정리된 머리, 영준한 외모를 지닌 청년이 고운 감촉과 빛깔의 비단 조각을 내밀어 보였다. 비단과 자수로 유명한 강남 지방의 것으로 추정되는 것이 청년의 손에 쥐어져 사이사이로 끝 부분만 삐죽이 나와 있었다.

"본녀가 보낸 것이 맞습니다. 거기에 검은 실로 참(參)이라는 수를 놓아 보냈지요."

섭능파의 답에 청년이 좌중에게 확인을 시키기라도 하듯 비단 조각을 손에서 펼쳐 보였다. 과연 그녀가 말한 대로 비단에는 검은 자수가 수놓아져 있었다.

"잠시 결례를 범했소이다. 그대가 정말 천안의 주인인지 확인하기 위한 절차였을 뿐이니 아량을 구하오이다. 본인은 부족하나마 맹주 직을 맡고 있는 헌원가진이라 하오."

청년, 아니, 헌원가진의 동작은 하나하나마다 절도가 있었다. 섭능파를 향해 취해 보이는 포권지례도… 간결하면서도 품위있는 어조 역시…

섭능파에 대한 것은 풀렸으니 이젠 마교의 교주를 확인해 볼 차례였다. 외당주의 기별로는 첩을 확인했다 하였으나 그것만으로는 몇십 년 만에 모습을 드러내는 마교의 교주를 전부 평가할 수 없었다.

흑의 부복과 너무 마르지도 뚱뚱하지도 않은 적당한 체구, 그리고 허리춤에 걸린 검. 이것만이 현재로선 그를 평가할 수 있는 전부였다.

"좌정하시지요."

맹주가 권하자 모두들 자리에 앉았다. 모인 사람들은 거의가 백도의 인물들이었고 원탁의 한구석을 차지하는 자들 중에는 마도의 인물들도 있었다. 이들이 화우를 대하는 태도는 확연히 달랐다. 백도의 인물들은 경계의 기색과 함께 관찰하는 것을 잊지 않고 있었지만 마도 쪽 인물들의 눈에는 회한이 어렸다. 그리고… 그 회한 속에는 오랜 봉문을 깨고 마교가 나왔으니 세를 다시 부흥시킬 수 있다는 기대감도 역시 뒤섞여 있었다.

기운을 모두 감춘 평범한 기도였지만 좌중 인물들은 모두 알 수 있었다. 이 기운은 지금 마교 교주의 반대 편에 앉아 있는 맹주의 기운과도 흡사한 것이었다. 겉보기엔 평범해 보이지만 어느 정도 깨달음을 얻은 자들이라면 알아챌 수 있을 것이다. 두 사람에게 보여지는 지금의 이 기운은 경지를 넘어선 자들의 것. 그래서 지극히 평범해 보이지만 속으로 파고들면 파고들수록 경외감이 어리는…….

"교주께서는 너무하시오이다. 실내에서조차 죽립을 벗지 않으시는 것은 무슨 까닭이오?"

그 말에 단화우는 깊숙이 눌러쓰고 있던 죽립을 벗어 바닥에 잠시 내려놓았다. 죽립 속에서 나온 그의 얼굴은 맹주만큼 영준한 외모는 아니었지만 말쑥했고 단정했다. 선한 기운은 보이지 않았지만 그렇다고 악한 기운도 보이지 않는 교주라기엔 너무도 묘한 자였다.

"실례했소이다. 본인은 마교의 교주 단화우라 하오."

"마교의 교주께오선 죽립을 벗으시었지만 본녀는 면사를 차마 벗을 수가 없군요. 오래전에 다친 흉터가 얼굴 깊숙이 남아 있는지라 보기 흉한 관계로 이해를 구합니다."

얼굴에 다친 흉터는커녕 잡티 하나 없으면서 능청스럽게 거짓을 늘어놓는 섭능파의 뻔뻔함에 화우는 잠시 아연했지만 어쨌든 여기서 따질 만한 문제는 아니었기에 목구멍까지 치밀어 오르는 말을 꾹꾹 눌러 참았다.

사실 대전이 열리기 전 거대 문파의 장문인들이 모여 의논이라든가 향후 진행 방향에 대해 형식적으로나마 논하는 것이 일종의 관례로 자리 잡고 있었고 모두들 비슷한 생각으로 왔다가 맹주가 주제로 꺼내놓은 이야기를 듣고 서로들 의견이 분분했다.

"단지 추측이고 그쪽의 공기가 조금 불온하다는 것뿐, 너무 성급하게 단정 짓는 것이 아니오?"

"아니외다. 틔운 싹은 잘라내었으되 그 뿌리는 여전히 남아 있었으니 새외로 도망쳐 간 배교의 잔당들이 언제 다시 들고일어날지 모르오."

"문제는 포달랍궁이 슬며시 움직이고 있다는 간자의 보고가 아니오?"

논쟁은 거듭되고 조금 더 시간이 흐르자 의논을 한다기보단 자존심과 오기의 대결로 번져 나가고 있었다. 헌원가진은 약간 곤란한 시선으로 논쟁을 중재하기 바빴고 분위기에 도저히 적응을 못하는 화우는 묵묵히 입을 다물고 지켜보고만 있었다. 능파는 무슨 생각을 하는 것인지 미간을 살짝 찌푸렸다.

"잠시들 멈추시지요."

마교가 봉문한 사이 마도에서 그나마 거대 문파로서 마교의 빈자리를 메워왔던 천겁문(千劫門)의 문주인 오건척사(鼇腱刺肆) 군상앙(郡尙仰)의 말에 모두들 논쟁을 멈추고 그에게로 고개를 돌렸다. 군상앙은 자신보다 훨씬 더 나이가 어린 화우를 향해 깍듯이 고개를 숙이며 질문했다.

"교주께 여쭙겠소이다. 백의맹의 맹주가 알고 있던 사실을 아무리 봉문하고 있었다고는 하나 마교에서 몰랐을 리 없으리라 생각하오이다. 이러니 저러니 해도 배교는 마교에서 떨어져 나간 세가 아니오이까? 교주의 고견(高見)을 듣고 싶소이다."

꿰다 놓은 보릿자루마냥 가만히 앉아 있기만 하던 화우는 잠시 무언가를 생각하더니 군상앙의 말에 답변했다.

"배교의 움직임은 우리 마교 쪽에서도 계속 주시해 왔소. 본교는 위험 부담이 큰 간자를 투입시키기보다는 좀 더 실용적인 방법으로 벌을 이용하오. 본인 휘하의 수하 중 남만사독봉을 다루는 자가 있는데 벌의 의사를 읽어낼 수 있소. 하나, 아무리 남만사독봉이 보통의 벌들과는 다르다고 하나 한낱 미물에 지나지 않으니 중심부까지 침투하진 못했지만 알아낸 사실에 의하면 배교를 이끌었던 교주는 이미 그 명을 다하였고 다른 자가 뒤를 이어받았는데 그 종적이 묘연하다는 것이오. 몸통은 있으되 머리가 없다는 것은 그 머리가 어쩌면 중원으로 스며들었는지도 모를 일이 아니오?"

화우는 백발문사 유희신에게 언뜻 들었던 것을 전했다. 대부분은 몇 가지 사실들을 놓고 유추해 낸 것이긴 하지만 유희신의 능력을 익히 알고 있었기에 이렇게 자신만만하게 털어놓을 수 있는 것이다.

"배교의 잔당들이 머무는 곳은 녹야(綠野)라는 새외사막의 몇 안 되는 천지(泉地) 중 하나인데 아마도 그곳의 소유권을 두고 포달랍궁과 마찰이 있다가 어찌 된 일인지 이 둘 사이에 동맹이 체결된 듯 보이오."

                    *   *   *

발보다 더 빠른 것이 사람의 입이라 하였던가. 소문은 꼬리에 꼬리를 물고 빠르게 퍼져 나가고 있었다. 마교의 교주와 천안의 주인이 드디어 그 모습을 드러냈다는 소문은 강호인들을 들끓게 했고 천안의 주인이 여성이라는 사실에 더욱더 놀라움을 금치 못했다. 마교의 교주가 무림대전의 참가 명부에 이름을 올린 지 채 한 시진도 아니 되어 소문이 널리 퍼져 분위기가 고조되고 있는 가운데 그런 것과는 무관하게 유유자적 놀고 있는 자가 하나 있었으니.

"잘 좀 해봐! 명색의 영수라면서 이것도 못해?"

청룡 덕에 오랜만에 동양화를 접해보니 끊을 수 없는 듯 자꾸 손이 가게 된 은평이었다. 하나, 인은 아까 정원에서 벌어진 일로 잠시 멍해 있더니 어디론가 사라져 버렸고 청룡에게 같이 상대해 달라고 졸랐지만 이미 쓴맛을 톡톡히 본 청룡은 어디론가 내빼고 아무도 상대해 주지 않자 은평은 제일 만만한 백호를 꼬드겨 동양화를 감상(?) 중이었다.

[전 지금 금방 배운 겁니다. 못하는 게 당연한 거라니까요.]

"너 영수라며?! 영수라면 이런 것 정도는 쓱쓱 해내야 되잖아!"

세상에 어떤 영수가 도박에 능통하단 말인가(아, 도박에 능통한 영수가 하나 있긴 하다). 백호는 은평의 협박과 꼬드김에 못 이겨 맞상대를 해주고 있었지만 바른 생활 영수인 백호로서는 도박에 손을 댄 자신이 못내 창피했다.

"백호야."

은평이 부드럽고 상냥한 목소리로 자신을 부르자 털이 쭈뼛쭈뼛 곤두서는 듯해서 백호는 부르르 몸을 떨었다. 또 무슨 짓을 시키려고 자신을 부른단 말인가.

"내 짐 꾸러미 좀 가져와."

백호는 은평과 함께 올라와 있던 침상에서 훌쩍 뛰어내려 탁자 밑에 내버려 두었던 꾸러미를 입으로 가볍게 물어 가져왔다. 은평은 짐을 뒤적뒤적 뒤지더니 제일 밑바닥에 있던 조그만 주머니를 찾아냈다.

"이거야!"

은평이 입가에 미소를 지으며 주머니를 열자 안에는 휘황찬란한 장신구들이 빛을 발하고 있었다. 은평은 그중 몇 개를 꺼내더니 아무런 주저 없이 장신구에 박힌 보석들을 마치 길가의 조약돌을 대하듯 잡아 빼버렸다.

보석이 빠진 장신구들은 평범한 금 세공품으로 변해가고 은평의 앞에는 약 다섯 개의 보석이 모였다. 은평이 잡아 뺀 것들은 그 모양새가 동글동글하고 한꺼번에 손에 쥐었을 때 무리가 없을 만한 그런 크기였다.

[…뭐 하시는 겁니까?]

"공기하려고."

[…공기가 뭐죠?]

"재미있는 놀이~"

자신의 짐 꾸러미에 볼일이 끝난 은평은 바닥으로 꾸러미를 아무렇게나 던져 버렸다. 원래 상태대로 감싸놓은 것도 아니어서 꾸러미에선 장신구 몇 개가 굴러 나왔다.

"백호야, 방법 가르쳐 줄게. 잘 들어."

은평은 백호를 상대로 공기에 대해서 일장 연설을 펼쳐 보려 했으나 갑자기 백호가 몸을 낮추고 엎드리는 통에 은평은 눈살을 찌푸렸다. 갑자기 왜 그러느냐고 물으려 하던 찰나 멀리서 들리는 인기척에 신경이 그쪽으로 쏠렸다.

침상에서 내려와 문 쪽으로 다가가니 난영이 정원에 들어선 것이 보였다. 평소와 다름없이 비단궁장으로 몸을 감싸고 머리를 틀어 올린 모양새였다.

"어쩐 일이세요?"

"정원 때문에. 오전에 사람을 보냈는데 정원에는 아무런 문제가 없다는 말을 듣고 확인차 들렀어."

"…아하하핫, 청룡과 인이 전부 정리를 끝냈어요."

뭐라고 변명을 하면 좋을까, 아까 인의 반응으로 보아서는 난영 역시 별로 믿어지진 않는 모양이었다. 지면이 정리된 것과 금 간 담벼락의 수리는 그렇다 치더라도 베어진 정원수 등의 식물들은 어떻게 설명을 해야 할지 난감해졌다.

난영은 은평이 설명하기 난감해하는 기색을 보이자 뭐라 더 이상 묻진 않았지만 가면 갈수록 드는 미심쩍은 느낌을 감출 수는 없었다. 신분이라든가 정체라든가, 그리고 그 주위에 붙어 있는 인과 갑작스럽게 나타난 청룡이라는 존재도. 하늘의 신령한 영수라는 청룡의 환상—갑작스럽게 사라져 버려서 집단 환상이라 결론지어진—이 보인 직후에 우연과도 같이 청룡이라는 이름으로 나타나, 아무나 들어올 수 없는 금황성의 호위 망을 뚫고 은평에게 내준 이곳으로 찾아왔다는 점으로 미루어볼 때 수상쩍어 하지 않는 사람의 정신이 오히려 이상한 것이겠지만.

"아, 들어오세요."

은평은 말을 돌리기 위해 난영에게 안으로 들어올 것을 권했다. 앉기 위해 탁자로 걸어가던 난영의 시야로 허름한 꾸러미가 눈에 들어왔다. 그리고 그 꾸러미에서 빠져나온 것으로 보이는 몇몇 개의 장신구가 난영의 눈과 마음을 사로잡았다.

"…이, 이건……!!"

꾸러미에서 빠져나온 장신구 몇 개를 집어 든 난영은 그것을 쥔 손을 부들부들 떨어댔다. 고풍스럽고 정교한 모양새와 불순물이 섞이지 않은 순금, 그리고 박혀 있는 보석들은 감히 가격을 매기기에도 거북한 것들이었다. 순금만이 아니라 군데군데 백금을 가늘게 박아 넣어 기하학적인 무늬를 만들어내고 있는 세공 기술은 중원에서 할 수 있는 장인을 손가락에 꼽아 넣을 정도였다.

"…이, 이것들 어디서 난 것들이야?"

"어쩌다 보니 생기던데요."

"이런 것들이 더 있니?"

은평은 대답 대신 머리 장신구들만 따로 모아놓은 주머니를 꺼내고 고이 접혀져 있던 요대와 요대에 매어 아래로 늘어뜨리는 장신구 역시 꺼냈다. 전부 몽중유곡에서 가져온 것들인데 지금까지 짐 속에 처박아 두고 계속 잊어버리고 있었던 것들이다.

"세, 세상에……!"

중원제일 장사꾼의 딸답게 이것들의 가치를 한눈에 알아본 난영은 기절할 지경이었다. 무슨 일이 있어도 이 귀한 것들을 갖고 싶은 마음이 간절했다. 세공 방식 등으로 보아 적어도 당대에 만들어진 것으로 보이며 오랜 세월이 흘렀음에도 전혀 상하지 않은 상태에 놀라움을 금치 못했다. 한 가지 아까운 것이라면 은평이 다섯 개의 보석을 떼어낸 장신구들이었다. 본래의 상태로 아주 돌아가진 못한다 하더라도 솜씨 좋은 장인을 불러 어떻게든 다시 원상태로 돌려놓을 결심으로 난영은 은평의 두 손을 꽉 붙들었다.

"은평아, 이것들을 나에게 팔지 않을래?!"

'그딴 것들을 어다다 쓰게요' 라고 물어보고 싶었지만 반짝반짝 눈까지 빛내며 열의를 불태우는 난영의 위세에 눌려 버렸다.

"아하하핫. 마, 마음대로 하세요."

"좋아! 당장 총관을 불러 전표를 써주마! 원하는 가격을 불러보렴."

"…전표가 뭐죠?"

은평이 전표가 무어냐고 물었지만 난영은 이미 꿈속을 헤매고 있었다. 이런 귀한 것이 자신의 손에 들어오게 될 줄은 꿈에도 몰랐다. 하지만 난영의 이런 기분과는 별개로 거의 기절할 지경이 된 백호는 난영만 앞에 없었더라도 고래고래 비명을 질러댔을 것이다.

[은평님!! 저, 저게 어떤 것인 줄 아시고 함부로 넘기십니까!]

자신과 의논없이 저런 것들을 처분해 버리는 은평의 독단에 왜 사나 싶고 서까래에 줄이라도 매고 자살이라도 하고 싶은 기분이었다.

"자, 받아."

난영은 은평의 손에 둥근 금패를 내놓았다. 붉은 수실로 옷에 매달도록 되어 있는 금패로 금황성 휘하의 전장에서 자유롭게 돈을 찾아 쓸 수 있는 권위의 물건이었다.

"네 마음대로 돈을 꺼내어 써도 좋아. 한도액은 금황성 모든 재력의 오분지 일!"

어차피 금황성이 벌어들이는 재력으로는 현 재력의 오분지 일이라 하더라도 반 년 안에 메꿀 수 있었기 때문에 고심하지 않았다. 그리고 이 정도의 귀물이라면 그 정도의 돈 따윈 아깝지도 않았다.

일사천리로 일(?)을 진행시키고 난영은 자신만의 몽상에 빠져 장신구를 두 손에 움켜쥐고 정신없이 뛰어가 버렸다.

"거참, 정신없이 왔다가 정신없이 가버리네."

은평이 어이없어하며 장신구가 들어 있던 주머니에 대신 금패를 넣고 있을 때 뒤에서 백호의 울먹이는 소리가 들려왔다.

[너무하십니다! 어쩌면 제 말을 그렇게도 듣지 않으십니까?]

"에? 뭐가?"

[…뭐긴요! 장신구들을 말하고 있잖습니까!]

"어차피 갖고 다녀봐야 짐만 되고 나야 저런 거 차고 싶지도 않고. 차라리 원하는 사람이 있으면 줘버리는 게 낫지 않을까 해서."

은평이 헤헤거리며 뒷머리를 긁적거리자 백호는 복장이 터져 앞발로 가슴을 쾅쾅 두드려 댔다. 영수가 과다한 업무와 상관에 의한 울화병으로 죽는다면 산업 재해로 쳐줄… 아, 이게 아니고 어쨌거나 백호는 눈물을 주룩주룩 흘려댔다. 귀여운 새끼 백호가 큰 눈에 눈물을 그렁거리는 모습이 그 자신은 어떨지 모르나 보는 사람 입장으로는 상당히 귀여운 모습이었기 때문에 비통하다거나 애처롭다는 느낌이 들진 않았다. 드는 느낌이라면 앙증맞다, 귀엽다 정도일까.

"그게 그렇게나 중요한가?"

[중요하죠!!]

백호는 버럭 소리를 질렀지만 새끼 상태의 모습으로는 산 중 왕의 우렁차고 위엄있는 울음이 아니라 캬오— 캬오— 하는, 그런 울음으로 들렸다.

"…계속 울어봐. 귀엽다."

[…….]

어차피 은평에게 이런 소리가 씨알도 안 먹힐 것이란 건 익히 알고 있었던 바, 청룡이 돌아오면 하소연이라도 할 요량으로 입을 꾹 다물었다.

*　　　　*　　　　*

호화로운 방 안, 붉은 주단으로 된 화복(華服)을 걸친 사내가 앉아 아리따운 기녀들의 품속에 푹 파묻혀 마치 무릉도원인 양 꿈속을 헤매고 있었다. 아니, 사내라기엔 얼굴이 희고 윤곽선이 가느다랗다. 하지만 우뚝 선 콧날이나 짙은 눈썹은 사내다워 보여 도무지 여자인지 남자인지 구분이 잘 가지 않고 애매모호하다. 게다가 짙고 검은 눈썹과 풍성한 머리숱 사이로 희끗희끗 보이는 붉은 기는 청년을 신비롭게 보이게 했다. 온통 붉은 화복에 머리를 묶은 문사건마저도, 그리고 한껏 멋을 부린 듯 문사건에 박힌 홍옥도, 눈에 보이는 것은 전부 불타는 듯한 붉은색이었다. 어쩌면 속의마저 붉은색이 아닐까 의심되기까지 해 보였다.

"대인, 이건 특상의 홍옥이 아니옵니까?"

기녀 하나가 문사건에 박힌 홍옥을 알아보고 탐욕스런 눈빛을 빛냈다. 불타는 듯한 진홍빛의 홍옥은 들은 적도 본 적도 없었다.

"화복이 거추장스럽지 않으시옵니까?"

기녀들이 매끄러운 감촉의 화복에 손을 대자 청년은 부드러운 손짓 하나로 기녀들을 물렸다. 그리고는 말없이 술잔을 앞에 내밀자 기녀들이 모두 앞을 다투어 술잔에 술을 가득 따랐다.

"삼삼한 것들을 데려오라 일렀건만, 어디서 이런 퇴물(退物)들만 데려다 놨을꼬."

술잔 속의 맑은 액체를 들이키며 중얼거리는 소리였지만 일부러 들으란 듯이 말한 것을 기녀들이 못 들을 리 없었다. 진회하의 이름난 기루에서도 특급으로 칭해지는 기녀들이었지만 이런 모욕 아닌 모욕에 얼굴들이 새하얗게 질렸다. 하지만 상대는 한 명 부르기도 어렵다는 자신들을 무려 대여섯 명이나 불러다 놓고 판을 벌이는 작자였다. 즉, 자신들이 모욕을 받았다 해서 그것을 만만히 드러낼 만한 신분이 아니라는 소리다.

"대인, 저희가 늙어 보이옵……."

기녀가 채 말을 끝내기도 전에 청년이 능글맞게 웃으며 기녀의 귀에 조용히 속삭였다. 흰 손은 기녀의 가슴팍으로 이미 파고든 뒤였다. 손은 풍만하고 매끄러운 가슴을 음미하기라도 하듯 주물럭거리며 시선은 이미 딴 기녀들에게로 옮겨갔다.

"너희들 같은 퇴물들 말고 삼삼한 동기(童妓)는 없는 게냐?"

"도, 동기요……?!"

기루를 찾는 놈들 중에서는 특이하게도 아직 어린 열 살가량의 동기를 찾는 놈들도 있었다. 눈앞에 있는 이 청년이 말로만 듣던 그런 부류라 생각하니 청년이 주물럭거리던 가슴부터 시작해서 온몸에 소름이 오싹 돋았다. 도저히 어울릴 것 같지 않은 얼굴로 저속하기 그지없는 음담패설을 농으로 일삼을 때 일찌감치 알아봤어야 하는데 말이다.

그때였다. 밖이 시끌시끌해지더니 이내 쾅— 하고 울리는 폭발음과 함께 호화로운 별실의 문짝이 산산이 조각나 날아가 버렸다. 문의 조각난 파편들과 흙먼지가 이리저리 퍼져 나가고 기루에서 술 취해 난동을 피우는 한량들을 처리하는 몇몇 장한들, 그리고 이제 갓 열네 살쯤이나 되었을까 싶은 조그마한 체구의 소녀가 별실 앞에 서 있었다.

허리까지 아무렇게나 길게 풀어 내린 흑발과 얼굴의 반 이상을 가린 앞머리 덕택에 얼굴은 보이지 않았지만 옷깃 사이로 드러난 피부가 무척이나 창백해 보였다. 게다가 체구도 무척 왜소해서 바람이 불면 날아갈 듯한 그런 소녀였다. 걸친 것은 어디서 주워 입었는지 모를 허름하고 검은 장포, 소녀에게는 품이 무척이나 커서 헐렁하고 질질 끌렸다.

하지만 신기한 것은 그런 체구임에도 어디서 힘이 솟아나는지 왜소한 발목에는 두텁고 무거운 족쇄가 매어져 있었다. 몸의 움직임을 둔화시킬 것이 뻔한 족쇄도 모자라서 허리춤에는 소녀가 쓰기에는 적합해 보이지 않는 두텁고 긴 검을 걸어놓았다. 잔뜩 녹슬었고 일견 보기에도 굉장히 무거울 듯하지만 이 괴력의(?) 소녀는 아무렇지도 않게 걸어다니고 있었다. 소녀가 화려한 별실로 발을 들여놓기가 무섭게 장한들이 그 앞을 막아서려 했지만 소녀의 한번 째려보는 듯한 동작만으로도 장한들이 일제히 뻣뻣하게 굳어버렸다.

"어이, 용케도 내가 있는 곳을 찾았네?"

청년은 그 소녀와 이미 안면이 있던 사이인 듯 기녀들 품에 반쯤 얼굴을 묻은 채로 손을 흔들었다.

"…어차피 네가 있을 곳은 뻔하지 않느냐?"

소녀의 입에서 흘러나온 목소리는 지극히 차가웠다. 나지막하고 냉기 서린 그 음성은 주위 사람들을 흠칫하게 만들었지만 청년에겐 아무런 위해도 되지 않는 듯하다.

"아현(我玄), 오랜만에 속세 맛을 본 기념으로 실컷 즐기고 있는데 어째서 방해를 하는 거지……?"

청년의 목소리는 끈적끈적했다. 능청스럽기도 했고 거기다 상대방의 이름 앞에 아(我) 자를 붙여 부른다는 것은 친근한, 아니, 그 이상을 넘어 친애의 표시였음에도 소녀의 태도는 여전히 냉랭했다.

"…네게 아 자를 넣어 부르는 걸 허락한 적은 없다, 소작(少雀)."

이름 앞에 소 자를 넣어 부른다는 것은 어느 정도 친근한 표시일 수 있으나 지금 이 소녀의 냉랭함에 담긴 것은 조소와 경멸이었다. 도저히 상종 못할 소인배이지만 어쩔 수 없으니 상대해 준다는 의미 정도일까.

"좀 더 놀다 가면 안 될까? 나 아직 야들야들한 동기의 속살 맛도 못 봤……."

마치 투정을 부리는 어린아이의 음성마냥 애교 섞인 청년의 말이 끝나기도 전에 청년의 코앞에 녹슨 검이 드리워져 있었다. 분명 청년과 소녀는 어느 정도 거리를 두고 있었음에도 바로 앞에서 소녀는 검을 뽑아 들고 있었다. 그렇다면 아주 찰나지간에 소녀는 청년의 앞까지 다가와 검을 뽑아 들었다는 소리였다.

"아하하하하, 노, 농담도 못해? 일어난다니까, 일어난다고! 그 섬뜩한 검 좀 치워."

청년은 놀란 가슴을 쓸어 내렸다. 눈앞에 있는 이 소녀는 농담을 농담으로 받아들일 줄 모른다는 것이 문제였다.

소녀는 청년이 기녀들 틈바구니에서 몸을 일으켜 세우자 그제야 검을 검집에 들이밀었다.

"가자, 할 일이 아주 많다."

화복의 옷매무새를 정리하고 있던 청년은 못내 아쉬운 표정으로 소녀의 뒤를 따라나섰다.

소녀의 손속에는 거침이 없었다. 자신의 앞길을 가로막는 기루의 장한들에게 지공을 날려 땅바닥에 뒹굴게 하는가 하면 눈치를 보며 빠져나갈 궁리를 하는 청년의 퇴로를 차단하는 것도 잊지 않았다.

소동을 뒤로하고 홍등가를 벗어났을 무렵엔 이미 자시였다. 초저녁, 어둑하던 무렵에 기루에 들어가 하루도 못 채우고 끌려 나온 것을 생각하니 미리 지불한 기녀들의 대금이 아까워졌다. 값비싼 홍옥을 듬뿍 가지고 나왔기 때문에 자금에는 여유가 넘쳤지만 아까운 건 아까운 거다.

앞서 가고 있던 소녀의 뒷모습을 빤히 바라보고 있던 청년의 입가에 짓궂은 미소가 스쳤다. 청년의 시선을 느낀 듯 소녀 역시도 가던 길을 멈추고 뒤를 돌아서 저 작자가 무슨 일을 꾸미고 있는지 관찰 중이었다.

청년은 재빠른 동작으로 머리를 고정시키고 있던 문사건과 홍옥잠을 빼냈다. 그와 동시에 사락사락거리며 흩어져 내리는 머리카락을 둥글게 틀어 올려 잠으로 고정시킨 후, 잠의 끝에 문사건을 장식처럼 묶어 매달았다. 머리를 여성처럼 바꾸고 보니 남성용의 화복 차림이었음에도 불구하고 요염한 여인처럼 보였다. 그리고 더욱더 놀라운 것은 청년의 체형이 차츰차츰 변하고 있다는 것이었다. 약간 벌어진 어깨선이 둥글고 완만한 곡선으로 변해가고 얼굴의 윤곽선들이 더욱더 가늘어졌다. 허리도 더 가늘어지더니 급기야는 없던 가슴이 봉긋이 솟아올랐다. 전체적으로 좀 더 여성스럽도록 체형과 체구가 변하고 마침내는 걸걸하던 목소리마저 고운 여성의 목소리가 되었다.

"…황이냐?"

변함없이 티끌만큼의 감정도 느낄 수 없는 무심한 어조였지만 어딘가 모르게 달갑지 않아 하는 기색이 비쳤다.

"호호호호, 오랜만이야."

교태로이 웃으며 입가로 손까지 가져가는 모습을 보고 있노라니 잠시 전의 청년이었을 때가 무색해졌다.

"…소름이 돋는군."

여인은 말하는 도중, 귓가로 들리는 파공성에 매우 유연한 동작으로 상체를 뒤로 젖혔다. 아니나 다를까, 젖히는 순간 바로 검은 투기가 그 위를 스쳐 지나갔다.

"위험하잖아! 이런 곳에서 투기를 날리다니."

자신의 몸을 스치고 지나갔다면 분명히 몸이 두 동강 났을 터였다. 물론 두 동강이 난다고 해서 죽진 않겠지만 아픈 건 아픈 것이니까 말이다.

"빗나갔군. 정통으로 맞췄어야 했는데."

소녀는 자신의 공격이 빗나간 것에 대해 진심으로 통탄하는 투였다. 검을 검집에 끼워 넣으며 소녀는 몸을 돌렸다. 그리고 발목에 족쇄를 찬 사람답지 않게 무척이나 가벼운 발걸음이었다.

"잠깐만! 어디로 가는 거야?"

여인의 질문에 소녀는 대답 대신 허공으로 두둥실 떠올랐다. 경공이 아닌, 그저 몸을 공중에 두둥실 띄운 신묘한 재주였다. 여인 역시 소녀와 마찬가지로 허공에 몸을 띄웠다. 부유하듯이 붕 뜬 이들의 모습을 누군가 봤더라면 기함을 했겠지만 불행히도 늦은 시각인지라 인적이 드물었다.

"가지."

＊　　＊　　＊

"으, 귀청 떨어지겠다. 요즘 들어서 밤마다 부쩍 시끄럽네."

요 며칠 밤마다 폭죽을 터뜨리는 소리로 요란스러웠다. 온 도시가 전부 폭죽이랑 원수라도 졌는지 밤마다 폭죽을 안 터뜨리는 곳이 없었다. 게다가 취향들이 참 특이하게도 폭죽의 색이 전부 붉은색이었다. 시력과 청각이 부쩍 예민해진 탓에 느끼지 않으려 조절해 두면 괜찮지만 정신을 흩뜨리면 이내 본래대로 되돌아오기 때문에 귓가에서 마치 천둥이 울리듯 확대되어 울렸다. 그래서 어지간해서는 정신을 흩뜨리지 않으려 노력하는 참이다.

"천이통(天耳通)과 천안통(天眼通)도 제대로 조절할 줄 모르면서 무슨……."

청룡의 빈정대는 소리에 은평이 눈을 부라렸다.

"왜 시비야? 나름대로 나도 조절할 수 있다고."

약간 찔끔한 청룡이 목을 움츠리면서 다른 곳으로 시선을 돌리고 딴

청을 피우다가 화제를 돌리려고 뜬금없이 엉뚱한 소리를 입 밖에 냈다.

"하도 정신이 없어서 잊고 있었는데 말야, 백호한테 듣자니 이동하는 걸 잘못한다면서."

"…아, 맞다. 나도 잊고 있었어."

거론한 본인이 잊다니 과연 은평답다고 청룡은 무심코 고개를 끄덕거렸다.

"에, 그러니까 말이지. 내가 마주치기 싫은 두 사람이 있는데 날아다녀. 난 그걸 모르니까 혹시라도 그 두 사람을 마주치는 사태가 생길 때 재빨리 도망치고 싶어."

"…백호야, 저거 무슨 소린지 나한테 통역 좀 해주련?"

[…은평님이 끔찍하게 마주치기 싫은 두 사람이 있는데 그들이 무공의 고수인 데다가 은평님을 찾아다니고 있습니다. 날아다닌다는 것은 경공을 의미하는데, 그 둘 중 하나가 경공에 탁월한지라 아마도 마주치게 됐을 때 재빨리 도주하고 싶다는 의미일 겁니다. 은평님은 허공에 몸을 띄우시긴 잘하나 이동하는 건 좀 서투르시거든요.]

청룡은 고개를 끄덕끄덕거리면서 손을 털고 일어났다. 어쨌든 저번에 백호에게 부탁받은 은평의 교육(?) 문제와 은평 본인이 배우고 싶다고 하는 것에 대해서 조금 고심해 봐야 할 듯싶었다. 처음에는 쉽게 생각했지만 은평이 보통 괴이쩍은 애가 아닌지라 왠지 쉽지 않을 것만 같았다.

"도망치고 싶다라……."

청룡이 혼잣말을 중얼거리다 일순 몸을 허공에 두둥실 띄웠다. 마치 평지를 걷는 것처럼 지극히 자연스러운 동작으로 공중에서 한 발자국씩 걸음을 떼어놓았다. 무림인들의 허공답보(虛空踏步)라 불리는 것과 흡사 비슷했다. 아니, 오히려 한 수 위라 할 수 있었다. 지상에 있는 건지 허공에 떠 있는 건지 구분이 되지 않을 만큼 정교했으니.

"헤에……."

마치 곡예라도 구경하듯 은평의 시선이 집중되자 청룡은 우쭐한 듯 잠시 어깨를 으쓱해 보였다. 그리고는 허공에 몸을 띄운 상태에서 손가락을 튕겨 딱— 하는 소리와 함께 온데간데없이 모습을 감췄다. 아주 약간의 시간 차를 두고 딱— 하는 소리를 신호로 다시 형체를 드러냈다.

"잘 봤지? 난 경공 같은 저급한 수는 쓰지 않으니 대신 이것을 가르쳐 줄게."

"에게… 겨우 가르쳐 준다는 게 투명 인간 되는 법이야?"

"투명 인간이라니. 말이 되는 소릴 해. 이건 그런 것과는 달라."

"…그럼 뭔데?"

청룡은 잠시 고심하더니 은평에게 원리를 설명할 방법을 생각해 낸 듯 이윽고 입을 열었다.

"허공에 몸을 띄우는 것과 모습을 사라지게 하는 것. 둘 다 기의 운용이야. 허공에 몸을 띄운 것은 주위의 기에게 날 띄우라고 명령을 내리는 것이고, 모습을 감춘 것은 주위와 나를 동화(同化)시킨 거지."

"어떻게 명령 내리는데?"

"글쎄… 그것만은 나로서도 설명하기 어렵군. 이건 숨 쉬는 것과 마찬가지로 아주 당연하고도 본능적인 감각이니까. 내가 너에게 숨 쉬는 법을 가르쳐 쥐라고 설명하면 쉽게 설명해 줄 수 있겠어?"

"…숨 쉬는 거야, 숨을 들이키고 심호흡을 하면 되는 거잖아."

"숨 쉬기는 아주 당연한 본능이고 감각이지만 만약 그런 것을 전혀 모르는 사람에게 본능의 원리에 대해서 설명한다면 못 알아들을 거야. 그러니까 기의 운용 정도는 네가 깨우쳐야겠지. 그리고 넌 이미 기를 운용하고 있잖아."

"…운용하고 있다구? 잘 모르겠는데……."

"천이통의 경우, 기가 소리를 전달하는 거리를 압축시키는 거지. 내가 앞서 말한 것들과는 달리 조금 더 응용해야 하는 거지만 넌 그걸 미약하나마 쓰고 있잖아. 잘 생각해 봐."

처음과는 달리 은평의 찌푸렸던 미간이 약간씩 펴졌다. 다는 몰라도 아주 조금은 이해가 될 것 같기도 해서였다.

"알 듯 말 듯하네. 확실히 백호 때보단 설명하는 게 쉬워."

"백호와 내 나이 차이가 몇인데. 게다가 난 일대고 저 녀석은 이대니까."

"…일대? 이대?"

은평이 고개를 갸웃거렸지만 청룡은 입가에 쓴웃음만 지을 뿐 더 이상 설명을 해주지 않았다. 아주 찰나의 순간이었지만 청룡의 눈빛에 왠지 모를 쓸쓸한 빛이 감돌아 은평은 잠시 멍해졌다. 절대 어울릴 것 같지 않던 쓸쓸한 표정들을 눈앞에서 직접 보게 되자 묘한 느낌이었다.

"…이건… 화기(火氣)로군."

청룡이 갑자기 창가로 달려가 창을 활짝 열어젖혔다. 우연히 스치고 지나간 것은 뜨거운 화기였다. 금릉의 중심부 쪽이었다. 흐릿해서 정확한 위치는 알 수 없었지만 분명 이 금릉 안에 존재하고 있는 것만은 확실히 전해져 왔다.

"갑자기 왜 그래?"

"화기를… 느끼지 못했나?"

"화기? 불?"

"아… 아직 한 번도 만나본 적 없으니 당연하려나."

청룡이 멋쩍은 듯 코를 긁적였다. 은평은 느끼지 못한 듯싶지만 백호 녀석은 느낀 듯 둥근 귀를 쫑긋거리며 자신과 같은 방향을 바라보고 있었다.

[이건 화기로군요. 무척이나 짙은 걸 보니 기를 감출 생각이 아예 없는 것 같은데요?]

"…일순이지만 짙은 음기(陰氣)도 느껴졌다."

[두 분이 같이 계시면 위험하지 않습니까?]

"괜찮아. 둘의 속성이 아무리 상극이라고는 하지만 조절하지 못할 정도로 바보들은 아니니까."

청룡과 백호가 대화를 나누고 있는 사이 은평이 잔뜩 약이 오른 목소리로 훼방을 놓았다.

"너희 둘! 너희 둘만 알아듣는 이야기하지 마! 따돌리는 거야, 뭐야?!"

사신수(四神獸), 한자리에 모이다

사신수(四神獸), 한자리에 모이다

"일어나."

은평은 비몽사몽간의 순간에 누군가 자신의 이마를 톡톡 건드리고 있다고 느꼈다. 게다가 품 안에는 잠들기 전에 안고 있었던 따끈한 백호마저도 어디론가 사라지고 없는 게 아닌가.

"우웅……."

은평이 안 떠지려고 발악(?)하는 눈꺼풀을 움직여 눈을 떴다. 눈앞에 흐릿하던 초점이 맞춰지고 보니 자신을 둘러싸고 있는 세 개의 얼굴이 보였다. 제일 왼쪽에 있는 것은 인, 그리고 가운데는 난영, 오른쪽은 청룡이었다. 따끈한 난로인 백호는 청룡이 안아 들고 있었다.

"어서 일어나. 도착했어."

난영이 빙긋이 웃으며 마차에서 몸을 내렸다. 주위를 좀 더 두리번거리고 나서야 은평은 자신이 마차 안에서 얼핏 선잠이 들었었다는 것을 기억해 냈다. 청룡이 좀 더 배워야 한다며 새벽까지 자신을 붙들어 놓았는지라 새벽에야 겨우 잠이 든 은평을 아침부터 난영이 찾아와 억지로 두들겨 깨워 마차 안에 집어넣어 놨던 것이다.

"졸려……."

겨우 자신의 상황이 이해가 되긴 했지만 졸려서 머리 속이 뒤죽박죽인 은평은 그대로 앞으로 고꾸라져 버렸다. 픽 고꾸라진 은평의 머리를 받쳐 준 것은 인이었다. 누가 보면 상당히 이상한 쪽으로 오해받기 십상인 상황이었다. 은평은 머리를 인의 가슴팍에 기대고 다시 잠 속으로 빠져 들려고 하는 것뿐이었지만 인의 얼굴은 약간 붉어져 있었다.

청룡은 속으로 혀를 차며 백호를 바닥에 내려놓았다. 인이란 놈은 얼굴이 붉어진 채 당황해서는 머뭇머뭇거리고 있으니 자신이 나서야 할 듯해서였다.

"잠시 비켜봐."

인을 뒤로 밀어낸 청룡은 은평의 두 뺨을 찰싹 소리가 날 정도로 사정없이 가격했다. 그러기를 몇 차례, 은평의 눈이 완전히 떠졌다. 다만 약간 뺨이 부은 듯이 보일 뿐.

"깼냐?"

"응… 근데 아직도 졸려……."

은평은 뺨을 어루만지며 길게 하품을 했다. 청룡에게서 다시 백호를 받아 든 은평은 약간 구겨진 옷매무새를 바로했다. 별로 의식하진 못하고 있었지만 지금 입고 있는 화려한 은빛의 성장은 난영이 아침부터 여러 가지 장신구들과 옷을 가져와서 졸려서 어쩔 줄 모르는 은평을 때 빼고 광낸 연후에 입혀놓은 것들이었다.

약간 치렁치렁해 보이기는 하지만 움직임은 쉽고 간편했다. 다만 은 평에게 있어 걸리는 것이라면 요대에 매달아놓은 여러 가지 장식들뿐. 걸을 때 다리 사이에 걸려서 약간 통행에 지장이 있다는 것만 빼면 나무랄 데가 없었다.

청룡에게 이끌려 우선 마차에서 내린 은평은 기지개를 켰다. 기지개를 켤 때 옷자락에서 바스락대는 소리가 기분 좋게 울렸다.

하늘은 쾌청했고 여기저기서 붉은 폭죽을 터뜨리는 소리가 꽤 컸지만 그런 소리를 덮어버릴 만큼 더 큰 것은 사람들의 소리였다. 발 디딜 틈도 없이 대로를 쉴 새 없이 지나다니고 있는 사람들에 의해 폭죽 소리가 감추어지고 도리어 뒤죽박죽 뒤섞인 사람들의 대화로 대로변은 시끄러웠다.

지나다니는 사람들 거의 대부분이 병장기를 소지한 무림인인 것으로 미루어 오늘이 무슨 날이긴 한 모양이었다.

한 번 시끄럽다고 인식해 버리면 귓가에서 무한대로 증폭해 버리는 소리 때문에 은평은 애써 졸음에 몸을 맡겼다. 며칠 동안 청룡이 기의 운용법인지 뭔지를 밤새워 가며 가르쳐 주긴 했지만 정신을 조금이라도 놓아버리면 통제 불능이 되고, 게다가 며칠 밤을 새웠더니 졸리기도 엄청 졸렸다. 약간 분한 것이라면 같이 새놓고 백호나 청룡은 멀쩡하다는 것 정도일까.

"시선 집중이로군."

인은 한숨을 내쉬었다. 과연 예상했던 바대로 은평의 시선 집중 효과는 매우 대단했다. 대단하다뿐일까. 은평이 마차에서 내렸을 때 사람들의 말소리가 약간 줄어든 듯한 느낌마저 받았다. 저런 얼굴에 게다가 금황성의 마차까지 타고 있었고 품에 안은 것은 보기도 힘들 뿐

더러 영물로 친다는 백호의 새끼. 시선을 집중시킬 만한 모든 조건을 충족시키고 있다… 랄까.

"거기서 뭘 그렇게 꾸물거리고 있는 거야? 어서 와."

평소의 고아한 궁장에서 벗어나 간편한 경장 차림인 난영이 은평의 손목을 붙잡았다. 잘만 꾸며놓으면 자신을 훨씬 상회할 정도로 아름다운 얼굴이었기에 옆에 두고 사람들이 내지르는 탄성에 괜히 자신의 어깨가 우쭐해지는 것이다. 게다가 황실 쪽의 인물인 듯싶으니 관계를 잘 맺어두면 자신에게도, 그리고 금황성에도 나쁠 것은 없을 터였다.

청룡과 인은 은평의 뒤를 따라갔다. 어쩌다 보니 그 대련 이후 더욱더 서먹서먹해진 뒤라 그다지 이야기를 깊게 나눠볼 틈이 없었다. 인 쪽에서 청룡을 경계하는 듯한 분위기가 느껴졌다.

"……."

청룡이 갑자기 가는 길을 멈추고 고개를 돌렸다. 청룡은 자신의 귀로 들리는 주변의 모든 소리를 가만히 들으면서 자신의 귓가에 아주 잠시 걸렸던, 즉 자신이 찾고 있는 소리를 찾아냈다. 떨어진 거리는 대략 오 리(五里) 정도.

"뭐 하는 거요?"

인 역시 가던 길을 멈추고 뒤를 돌아보았다. 청룡은 먼저 가라는 뜻인 듯 손을 내저어 보았다. 인은 잠시 어깨를 으쓱해 보이고 약간 거리가 벌어진 은평을 서둘러 따라갔다.

청룡은 잠시 더 그렇게 있더니 갑자기 입가에 미소를 띠었다. 그리고는 은평의 몸에서 나는 특유의 향을 따랐다.

은평은 난영을 따라가면서도 이리저리 두리번거리기에 바빴다. 특이한 옷차림에 이상한 병장기를 소지한 사람들이 주위를 지나치고 있었기 때문이다.

"저리로 가자."

난영이 가리킨 곳은 커다란 단이 세워진 곳이었다. 단의 주위로는 사람들이 앉도록 간단하게 좌석이 마련되어 있었고 여기저기 알 수 없는 깃발들이 꽂혀 있었다.

드문드문 사람들이 채워지고 있었지만 여전히 빈곳이 더 많았다. 하지만 주변이 인산인해인 것으로 보아 머지 않아 전부 채워질 것이다.

"야아~ 이게 누구신가. 화중화 금 소저가 아니시오?"

난영이 자신을 부르는 소리에 몸을 돌렸다. 서글서글한 인상의 미청년이 고개를 살짝 숙여 보이며 인사를 했다. 검박한 흰빛 계통의 학창의와 손에 든 섭선에는 시구 몇 자가 부드러운 필체로 적혀 있다. 그리고 가슴팍에 새겨진 제갈세가의 문장이 그가 제갈세가의 사람이란 것을 말해 주었다.

"…아, 제갈묘진(諸葛昴陣) 공자!"

난영 역시 그 청년을 잘 알던 사이인 듯 스스럼없이 이름을 불렀다. 남궁세가와 모용세가의 공자들과 함께 신진삼군이라 일컬어지는 인물 중 하나로 셋 중 가장 무공은 떨어지지만 인품으로 보나 학식으로 보나 월등히 우위에 있는 남자라고 난영은 생각하였다.

사실 신진삼군에는 백의맹의 맹주인 헌원가진이 들어가 있었으나 꽤 오래전부터 맹주를 신진삼군에 넣어 부름은 옳지 않다고 하여 대신 제갈묘진을 넣어 부르는 사람들이 생기고 있었다. 제갈묘진이나 헌원가진보단 모용화수나 남궁제강을 빼면 좋겠다는 것이 난영의 생각이었지만 그게 어디 자기 맘대로 되는 일이던가. 어쨌거나 지금은 신진삼군에 들어가는 인물에 대해서 조금 어정쩡한 상태였다.

"이제 오신 모양이오?"

"금황성과 백의맹은 가깝지 않습니까."

난영은 모용화수나 남궁제강을 대할 때와는 달랐다. 그 둘을 대할 때에는 약간 싫어하는 기색이 보였으나 지금은 만면에 활짝 미소까지 머금어가며 대화를 나누고 있는 것이다.

"금 소저, 뒤에 계신 분은 누구시오? 저리 아름다운 소저라면 이름이 널리 알려졌을 터인데 아무리 기억을 더듬어봐도 떠오르는 이가 없구려."

"저희 집에 잠시 머물고 있는 아이랍니다. 인사하세요."

난영은 말을 하면서도 한편으로는 제갈묘진에게 전음을 보냈다.

─황궁의 인물인 듯싶습니다.

제갈묘진은 분명 자신보다 나이가 어릴 터인 은평이었지만 깍듯이 포권지례를 취하며 정중한 자세를 보였다.

"제갈 모라 하옵니다."

은평은 포권지례를 하는 것도 익숙지 않고 몇 번 지내다 보니 이게 일상적인 예라는 것은 알고 있었지만 마땅히 대신할 예도 생각나지 않아서 살짝 목례하는 것으로 끝냈다. 사실 황궁 변태 남매에게 잡혀 있을 때도 그들은 그리 행동했었으니. 하지만 은평의 이런 태도는 제갈묘진과 금난영의 착각에 불만 더 지펴주는 꼴이 되었다.

"한은평이라고 합니다. 제 뒤에 있는 사람들은 각각 인과 청룡이라고 해요. 저와 같이 지내는 사람들이죠."

제갈묘진은 인과 청룡에게도 정중히 인사를 했다. 이것은 비단 은평이 황궁 쪽의 사람일지도 모른다는 난영의 전음 때문이 아니라 그의 버릇이기도 했다. 신분이 어떻든, 가문이 어떻든, 자신보다 무공이 높든 낮든 예의는 깍듯이 지켜야 한다가 그의 지론이었다. 보기 드문 바른 생활(?) 청년이랄까.

"아, 한데 연 소저께서는 어째서 모습을 보이지 않으시는지⋯⋯?"

"검린궁주께 갔습니다. 오랜만의 부녀의 해후(邂逅)가 아닙니까."

난영은 제갈묘진과 함께 발걸음을 떼어놓았다. 슬슬 자리를 잡고 앉아야 할 때였다. 물론 명망 높은 명가들과 일반 무사의 자리는 따로 있다고 하지만 자신은 금황성의 사람이었다. 금황성이 비록 무가가 아니라 상가라고는 해도 백의맹을 운영하고 있는 자금은 강호 사람들의 기부가 아니라 거의 대부분이 금황성에서 나가는 돈이었다. 더구나 금황성의 모든 재물은 금황성주의 단 하나뿐인 자식인 자신이 물려받을 것임이 틀림없고, 그러니 백의맹이 절대로 자신을 홀대할 리는 없지 않은가.

벌써부터 꽤 자리를 잡고 있었던 무림명가들이 하나둘씩 자신에게 가볍게 인사를 건넸다. 그리고 자신의 뒤를 따라오고 있는 은평의 존재에 대해서도 사람들이 궁금증을 가졌다. 무림삼미에 버금가는 미인이 아닌가.

난영은 자리를 채우고 있는 사람들을 한번 훑어보았다. 문주나 장문인 급의 인물들은 보이지 않았지만 각 파의 사람들이 끼리끼리 모여 앉아 있다. 당연한 말이겠지만 문주나 장문인들은 맨 마지막 백의맹의 맹주와 함께 모습을 드러낼 터였다.

은평은 난영이 이끄는 대로 자리를 잡았다. 인과 청룡도 자신의 곁에 자리를 잡았고 백호는 자신의 품에 안겨서 이리저리 두리번거리고 있었다. 지금 있는 사람들 중 자신이 아는 얼굴이 있는지 은평 역시 조심스럽게 둘러보기 시작했다. 물론 자신이 다른 사람들에게 화젯거리가 되어 있다는 것은 상상하지도 못한 채 말이다.

"다른 때와는 분위기가 사뭇 다른 듯 보입니다만… 제가 틀린 것입니까?"

"…맞소이다, 금 소저. 봉황문(鳳凰門)에서 간밤에 봉변을 당했소."

난영은 머리 속으로 봉황문이란 문파에 대한 기억을 끄집어 올렸다. 명문대파는 아니라 하더라도 어느 정도 위세가 있는 곳이었다. 생긴지 몇십 년도 채 안 된 신생문파치고는 그 나름대로 꽤 명성을 날렸다. 물론 그렇게 된 연유에는 그 문주의 능수능란한 처세술 덕도 없다고는 할 수 없지만. 여하튼 요즘 급부상하고 있는 세력들 중 하나였다.

"좀 더 정확히는 봉황문의 젊은 제자들과 그 소문주만이지만, 어쨌거나 소문은 부풀려지기 마련 아니오."

제갈묘진은 쓴웃음을 머금었다. 그들이 변(?)을 당한 곳은 진회하의 홍등가에서 얼마 떨어지지 않은 곳. 쉬쉬하고 있지만 살짝 흘려들은 이야기에 따르면 흉수(?)는 단 한 명이었다고 한다.

"무슨 일 때문이랍니까?"

"흉수가 요구한 것은 단 하나라고 하오만은… 그것이 도무지 황당한지라……."

"무슨 일이기에 그러십니까?"

"옷자락에 수놓은 봉황의 수를 빼라는 것이었다고 하오. 물론 소문주 등은 무슨 뜬딴지 같은 소리냐며 무시했으나 다짜고짜 달려들어서 행패를 부린 뒤 옷자락의 봉황 수가 놓아진 부분만 떼어갔다고 했소."

제갈묘진이 여기까지 말을 마쳤을 때, 갑자기 뒤에서 숨죽인 웃음소리가 새어 나왔다. 난영과 제갈묘진, 그리고 은평이 고개를 돌리자 뒤

편에 앉아 있던 청룡이 숨죽여 웃고 있었다. 처음에는 숨죽인 웃음이었으나 급기야는 참지 못하고 대소를 터뜨렸다.

"큭큭큭… 이, 이거 실례했습니다. 하, 하지만 도저히 참치를 못…
푸하하하하하."

청룡은 잠시 그렇게 웃다가 눈물이 나오는지 눈가를 문질렀다. 제갈묘진은 자신의 이야기에 그렇게 웃어버리다니 약간 불쾌한 감이 들었지만 별다른 추궁은 하지 않았다. 사실 봉황문의 소문주가 약간 거만한 감이 있어 자신 역시 내심으로는 고소하게 여기던 차였으니 말이다.

"제갈 공자, 저는 한동안 금황성에 틀어박혀 있었는지라 그간 강호 돌아가는 사정을 잘 모릅니다. 이것저것 재미있는 일이 있으면 좀 더 설명해 주시겠습니까?"

난영의 부탁에 제갈묘진은 자신의 기억을 더듬어보던 눈치더니 이내 손가락을 퉁겼다. 무슨 일이라도 생각난 것일까……

"혹시 그 소문 들으셨소? 새롭게 정검수호단주로 임명된 잔월비선과 그의 누이가 되는 잔혹미영이란 여고수에 대한 이야기오만."

난영이 고개를 갸웃거리자 제갈묘진은 그럴 줄 알았다며 이야기를 시작했다. 맹주가 일부러 맹으로 불러들인 자로 거만한 태도지만 무공만은 맹주와 무를 겨룰 정도로 빼어나며 사천당문에서도 이미 사라져버린 비전절기를 익혔다는 청년. 그리고 그 여동생인 잔혹미영은 빼어난 아름다움으로 인해 그녀 역시 무림삼미에 합세시켜야 한다는 여론이 일고 있는 미녀. 그것이 제갈묘진의 설명이었다. 덧붙여 잔월비선이 당문의 비전절기를 사용한다는 소문 때문에 당문에서도 그에게 그 절기를 되돌려받기 위해서 혈안이 되어 있다는 것 역시 빼놓지 않았다.

"하지만 거만하다면 그 지닌 바 인품이 단주 직에 어울리지 않는 것이 아닐까요. 조금 재고해 볼 여지가 있겠는데요?"

"아니오이다. 그의 거만은… 적어도 소생의 눈으로 보기에는 자신의 무공이 빼어남에 대한 것이 아니라 태도에 자연스럽게 배어 있는 것이었소. 태어날 때부터 남 위에서 군림해 온 자의 태도… 마치 황족처럼 말이오."

"하지만 황족이… 당문의 비전절기를 익히고 있을 까닭이 있을까요?"

"뭐, 그거야 그렇지만. 아, 그리고 또 한 가지 소식이라면 마교의 교주가 지금 백의맹에 와 있소이다. 천안의 주인 역시 마찬가지이고."

"아, 그 이야기는 잠시 전해 들었지요. 한데 들리는 소문에 따르면 잔영문이라는 자객 집단 역시 참석하겠다고 하였는데 아직 모습조차 드러내지 않았다지요?"

그렇게 둘이 이야기를 나누고 있는 사이 좌석이 점점 채워져 갔다. 아직 우두머리 급의 인물들은 보이지 않고 있지만 친분이 있는 문파의 문도들끼리는 인사를 나누는 모습이 종종 보였다. 그들이 나누는 이야기의 최대 화젯거리라면 단연 마교 교주와 천안 주인의 출연이었다. 그리고 또 한 가지는 이번 대전의 우승자가 백도에서 나올 것인지 마도에서 나올 것인지에 대한 것이었다.

은평은 이리저리 눈을 굴리며 자신의 머리 속에 있는 한 얼굴을 찾기에 바빴다. 하지만 도통 눈을 부릅떠 봐도 보이지 않아서 점점 실망하고 있는 참이었다. 백호를 안은 손에 점점 더 힘이 들어갔다. 슬며시 짜증이란 놈이 치밀어 오르고 있었던 탓이었다.

그때 갑자기 사람들 틈에서 함성이 울렸다. 까닭인즉슨 언제 나타났는지 새하얀 백의를 입은 백의맹의 문주와 검은 바탕에 소맷자락에 흰 자락을 댄 무복을 입은 마교의 교주가 단 위로 올랐기 때문이다. 마치 약속이라도 한 듯 오른쪽에는 백도 왼쪽에는 마도로 갈라 앉고 그 사이에는 정사 중간의 인물들이 착석해 있었다. 마치 일부러 가르기라도 한 것같이 옷의 색이나 인물들의 분위기는 판이하게 달랐다. 다른 것만큼이나 서로에 대한 적의도 대단한지 서로에게 뒤질세라 경쟁적으로 함성 소리를 높였다.

백의맹의 맹주인 환형지수 헌원가진은 익히 보아왔지만 마도의 인물들이나 백도의 인물들로서도 마교의 교주는 첫 대면하는 자리였다. 무공이 뛰어난 자들은 안력을 돋구어 젊디젊은 교주의 얼굴을 세세히 살폈다. 하지만 무공이 약한 자들은 좀 더 앞으로 가기 위해서 치열한 몸싸움을 벌였다.

자신들의 맹주와 교주가 각자 손을 들어 올리자 물이라도 끼얹은 듯 삽시간에 조용하게 변했다. 그 조용한 틈에도 은평은 단상으로 시선을 주고 있었던 것이 아니라 열심히 주변을 둘러보며 눈을 굴리기에 바빴지만…….

주위가 고요해지자 헌원가진이 먼저 입을 열었다. 낭랑하면서도 인상적인 목소리가 단상과 그 주위로 퍼져 나갔다.

"백도의 헌원가진이라 하오. 부족하나마 잘 부탁드리오이다."

"마도의 단화우라 하오. 오랜 봉문을 깬 직후라 무림대전의 전반적인 일을 백도에만 맡기는 결례를 저질렀소만, 아량을 베푸시길 바라는 바이오."

마교의 교주 역시 이렇듯 젊을 것이라 예상 못했던 탓도 있지만 그의 모습이 사람들의 상상 속의 모습과는 전혀 달라 사람들은 당황하는 기색을 비추었다. 피에 굶주린 악귀라던가 지극히 패도(覇道)적인 것과는 거리가 멀지 않은가. 백도의 맹주처럼 수려하다거나 뛰어난 미남자인 것은 아니지만 말쑥하고 단정한 이목구비에 사내다운 맛과 분위기가 물씬 풍기고 있었다. 어차피 검과 검이 겨뤄지는 강호에서 수려한 것이 무슨 소용이겠는가. 옥용(玉容)은 여인에게나 필요한 것이지 사내들에게 필요한 것은 강한 힘과 무공이었다.

서로가 서로에게 정중한 예를 갖추어 포권지례를 한 후, 둘은 절도 있는 동작으로 동시에 뒤로 몸을 틀어 좌우에 각자 마련된 자신의 자리로 경공을 시전했다. 이목이 집중되어 있는 만큼 자신이 아는 최상승의 경공법을 이용하는 듯 쾌속하고 안정적인 자세였다.

자신이 앉을 자리에 가서 선 둘은 동시에 입을 모아 외쳤다.

"개막을 선언하오!"

"개막을 선언하오!"

그와 동시에 장내는 우레와 같은 함성 소리가 울렸다. 아까 전의 소리와는 비교조차 되지 않을 만큼 큰 소리였다. 그들의 소리가 차차 잦아들기를 기다려 헌원가진이 입을 열었다. 내공을 실었기에 장내의 누구라도 쉽게 들을 수 있도록 목소리는 커져 있는 상태였다.

"사실 자객들의 집단인 잔영문에서도 참석 의사를 밝혀왔는지라 정사 중간의 자리에 천안과 더불어 자리를 마련하였으나 아직까지 소식이 없소. 이는 불참이라 선언해도 좋을……."

그때였다. 외당에서 누군가가 도착했다는 표시로 북소리가 울려 헌원가진은 하던 말을 중단했다. 그리고 모두의 시선이 누가 이런 늦은 때에 도착했는지 보기 위해 목을 길게 뺐다. 하지만 북소리만 울렸을 뿐 그 이후에는 아무런 일도 일어나지 않아 장내의 인물 모두가 난감해하고 있던 때, 갑자기 바람을 가르는 소리와 함께 검은 그림자 여럿이 숨어들었다. 누군가를 해치고자 하는 것은 아니었고 강호의 삼류무

사라도 알 수 있게끔 기척을 남긴 것으로 보아 자신을 명백히 드러내고 있는 자들의 움직임이었다. 한꺼번에 많은 수가 이동한 탓에 정확한 인원은 알 수 없었지만 적은 수가 아니란 것만은 확실했다. 적어도 한 문파에서 대표로 보내올 만한 인원이다.

그리고… 외당 쪽에서 대전을 위한 단상이 마련된 넓은 연무장 쪽으로 다가오고 있는 여인이 보였다. 연한 물빛의 궁장을 차려입고 머리를 구름처럼 틀어 올렸다. 창백한 안색이었지만 긴장으로 딱딱히 굳어진 것은 아니었다. 입가엔 희미하지만 미소가 감돌고 있었으니 말이다. 다만 기이한 것은 전혀 무공을 모르는 여인처럼 보인다는 것이었다. 몸 어느 곳도 무공을 익힌 흔적 따위는 없었다. 태도에 알게 모르게 흐르고 있는 이유 모를 당당함만 없다면 어디에서나 흔히 볼 수 있는 여인이다.

"늦어서 송구스럽습니다. 처음으로 참석하게 되었사옵니다만 이렇듯 결례를 범하게 되어 무림동도 여러분들께 죄송한 마음뿐입니다."

은근한 자부심이 섞인 여인의 말에 삽시간에 장내에 소곤거림이 번져 나갔다. 분명 저 여인은 잔영문의 사람이었다. 그렇다면 잔영문의 문주 역시 천안의 주인과 마찬가지로 여인의 몸이란 말인가?

"크게 개의치 마십시오. 어서 착석하시지요."

어쨌거나 주체자의 입장인 헌원가진이 일어나 정사 중간의 인물들 사이에 마련된 좌석을 가리켰다. 하지만 여인은 조용히 고개를 저었다. 당치도 않다는 표정이다.

"당치도 않은 말씀이십니다. 본녀의 눈으로 보기에 저 자리는 각 문파의 문주들을 위해 마련한 자리의 하나 같사온데 일개 총관에 불과한 제가 어찌 앉을 수 있겠사옵니까."

여인의 말 한마디 한마디가 파란을 불러오고 있었다. 그녀의 말에 따르자면 그녀는 문주가 아니라 일개 총관에 불과했다. 이 자리는 어느 문파거나 장문인과 대표를 특별히 선출해 참석하는 것이 예의인데 잔영문은 총관을 달랑 보내놓고 말다니 누가 보아도 건방진 처사가 아니던가.

"그렇다면 잔영문의 문주께오서는 오지 않으셨단 말씀입니까?"

장내 모두의 궁금증을 풀어주기라도 하듯 다시 헌원가진이 질문을 던졌다.

"문주께오서는 이미 이 자리에 계시옵니다. 본녀는 다만, 이곳으로 문도 몇을 뽑아 이끌고 오라는 명을 받았을 뿐."

"그렇다면 그 문주는 어디에 계신 게요?"

여인은 입가에 빙긋이 미소를 띠더니 갑자기 백의맹의 인사들이 모여 있는 좌석 쪽으로 담담히 걸어갔다. 좌석에까지 올라간 것은 아니었고 그저 좌석이 마련된 곳을 조용히 거닐다가 어느 한 부분에서 여인은 멈춰 섰다. 물빛 궁장이 더러워지는 것도 몸에 흙이 묻는 것도 아랑곳하지 않은 채 여인은 엄숙한 태도로 땅바닥에 오체투지했다.

장내의 그 누구도 놀라 말을 잇지 못할 때 한줄기 옥음이 들렸다.

"일어나시게."

그 옥음이 누군지 사람들이 정체를 찾기 위해 두리번거리고 있을 때 다시 여인의 말소리가 들렸다. 오체투지하고 있는 상태였기에 소리는 조금 작았지만 발음은 딱 부러진다.

"감사하옵니다, 부문주. 하오나 아직 문주의 허락이 떨어지지 않았사옵니다."

"됐다, 내가 허락한 일이다. 일어나라."

방금 전의 옥음과는 조금 다른 목소리였다. 사람들은 곧 그 목소리가 들린 방향을 찾을 수 있었고 의문의 시선은 불신의 시선으로, 불신의 시선은 급기야 경악의 시선으로까지 변해 나갔다. 목소리의 방향은… 다름 아닌… 잔월비선과 잔혹미영이었던 까닭이다.

"정말 뜻밖의 일이오이다. 그대가 정녕 잔영문의 문주라면 어째서 그 사실을 진작에 밝히지 않은 것이오?"

백의맹의 요직을 차지하고 있는 자들이 눈을 부라렸다. 그 말에 잔월비선은 입 꼬리를 말아 올리며 간단하게 응수한다.

"묻지 않았지 않소? 굳이 묻지도 않는데 본인이 잔영문의 문주요 라고 떠벌리고 다닐 필요가 없지 않겠소이까?"

잔월비선의 어투는 별일 아니라는 듯 태평스럽기만 했다. 오히려 질문을 한 사람들이 혈압이 오르는지 관자놀이를 꾹꾹 눌러댔다. 명이 떨어지기를 기다리는 여인을 향해 잔월비선이 턱짓을 하자 여인은 조용히 고개를 숙이더니 잔월비선이 앉아 있는 곳 뒤로 걸어가 조용히 시립했다.

백의맹의 간부들은 이목이 모두 집중된 이곳이 아닌 조용한 곳에서 나중에 추궁키로 하고 순서부터 진행시키기로 했는지 손짓을 하자 단상 주변에 서 있던 한 장년인이 단상 위로 올라갔다. 백의맹의 내당주 직을 맡고 있는 유극검(幽極劍) 교언명(較彦冥)이란 자로, 구파일방 중 하나인 종남파(終南派)의 인물이며 또 한편으로는 진중하고 공명정대한 성품으로 유명했다.

"백의맹의 내당주 직을 맡고 있는 교언명이라 하오. 부족하나마 시합 도중의 부정을 살피게 되었소이다. 부정을 저질러 실격을 당하는 일이 없기를 삼가 바라오. 여러분들도 익히 알고 계시다시피 첫날인 오늘은 우선 지원자와 그 지원자에 대한 도전자를 받아 진행되오. 먼저 지원한 자가 싸울 상대를 지목할 수도 있소. 단, 자신보다 약한 자라면 지목할 수 없으며 강한 자나 혹은 자신과 비등비등한 자를 대상으로 하오. 그럼 우선 지원자를 받겠소."

모두가 알고 있는 일이었지만 형식상으로나마 설명을 마친 교언명은 지원자가 나오기를 기다렸다. 서로가 서로를 훑어보며 잠시 신경전을 벌이는 자들도 있고 나갈까 말까 쭈뼛거리는 자도 있는 가운데, 손을 들고 좌석에서 일어난 것은 전혀 뜻밖의 인물이었다.

"본인이 먼저 지원하겠소."

지원을 선언하고 일어나자 백의맹의 간부 급 인물들이 앉아 있는 좌석에서는 만류하는 목소리가 여기저기서 터져 나왔다.

"맹주, 아니 되시오이다. 어찌 그런……!"

"참으시오, 맹주."

"괜찮소이다. 여러분들께서는 본인이 질 것이라 생각하시는 것이오?"

모두들 그의 낭랑한 대꾸에 입을 다물었다. 확실히 일 대 일 비무만으로 그를 꺾을 수 있는 자는 무림에 흔치 않았다. 물론 비공개적으로 이루어진 정검수호단주와의 대결에서는 단주의 실력이 뛰어난 것이 아니라 그가 사천당문의 비전절기인 암기법을 썼고 맹주가 단주의 체면을 생각해 물러나 줬다고 굳게 믿고 있었다.

모두의 시선이 집중된 가운데 이형환위의 신법을 이용해 자신의 좌석에서 단상 위로 순식간에 그 위치를 바꾸었다. 사람들의 입에서 감탄이 절로 나올 법한 매끄러운 동작이었다. 그가 단상 위로 오르자 교언명이 다시 한 번 장내를 돌아보며 이번에는 도전자를 찾았다.

"도전자를 받겠소이다."

"교당주, 본인이 직접 상대를 지목해도 되겠소?"

"그 상대가 맹주의 지목을 받아들인다면 상관없소이다."

교언명의 말에 맹주는 빙긋이 웃으며 자신의 좌석과는 반대 방향에서 마주 보고 있는 마교 쪽의 좌석으로 고개를 돌렸다.

"마교의 교주께 이 헌원 모가 한 수 가르침을 청하는 바이오."

모두들 놀라서 입이 함지박만하게 벌어진 가운데 마교의 교주 역시 자신을 지목한 것은 뜻밖이라 생각했는지 약간 어리둥절한 표정이었다. 마교의 교주가 앉아 있는 좌석 뒤에서 조용히 왼쪽에 시립하고 있던 온통 새하얀 문사의의 사내가 교주의 귓가에 무어라고 속삭이는 듯했다. 마교의 교주는 알았다는 듯 고개를 잠시 끄덕여 보이더니 이내 자신의 자리에서 일어났다.

"부족한 실력이나마 맹주의 지목을 받아들이겠소이다."

사실, 이런 자리에서 지목을 받고 거절하는 상대들은 거의 없었다. 그것은 꽁무니를 빼고 도망치는 것과 똑같은 꼴이자 자신이 겁쟁이라 소문 내는 지름길이었으니 당연한 것이겠지만.

백의맹의 간부들은 자신들의 맹주가 질 것이 두려운 것보다도 만약 승패가 갈렸을 시 극단적으로 반응할 사람들의 태도가 걱정되었다. 마교의 교주와 백도의 맹주가 싸운다면 사람들은 이것을 백도와 마도의 대결처럼 몰고 갈 것이 자명한데도 굳이 마교의 교주에게 비무를 청한 맹주의 심사는 도통 모를 일이었다.

"가르침을 청하오이다."

헌원가진이 동자배불의 기수식을 취해 보였다. 화우는 포권지례를 취하는 것으로 간단히 기수식을 마무리하고 자신의 애검을 검집에서 뽑아 들었다. 검집에서 검이 뽑혀지는 순간, 긴장감 섞인 숨소리가 귓가로 들리는 듯했다. 워낙 기척을 감추고 있어 평소에는 있는 듯 없는 듯하지만 자신의 곁을 항상 맴도는 삼마영들의 나름대로의 걱정에 대한 표현이었다. 자신조차 얼굴을 보는 것이 드물 정도로 모습을 드러내진 않지만, 자신의 든든한 호위들이었다.

애검이긴 하지만 어지간한 일이 아니라면 꺼내 드는 법이 거의 없는 시성현앙을 조용히 쓸어보았다. 이 검을 꺼내 들지 않는 이유는… 이 검만 꺼내 들면 주체하지 못할 정도로 성격이 바뀌어 버리는 탓이기도 했지만… 어쨌거나 오랜만에 손에 쥐려 하는 상황이 되자 화우 역시 조금 걱정이 되었다.

상대 역시 자신의 애검을 꺼내 든 듯했다. 주의 깊은 시선으로 화우는 그 검을 살폈다. 장검이라기에는 길이가 약간 짧고 검신의 두께가 조금 얇은 편에 속했다. 아마도 저 검은 소문으로만 듣던 혼이란 검일 터. 그리고 지금 마주 서 있는 백도의 맹주는 타고난 무공의 천재로 젊디젊은 나이에 스스로 무공을 창안해 낼 정도라 들었다. 수려한 얼굴도, 무공에 대한 재능도 분명 자신은 저자에 비해서 뒤떨어질지 모른다. 하나, 마도의 무공 못지 않게 백도의 무공도 익혔다. 사실 걸음마를 떼기 시작할 무렵, 처음으로 수련했던 토납법은 마도의 속성법이 아닌 백도의 정순한 내공심법이었다. 저자보단 한 수 아래라 할지라도 절대 지지는 않겠단 마음을 굳혔다.

"…먼저 시작하시오. 다만… 부탁이 한 가지 있소."

"무엇이오?"

약간은 어리둥절한 기색을 비추는 헌원가진에게 화우는 한 가지 부탁을 했다. 그것은 다름 아닌 이자가 창안한 무공과… 그리고 최고의 실력을 보고 싶다는 한 가닥 욕심.

"백도의 맹주께서는 일찍이 새로운 무학을 창안해 내실 정도로 천재라 들었소만, 그 무학을… 펼쳐 주실 수 없겠소? 그리고 최고의 실력을 보여주셨으면 하는 것이 본 교주의 바람이오."

"본인이 할 부탁을 교주께서 먼저 하셨구려. 그것이야말로 본인이 교주께 부탁하려 했던 일이오. 부디 최고의 실력으로 본인에게 가르침을 주시오."

헌원가진은 화우의 바람대로 자신의 애병을 뽑아 난청비검의 일 초식 자세를 취했다. 사실, 이번 비무도 예정에는 없는, 일종의 호승심과 호기심이 합쳐진 결과였다. 그가 응해준 것도 사실은 조금 의외다.

"낭화천변!!"

자신이 바랐던 대로 그는 난청비검의 초식을 펼치기 시작했다. 펼치는 순간, 잠시 눈앞에 꽃잎이 휘날리는 듯한 착각이 일 정도로 화려한 초식이었다. 난청비검을 펼치는 경우는 흔하지 않기에 백의맹의 간부들조차도 눈을 치켜떴다. 훨씬 더 발전된 형태의 초식이기 때문이었다. 그것이 맨 처음 창안되었을 때만 해도 어딘가 모르게 아슬아슬한 감이 있었건만 지극히 안정적인 자세에 화려해지고 게다가 꽃잎을 본 듯한 착각마저 일 정도로 빨라졌다.

'꽃잎처럼 보이는 것들이 전부 내 혈도를 노리고 들어오는 검날이 햇살에 비춰져 생긴 것이라니.'

화우는 호신강기를 일으켜 몸을 보호하는 한편, 맞대응할 무공을 생각해 냈다. 마도 쪽의 무공은 주로 사람을 효과적으로 베기 위한 것들이 많지만 찾아보면 여러 가지 용도를 위해서 발생된 것들이 꽤 있었다. 무공이라면 뭐든지 닥치는 대로 익히고 보는 성격 탓이다.

"태해쇄마검(颱海鎖摩劍), 필천살형(必闡殺型)!"

폭풍이 이는 바다를 잠재우는 검이라는 이름 그대로 넓은 지역의, 여러 적을 상대할 때 유용한 무공이었지만 이런 형태의 무공 역시 제압할 수 있으리라 추측한 화우는 주저없이 일 초식을 펼쳤다.

검과 검이 맞닿았다. 서로 힘 겨루기를 하듯 한 치의 물러섬도 없이 둘은 한동안 검을 맞대고 있었다. 결국은 참지 못한 헌원가진 쪽이 맞닿은 검날을 옆으로 비틀었다. 금속들이 서로 마찰해 대는 소리가 검 사이에서 울리고 이번에는 화우가 검에서 힘을 잠시 거두고 뒤로 튀어 오르듯이 몇 발자국을 물러선다.

"강린비마도(殭磷飛魔屠)!"

어깻죽지 부분을 대각선으로 베어 내려오는 검날을 막기 위해 헌원가진은 검을 잡고 있던 손의 방식을 바꿔 손잡이를 위로하고 검신을 아래로 가게 해 맞섰다. 약간 구부렸던 하체를 다시 일으켜 세우며 그 반동을 이용해 뒤로 물구나무를 서듯이 제비를 돌았다. 공중에서 한 바퀴를 완전히 회전해 땅에 내려서서, 제비를 도는 과정에서 땅을 짚었던 왼손에 오른손에 들려 있던 검을 재빨리 건네며 자세를 바로했다.

왼손에 검이 들려 있는데도 검을 다루는 손아귀가 전혀 어색해 보이지 않았다. 오히려 오른손에 있었을 때보다 더 자연스러워 보였다.

"…왼손잡이였던가?"

화우의 중얼거림을 헌원가진 역시 들었는지 고개를 끄덕여 보였다. 그 말에 화우는 입술을 앙다물었다. 왼손잡이가 지금까지 오른손을 사용하고 있었다면 분명히 일부러 짐을 하나 지우고 싸운 꼴이 되지 않는가.

"보통 비무에서는 오른손을 이용하오만, 교주께오서는 본인이 왼손을 사용하게 만든 첫 인물이시오."

화우는 크게 자존심이 상했다. 하지만 사실 실력의 삼 할 정도는 자신 역시 숨기고 있었으므로 비등하다고 자신을 달랬지만 상한 기분이 다시 되돌아오진 않았다. 상한 기분을 마음속 깊이 숨기고 평정을 유지하기 위해 화우는 내공심법의 구결을 입 안으로 중얼거렸다. 사실 마도의 몇몇 고수 외에는 백도의 고수들과 전혀 맞붙어볼 기회가 없었던, 즉 경험 부족이 낳은 결과였다. 비무에서 실력이 서로 비등비등하다면 먼저 흥분하게 된 쪽이 지는 것은 당연한 일이 아닌가.

"육절세천추(六切勢玔錐), 역(逆)!"

화우의 표정에서 약간의 동요를 읽은 헌원가진은 좀 더 밀어붙이기 위해 헌원세가의 가전 무공 중 하나인 육절세천추를 펼쳤다.

장내의 모두가 숨죽여서 비무를 지켜보고 있는 가운데, 분노로 몸을 떠는 두 남녀가 있었으니, 다름 아닌 잔월비선과 잔혹미영이었다.

―…저자가 마교의 교주라… 황궁에서 은평을 납치해 갔던 장본인이란 말이지……?

단상 위로 날카로운 시선을 주고 있던 잔월비선은 주먹 쥔 손을 부르르 떨었다. 그때의 분노가 생각나는 듯 입술까지 꽉 깨물고 눈에는 한광마저 어려 있었다. 그것은 잔혹미영도 그다지 다를 바가 없는 듯했다.

―…분하군요. 진작에 무공을 깊이 익혀두지 못한 것이 한이 됩니다.

어느 정도는 익혔지만 저들이 보여주고 있는 신위는 자신으로서는 감당하지 못하는 경지였다. 자신의 누이라면 어찌어찌 감당하겠지만 자신으로서는 턱없이 부족했다. 왠지 분한 마음이 치밀어 올랐다.

―그리도 분이 나느냐……?

―당연한 것 아닙니까.

―그것이 분할 게 아니라 앞으로의 수단을 강구해 봐라. 적어도 너

는 나보다 유리한 위치를 선점하고 있다. 깨닫지 못하겠느냐?

―…무슨 소립니까, 누님……?

잔혹미영은 자신의 누이가 하는 말이 도무지 이해가 되지 않았다. 자신이 유리한 위치를 선점하고 있다니……?

―관과 무림이 서로 관여하지 않는다지만 엄연히 따지면 그들 역시 명의 신민(臣民). 아무리 아바 마마라 해도 천 년 만 년 사시겠느냐? 곧 황제의 위에 오를 너라면 그들에게 명령을 내릴 수 있는 입장이란 소리다. 정 안 되면 황군 동원령이라는 방법도 있다. 무림인이라고 해봤자 전 중원의 백분지 일도 되지 않는 숫자. 그들이 아무리 강하다고 해봤자 전 중원을 상대할 수 있을 것이라 생각지 않는다. 나는 내 자신이 너의 위치에 있지 못한 것이 억울해. 제아무리 남장을 하고 있다지만 공주라는 신분, 너처럼 만인지상이 되어 황군을 동원하고 천하를 호령한다는 것은 불가능하다. 나는 그것이 분하다……!!

전음으로만 나눈 대화였지만 잔혹미영은 잔월비선의 마지막 말이 귓가에 쟁쟁히 울리는 듯했다. 그랬다… 무공은 마교의 교주나 자신의 누이보다 뒤질지도 모른다. 하지만 자신에게는 가장 유리한 것이 남아 있었다.

'저주한다… 내 더러운 핏줄을 저주하고 나를 저주한다… 나의 어미를 저주하고 나의 아비를 저주한다… 나의 형제를 저주하고 더러운 세상을 저주한다……!!'

흐느끼는 듯한, 그리고 절규하는 듯한 목소리였다. 어디서 나는 것인지 방향조차 짐작할 수 없는 그 목소리에 주위를 둘러보았다. 아무것도 없던 암흑 속에서 이제 갓 십 세나 되었을까 싶은 아이가 자신의 눈앞에 갑작스럽게 나타났다.

'…당신이로구나.'

아이가 일순 천진난만한 웃음을 지으며 자신을 향해 손을 치켜 올렸다. 아이의 손에는 검붉은 무언가가 덕지덕지 말라붙은 검 하나가 들려 있었다.

'…당신이었어……'

뭐가 나란 말인가라고 질문하고 싶었지만 입이 떨어지지 않았다. 아이는 독백을 계속해 나갔다.

'오직 앞만을 바라보며 살아왔어… 당신은 모르겠지… 당신은 몰라… 당신이 거슬려. 성가셔……!! 그러니까 죽어야 해. 당신을 죽이고 내 아비를 죽이고 어미를 죽이고 이 더러운 세상 역시 죽일 테다… 그리고 나 자신 역시도 죽일 테다…….

두서없이 중얼거리던 아이의 눈에서 피눈물이 흘렀다. 눈물과 섞였을 것이 분명함에도 전혀 흐려지지 않은 새빨간 색. 아이는 자신의 두 볼에 흐르는 피를 옷자락으로 닦아냈다. 새하얗던 옷자락이 피를 닦아내는 순간 새빨간 적의로 탈바꿈해 갔다.

'더러운 피… 더러운 피… 더러운 피……!!'

손에 들려 있던 칼을 스스로 내려쳐 자신의 배를 난도질했다. 고통도 느끼지 못하는 듯 아이의 행동에는 거침이 없었다. 내장이 부스러져 나오고 피가 솟구치고 살이 잘려 나가는 데도 아이는 자신의 배를 난도질 해댔다.

그만두라 말하고 말리고 싶었지만 그저 바라보고 있는 것 외엔 자신은 아무것도 할 수 없다. 아이는 오히려 죽지 않은 게 이상할 정도로 배를 난도질 해대고서야 손을 멈췄다.

'나는 착한 아이, 착한 아이… 외로워… 쓸쓸해… 쓸쓸해…….'

아이는 웃으며 되뇌기 시작했다. 피에 젖은 얼굴로 천진난만한 미소를 짓는 아이의 모습은 공포스럽다기보다는 왠지 모르게 처연했다.

'…나는 착한 아이니까 죽여야 해. 나도, 어머니도, 아버지도, 이 더러운 세상도… 그리고 당신도……!! 당신의 주변에 있는 것, 소중하게 여기는 것, 뭐든지 앗아가겠다……!!'

아이의 검이 이번에는 자신을 향해 찔러져 오는 것 같은 순간, 어둡던 주위가 갑자기 환해져 갔다.

"…다 졸았냐?"

환해진 주위로 청룡의 얼굴이 들어왔다. 서늘한 느낌에 이마를 훔쳐 보니 땀이 가득했다. 한숨을 내쉬며 주위를 돌아보니 왠지 주변의 시선들이 자신에게 쏠린 듯한 느낌이었다. 꿈을 꿀 정도로 깊게 잤으니 당연하겠지 싶어 붉어지려는 얼굴을 애써 무시하고 옷자락으로 땀을 닦았다. 어쩌면 자신이 자면서 잠꼬대를 했는지도 모를 일이었다.

개꿈도 참 괴상하게 꾼다 여기며 은평은 문득 앞을 바라보았다. 흑의와 백의를 입은 두 남자가 무척이나 열심히(?) 쌈질(?)을 하고 있다. 흑이 백에게 잠시 밀리는 것 같더니 이내 백이 밀리는 것 같다가 또 흑이 밀리는 것 같다가 하여간 아리송하게 싸워댔다.

"호적수로군. 팽팽해. 어느 한쪽도 밀리려 하질 않네."

옆에 앉아 있던 난영의 말이었다. 그러자 재빨리 제갈 뭐시긴가 하는 사내가 나서서 무어라고 응수해 댔다.

"과연, 백도와 마도를 대표하는 인물들이오. 저렇듯 백중지세(伯仲之勢)라니… 난전이 되겠소이다."

은평은 현란하게 싸워대는 흑과 백을 잠시 더 뚫어져라 쳐다보다가 눈을 크게 치켜떴다. 분명 저 얼굴은 자신이 찾던……

"찾았다!"

꽤 크게 내지른 소리에 주변에 있는 사람들이 모두 은평을 돌아보았다. 갑자기 무엇을 찾았단 말인가?

"뭘 찾았다는 거지?"

"제가 찾던 사람이요! 저 사람이에요!"

난영의 질문에 은평은 단상 위를 가리켰다. 난영은 단상 위를 잠시 뚫어져라 바라보다가 은평의 얼굴을 한 번 바라보고 믿어지지 않는다는 투로 중얼거렸다.

"둘 중 누구를 가리키는 거니?"

"흑이요. 검은 옷을 입은 사람 말예요!"

"…마교의 교주?!"

난영은 몇 번이고 되물었다. 그때마다 은평은 확신에 찬 얼굴로 고개를 끄덕였다. 그때 갑자기 주위에서 와 하는 함성이 들려 난영은 급히 단상으로 다시 시선을 주었다. 은평에게 신경을 분산시키고 있었는지라 도중에 어찌했는지는 알 수 없었지만 지금의 광경은 두 사람이 서로에게서 몇 보 물러난 채였다. 특이한 점은 두 사람 다 가슴에 커다란 장인이 찍혀 있다는 것이었다.

누가 먼저랄 것도 없이 입가에 피 한줄기가 흘렀다. 단상 바로 아래서 보고 있던 유극검 교언명이 두 사람 다 피를 보자 그제야 나섰다.

"두 분 다 중지하시오! 비무 과정에서 서로가 내상(內傷)을 입고 똑같이 물러섰으니 이것은 비긴 것이라 보겠소이다. 승복하시겠소?"

하지만 두 사람 다 교언명의 말에 대꾸하지 않았다. 그저 상대를 바라볼 따름이었다. 장내는 두 파로 나뉘어 한파는 마교의 교주가 이겼다고 떠들어대고 또 다른 파는 백의맹의 맹주가 이겼다고 떠들어댔다. 갑자기 장내가 소란스러워지자 정리의 필요성을 느낀 교언명은 목소리에 내공을 실어 외쳤다.

"모두 조용히 하시오. 이 비무는 비긴 걸로 하겠소. 이의가 있다면 지금 즉시 단상 아래로 내려와 본인에게 개인적인 면담을 청하시오."

술렁대던 장내가 차차 조용해졌다. 아무도 교언명과 면담하기는 싫었던 것이다. 주위가 조용해지자 교언명은 아직까지 서로를 노려보고 있던 두 명에게도 처분을 내렸다.

"두 분 다 단상에서 내려가 몸을 추스르시오. 내상은 아무리 가벼운 것이라도 가벼이 볼 것이 못 되오이다."

두 사람은 검을 검집에 꽂아 넣고 서로에게 목례를 한 뒤 단상에서 내려왔다. 입가로 흘러내린 피를 소맷자락으로 거칠게 닦아내며 화우는 입술을 앙다물었다. 분명 비긴 일인데도 자신은 저자에게 졌다는 생각이 들어 언짢았다. 그것은 현원가진 역시 마찬가지의 심정이었다. 교언명이 비겼음을 선언했고, 백중지세로 비무했음에도 자신이 졌다는 찜찜한 기분이 들었다.

'그러고 보니 내상을 입은 것도 꽤나 오래간만의 일이군.'

화우는 입가에 감도는 찝찔한 피를 목구멍으로 애써 삼켰다. 자리로 돌아오자 운향이 걱정스런 표정으로 품에서 종이로 싼 조그만 단약(丹藥)을 꺼내 내밀었다. 사실 위중한 내상이 아니고 평소에도 단약 따위는 이용하지 않기 때문에 별로 먹고 싶진 않았지만 걱정하고 있는 운향의 얼굴을 보자니 거절하기가 민망했다. 해서 단약을 들어 입에 털어 넣었다. 단약이 녹을수록 비릿한 피 맛은 사라지고 약간은 쌉쌀하면서도 싸한 향기가 입 안을 맴돌았다.

사실 가벼운 내상이었기에 운기조식에도 들어가지 않고 좌석에 앉았다. 그것은 반대 편 백의맹의 맹주도 마찬가지인 모양으로 멀리서 보이는 윤곽으로는 자신과 별다를 바 없이 주위의 만류를 뿌리치며 자리에 앉았다.

"…운기조식을 하시는 편이 좋지 않겠습니까?"

"공자님의 말씀이 옳습니다. 운기조식을 하시지요."

운향과 백발문사가 각각 양 옆에서 걱정스러운 표정을 하니 화우는 난감했다. 그 시선들을 애써 무시하자 백발문사가 한숨을 내쉬었다.

"…검을 섞어보신 느낌은 어떠하더이까?"

"호적수… 였다. 게다가 무슨 이유에서인지 저자에게 밀릴 때마다 지기 싫다는 생각이 들더군."

가볍게 화답한 화우는 다시 단상 위로 시선을 주었다. 어느새 새로운 지원자가 올라와 다른 도전자를 받아 비무를 펼치고 있었다. 한참 비무를 관전하고 있는데 주위에서 운향과 밀랍아, 그리고 백발문사 이외의 인기척이 들렸다. 조금 묵직한 듯한 느낌으로 아마도 인기척의 주인은 사내일 터였다.

"교주, 꽤나 훌륭한 비무였소."

상대 역시 자신의 인기척을 화우가 이미 감지했을 것이라 생각했는지 옆으로 와 서서는 태평스레 말을 건넸다. 화우는 여전히 단상을 바라보고 있었기 때문에 뒤편에서 들리는 목소리만으로 그가 누구인지를 떠올렸다.

"천겁문의 문주가 아니시오?"

오건척사 군상앙이란 자였다. 마교에는 미치지 못한다고는 하나 나름대로의 세력을 이끌고 있는 자였고 마교의 공백을 메워주었으니 예는 갖추어야 한다고 생각해 화우는 고개를 돌렸다.

맨 처음 백의맹에 들어왔을 때 회합장에서 보고는 처음이었다. 그때는 미처 생김새를 자세히 관찰할 기회가 없었으나 이번에는 화우가 그의 얼굴을 찬찬히 뜯어보았다. 얼굴 가득 깊게 패인 주름이 강호에서 몸담아 왔던 지난 시절을 대변해 주고 있었다. 굳은살이 박힐 대로 박힌 큼지막한 손바닥도 그러했고 옷자락 사이로 감추어진 흉터들도 그러했다. 제 딴에는 좋은 인상을 남기고 싶었는지 얼굴 가득 웃음을 지었지만 주위 사람들에겐 절로 으스스 소름이 돋는 듯한 느낌이 들었다.

"교주, 교주께오서 한때 마도 전역에 뿌린 이 초상화의 주인은 누구요?"

마도인들 사이에 뿌려진 미소녀의 초상화, 거기다가 이 초상화의 주인을 잡아오는 자에겐 후한 포상을 내린다고 하여 여러 사람들이 소녀를 찾았으나 어느새인가 종적이 묘연해져 포기한 자들이 태반이었다.

"교주께서 마음에 두고 계신 분입니다."

당황해하는 화우를 대신해 백발문사가 대답했다.

"저 소녀를 여기서 본 자가 있다고 하기에 드리는 말씀이오. 생포해 오려 했으나 무림삼미 중 하나인 화중화 금난영이 바로 옆에 있고 그 옆에는 제갈세가의 소가주가 있는 데다가 주위로 백도의 고수들이 여럿 앉아 있어서 그러지 못했다 하더이다."

"…정말이오?"

화우가 작은 목소리로 낮게 속삭였다. 바로 눈앞에 있다니 전혀 뜻밖의 일이었다.

"대충 전해 들은 바에 따르면 그동안 금황성에서 머물며 두문불출(杜

門不出)하고 있던 것으로 보이오. 어찌하……."

군상앙이 말을 다 잇기도 전에 화우가 자리에서 벌떡 일어났다. 주위 사람들이 놀라서 무슨 일인가 했지만 화우는 전혀 개의치 않았다.

"어디요? 어디에 있는 게요?!"

*   *   *

"제길, 괜히 이런 번잡한 곳에 어찌 오자고 한 게냐, 막가야!"

땅딸막한 체구의 노인이 불만을 토로했다. 그러자 땅딸막한 체구와는 대비되는 장신에 근육질 몸의 노인이 눈을 부라렸다.

"네놈은 구취신개와 마주칠 것이 두려운 게로구나."

"뭣?! 내가 그런 입 냄새 나는 놈을 두려워할 성싶으냐?!!"

땅딸보노인이 발끈했지만 거구의 노인은 코방귀도 뀌지 않았다. 손에 들고 있던 뭉치에서 종이를 획획 벗겨내더니 노릇노릇 잘 구워진 토끼고기의 뒷다리를 쭉 뜯어냈을 따름이었다.

"자, 받거라."

"한데, 이런 곳에서 토끼고기와 곡차를 즐겨도 되는 게냐?"

"뭐 어떠냐, 우리만 먹느냐? 다들 먹는다."

땅딸보노인은 토끼 다리를 받으며 허리춤에 들려 있던 술병을 내려놓았다. 토끼고기의 노린내와 더불어 푹 삭힌 술 특유의 시큼한 냄새가 주위에 퍼졌다. 비무를 관전하며 다른 사람들도 이것저것 먹을 것을 달고 오지만 이 두 노인의 토끼고기와 술은 그중 가장 특출난 것이었다. 냄새를 진동시킴으로써 마른 육포를 씹고 있다거나 호병 혹은 교자를 먹고 있다든가 하던 사람들이 순식간에 일정한 거리를 두고 물러나게 만들었으니 말이다.

두 노인은 비무 관전에는 관심이 없고 기름이 번들번들 묻어나는 토끼고기의 살점을 한 입 가득 깨어 물고 목구멍으로 술을 들이켰다. 독한 고량주의 쉰내와 고기의 느끼한 맛이 입 안에 맴돌았다.

"캬아, 이 맛이다!"

"고럼고럼, 토끼고기는 털을 뽑지 말고 그대로 구워서 그슬리는 게 최고지!"

"이 독한 고량주는 어떻고?! 어디서 이런 푹 삭힌 놈을 구해왔느냐?!"

자기들끼리 떠들며 그렇게 한동안을 더 주거니 받거니 했다. 그렇게 토끼고기의 크기가 반 이상 줄었을 무렵, 거구의 노인이 입맛을 다셨다.

"에잉… 술이 없군. 기왕 구해올 거 두 병 구해오지. 간에 기별도 안 가는군."

"고량주가 그것밖엔 없었느니라. 그냥 고기나 뜯어라!"

"난 통통하게 살이 오른 놈을 구하기 위해서 산을 뛰어다녔고, 거기다가 토끼를 굽느라 귀찮게 손이 가는 일도 마다치 않는데 네놈은 겨우 한 병으로 입을 씻으려고 들어?! 에이 이 양심없는 놈!"

거구의 노인은 못내 아쉽다는 표정으로 병을 거꾸로 들어 마지막 한 방울까지 탈탈 털어냈다.

"저……."

뒤에서 누군가 쭈뼛거리는 소리에 두 노인은 기름으로 번들거리는 손을 쪽쪽 빨아대며 고개를 돌렸다. 강호초출인 듯 아직 푸릇푸릇한 나이의 청년이 조심스러운 기색으로 머리를 긁적이며 서 있었다.

"무슨 일이냐?"

척 봐도 이제 막 약관을 벗어난 듯 보여 땅딸보노인은 하대를 했다. 뭐 상대 역시도 자신이 하대를 듣는다는 것이 당연하다는 듯한 반응이었다.

"송구스러운 말씀이옵지만, 혹시 두 분이 강호에 위명이 자자하신 백염광노 노 선배님과 파랑군 노 선배님이 아니신지요……."

지금 두 노인의 차림새는 짚불로 엮은 거적때기를 뒤집어쓰고 다 헤진 죽립을 눌러쓴 초췌한 몰골이었다. 하지만 아무리 초췌한 모습을 하고 있다 하더라도 그 체구는 가려지지 않는 법, 말이 위명이지 거의 악명(?)을 날리고 있는 이름인지라 사람들은 이 두 노인이 백염광노와 파랑군이라 불리는 노괴들이 아닐까 짐작은 하고 있던 터였다. 하지만 괜히 말을 걸었다간 휘말리게 될 것이 두려워 차마 묻지 못하고 있었던 바, 아직 세상의 쓴맛을 잘 모르는 강호 초출이 겁도 없이 두 노괴에게 접근을 한 것이다.

"크하하하하, 네놈은 그래도 눈이 똑바로 박힌 아해가 아니냐. 우리를 알아보다니."

청년은 척 봐도 눈에 띄는 체구를 하고선 못 알아본다면 그건 장님이겠지요라는 말이 목구멍까지 치밀어 올랐으나 강호에서는 말을 함부로 내뱉어선 안 된다는 사부의 말씀을 떠올리고는 애써 눌러 참았다.

"요즘 젊은것들은 버릇이 없어. 에잉… 하늘 같으신 노 선배들이 이리 앉아 있는데 인사하러 오는 것들이 없지 않는가!"

파랑군은 괘씸하다는 듯 통통히 살이 오른 주먹으로 바닥을 쾅쾅 내려쳤다. 그가 바닥을 내려칠 때마다 저 멀리 있던 사람들의 어깨도 따라서 움찔움찔거렸다.

백염광노는 조금 식긴 했지만 남은 토끼고기를 청년 앞에 내밀었다.

뜨거웠던 채라도 느끼해서 못 먹을 판에 미지근하게 식어버린 것을 내밀다니 청년은 토악질이 났지만 마다했다가는 경을 칠 분위기여서 눈물을 머금고 고기 몇 점을 입에 쑤셔 넣었다. 억지로 집어넣긴 했으나 입맛이 영 깔깔했다. 돼지 비계를 통째로 입에 넣어 씹는다 한들 이보다 더할쏘냐.

"그래, 아해야. 이름이 무어냐?"

파랑군은 내심 친절히 보인다고 미소를 지었지만 청년은 오히려 겁이 더럭 났다.

"…아, 아직 강호 초출인지라 별호는 없습니다. 이름은 당약윤(唐藥尹)이라 합니다."

"당약윤? 그렇다면 당문 출신이란 말이냐?!"

백염광노가 놀라움을 나타냈다. 그러고 보니 청년의 옷에는 적갈색으로 소매와 목 부분에 당이란 글자를 아로새긴 부분이 있었다. 당문이 멸문지화를 당하고 천하오대 세가의 자리에서도 빠져 사대세가가 되었던 약 이십여 년 전, 사실 그 이후로 살아남은 몇몇의 당씨들이 가문을 다시 세우기 위해 봉문을 한 뒤로 당문을 상징하는 이 적갈색에 당 자를 아로새긴 옷은 거의 찾아보기 힘들었다. 약 오 년 전에 다시 봉문을 풀고 활동을 시작했지만 예전과 같은 위명을 되찾기란 요원한 일처럼 보인다.

"예, 그렇습니다. 당문의 현 가주님은 제 외숙(外叔)이 되시지요."

전대 가주인 귀왕려곤 당백지는 슬하에 삼남이녀의 자식을 두었었다. 하지만 이십여 년 전, 멸문을 당하면서 살아남은 것은 단 두 명뿐이었다. 그것이 바로 차남이자 셋째이며 당문의 현 가주인 당자담(唐孜曬)과 장녀이자 둘째였던 당설지(唐薛芝)다. 당약윤이라는 이 청년이 현 가주를 외숙이라 부른다면 이것은 분명 당설지의 아들이라는 소리가 된다. 당문은 예로부터 데릴사위를 맞아들이고 사위에게 당씨 성을 내렸기 때문에 그가 당씨 성을 쓰는 것도 이상한 일은 아니었다. 더불어 현 가주인 당자담에게는 슬하에 자식이 없어 다음 대 가주로 가장 유력한 것이 이 당약윤이란 청년이었다.

"…듣자 하니 요즘 사천당문의 비기를 쓰는 자가 나타났다지?"

비웃는 것은 아니었지만 약간의 동정이 어려 있어 당약윤은 마음이 상해 이를 악물었다. 악의가 없다는 것은 알았지만 당문에서도 제대로 펼치는 자가 없는 비전절기를 전혀 엉뚱한 인간이 펼치고 다닌다는 것은 자존심 상하는 일이 아닐 수 없었다. 가주께서도 그자에게 비전절기를 얻게 된 경위 등을 캐묻고 다시 되찾아오겠다고 전의를 불태우고 계시니 말이다.

"…그렇습니다."

"아해야, 네놈은 얼굴 표정을 감추는 법을 배워야 되겠구나. 지금 싫은 표정이 얼굴에 고대로 드러났지 않느냐. 아무리 치사하고 더러워도 웃으면서 상대를 마주 대해야 할 때도 있는 거고 자신의 마음을 감추고 없는 화를 내야 할 때도 있건만, 그렇게 있는 족족 자신을 드러내 보이고도 살아남을 만큼 이 강호란 곳이 만만해 보이느냐?"

파랑군은 혀를 찼다. 여간해서는 자신의 속을 드러내 놓지 않으며 맵고 짜기가 여간 아니었던, 귀왕려곤의 후손이라기엔 너무 무르지 않는가.

귀왕려곤과는 그의 생전에 몇 번 안면이 있던 사이였다. 절친했다고는 말할 수 없지만 왕년의 번성했던 때의 당문에도 몇 번이나 방문할 사이 정도는 되었다. 그때 그의 자식들을 소개받을 기회가 있었다. 장남이었던 당자형(唐孜兄)은 수재에 예의범절도 나무랄 데 없었고 그야말로 맏이다운 놈이었다면 차남이었던 당자담이나 삼남이었던 당자경(唐孜景)은 그 그늘에 눌려 소심한 성격, 하지만 특별히 모자란 구석은 없었다. 여식인 당설지는 당씨 성을 가진 여자답게 당차고 야무지며 일찌감치 혼처가 나서 그 당시 혼인을 준비하던 중이었다.

하지만 뭐니 뭐니 해도 그의 자식들 중 제일 물건은 당설요(唐薛瑤)였다. 가장 막내였지만 무공의 성취가 같은 나이 또래들보다 월등히 앞선 데다가 용독술(用毒術)과 의술에 굉장한 재능을 보였었다. 거기다가 사천제일미라 불릴 정도로 아름답기까지 했었다. 아깝게도 참변으로 인해 꽃다운 나이에 져버리고 말았지만 말이다.

"앗, 그, 그러고 보니 이러고 있을 때가 아닌데……!!"

두 노괴들에게 잡혀 시간을 허비한 것을 깨달은 당약윤이 낭패한 듯 외쳤다. 자신은 외숙의 부탁으로 잔월비선이란 자에게 서찰을 전하러 가던 중이었던 것이다.

"급한 일이냐?"

"예, 노 선배님들. 결례를 너그러이 용서해 주십시오."

당약윤은 대충 사죄의 인사말을 남기고 황급히 뛰어가 버렸다. 백염광노와 파랑군은 술이나 먹어볼까 했는데 안타깝게 되었다며 입맛을 다셨다.

두 노괴들에게서 벗어난 당약윤은 정검수호단주의 좌석으로 마련되어 있는 곳으로 서둘러 달려갔다. 외숙이 전하라 명한 서찰이 품속에서 납처럼 무겁게 변해 바스락거렸다.

정검수호단주의 자리는 정검수호단의 단원들과 같이 마련되어 있었다. 일반석의 떠들썩함과는 달리 이곳은 조용하기 이를 데 없었다. 당약윤의 발소리에 모두 그를 돌아보았다. 이에 당약윤은 무안했지만 자신의 품속에는 가문의 운명을 결정지을 중요한 서찰이 들어 있어 자신에게 쏟아지는 시선을 애써 무시하고 단주의 자리까지 다가갔다.

분명 인기척을 내었으니 자신이 온 것을 알 터인데도 단주는 미동조차 하지 않았다. 무시당한 것 같아 약간 기분이 나빴다. 어찌 됐거나 아쉬운 쪽은 자신이라는 점을 숙지하고 당약윤은 예의를 차렸다.

"잔월비선 대협이십니까? 잠시 용무가 있습니다."

잔월비선 대신 그의 옆에 서 있는 여인이 돌아보았다. 요염하고 아름다운 미녀로 약간 붉은 듯한 경장이 잘 어울렸다.

"무슨 일인가요?"

자신을 향해 생긋 웃는 얼굴이 어디선가 본 적이 있는 것 같아 낯이 익은 것은 단순히 자신만의 착각일까. 어디에서인지는 모르겠지만 언젠가 본 적이 있는 것 같은 얼굴이었다.

"오라버니께오선 비무를 관전 중이시니 저에게 말씀하시지요."

아마도 이 여인은 잔월비선과 남매지간이라는 잔혹미영일 것이다. 한데 이 여인과 자신은 분명 초면인데도 어딘가 본 듯한 느낌이 들었다.

"제 이름은 당약윤이라 합니다. 이 서찰은… 저희 가주께서 잔월비선 대협께 전하라는 것입니다."

품 안에서 서찰을 꺼내 건네면서도 그는 계속해서 생각했다. 도대체 누구일까, 어째서 초면임에도 낯이 익은지에 대해서.

'분명히 본 기억이 있는 얼굴이다… 한데 어디서 봤지……? 어디서 봤더라……?'

생각날 듯 말 듯하면서도 떠오르지 않으니 참 답답한 노릇이었다.

"갔느냐?"

"예, 갔습니다. 그리고 이것을……."

당약윤이 멀어지자 잔월비선은 서찰을 건네받았다. 찬찬히 서찰을 들어 펼쳐 단숨에 읽어 내려가더니 이내 손에서 삼매진화를 일으켜 태워 버렸다.

"쓰잘데기 없는 내용이군."

"역시 자신들의 비전절기를 되돌려달라는 내용인가요?"

"그것 말고 또 뭐가 있겠나. 서찰을 전해주고 간 자의 이름이 뭐지?"

잔월비선의 질문에 답한 것은 잔혹미영이 아니라 창백한 안색의 여인이었다. 계속 그의 뒤에 시립하고 있었지만 여인의 올곧은 자세는 변함이 없다.

"저자는 당약윤이란 자로 당문의 몇 안 되는 직계손입니다. 현 가주인 연환정결(連環淨潔) 당자담에게는 슬하에 자식이 하나도 없고 그의 누이이며 빙련신녀(氷戀神女)라 불리는 당설지만이 세 명의 자식을 두고 있는데 그 장남이 당약윤, 그리고 장녀가 당초윤(唐苕尹), 차남이 당약청(唐藥聽)입니다. 모두 당문에서 두문불출하다 이번에 처음으로 당약윤이 강호에 등장한 것으로 압니다."

설명을 듣고 있던 잔월비선의 입가에 그 의미를 짐작하기 어려운, 괴이한 미소가 번졌다. 미소의 속셈이 과연 무엇일까……?

"우선 진정하고 앉으십시오! 그 심정을 짐작 못하는 바는 아니니 제발 앉으십시오."

백발문사가 다급히 외쳤다. 너무나도 간곡히 말리는 태도에 화우는 어쩔 수 없이 다시 자리에 앉았다. 군상앙은 자신이 분란을 일으킨 것 같아 괜히 손바닥을 맞비비는 둥 안절부절못하고 있었다.

"지금 이곳의 모든 사람들의 이목이 교주께로 집중되어 있습니다. 백도든 마도든!! 배교의 간자가 숨어 있을지도 모르고 백도 쪽에서도 교주의 약점을 캐내고 싶어할지도 모릅니다. 빌미를 잡히시면 아니 되십니다."

화우는 마음의 평정을 되찾기 위해 심호흡을 했다. 숨을 좀 들이키자 처음의 흥분되었던 마음은 그나마 진정이 되었지만 귓가로 둥둥거리는 북 울림이 들리는 것 같았다.

"…모습은 어떻더이까?"

"건강한 모습이었소이다. 금황성에서 귀빈 대접을 받고 있다 하였소. 특이한 점이라면 품에 백호의 새끼를 안고 있다는 것과 호위처럼 보이는 두 사내가 곁에 있다는 점이오만은……"

그 두 사내 역시 태양혈의 돌출이 전혀 없는 평범한 범인들처럼 보였다고도 덧붙이고 싶었지만 그가 이 세상을 살아온 경험으로는 그런 놈들일수록 실력을 감추고 은인자중(隱忍自重)하는 자들이 많았기에 함부로 입에 담지는 않았다.

"…한데 확실히 초상화보단 실물이 낫소. 초상화에서보다 이목구비가 더욱 뚜렷하고 아름답더이다. 화중화 금난영의 옆에 있으면서도 전혀 꿀리지 않는 미모였소."

칭찬의 말에 화우는 어깨가 으쓱해졌다.

"벌써 알아버린 건가요? 소식을 전해주려 황급히 달려왔는데……"

부드러운 옥음의 주인공은 바로 섭능파였다. 천안은 정사중간을 표방했기에 그 자리는 따로 마련되어 있었으니 마교의 자리와는 꽤나 먼 거리였다.

사람들은 그녀가 면사를 뒤집어쓰고 있는 것에 대해서 의견이 분분했다. 뭐 본인의 입으로 얼굴에 흉한 상처가 있다고는 하였지만 아름다운 아미와 눈매만 보아도 면사를 벗은 그녀의 얼굴은 대단히 아름다울 것임에 틀림없었다. 게다가 지니고 다니는 무기가 없는 것도 그녀에 대한 신비감을 한층 더 부각시키는 요인이 되었다. 무공을 익힌 듯한데 검을 쓰는 것도 아니고 편을 쓰는 것도 아니고 그렇다고 해서 도를 쓴다는 것은 더 더욱 어울리지 않는다. 혹시 음공을 쓰는 것이 아닐까 하는 의견도 제기되었지만 지니고 다니는 악기 역시 없으니 각하. 면사를 벗은 그녀의 얼굴과 그녀가 쓰는 무기는 젊은 무사들 사이에서 단연 화젯거리였다.

"자리를 떠도 괜찮은 건가……?"

"괜찮습니다."

아름다운 아미가 둥근 곡선을 그리는 것으로 보아 웃음을 짓고 있다는 것은 확실하였으나 두터운 면사로 가리고 있으니 눈 아래도 웃는지는 알 수 없었다.

"조금 있으면 오전의 순서가 모두 끝나고 잠시 점심(點心) 시간이 마련될 것입니다. 그때 잠시 사람들의 눈을 피해서 다녀오십시오. 괜히 책잡힐 일 따위 하지 않으시는 것이 좋습니다."

백발문사의 의견도 그러했고 이번에는 섭능파까지 나서니 화우는 어쩔 수 없이 기다리기로 했다.

"무슨 일입니까?"

한참 비무를 관전—이라고 해봤자 무공을 보는 것이 아니라 근육의 움직임을 보면서 좋아했다—중이던 단운향이 무슨 일인지 관심을 표해왔다.

"아니다, 아무 일도."

운향은 고개를 긁적였다. 항상 약당전주에 틀어박혀서 해부하는 게 일인 그가 마교의 돌아가는 저간 사정을 상세히 꿰고 있을 리 만무했다. 물론 화우가 사람을 풀어 사람 하나를 찾고 있다는 소리는 얼핏 들은 적이 있었다.

"계속 관전하거라."

화우의 말에 운향은 다시 단상 위로 시선을 주었다. 사람의 근육의 움직임은 참으로 멋졌다. 사람의 몸속은 작은 우주와도 같아 모든 이치가 들어 있음에도 그걸 모르는 어리석은 자들이 안쓰러울 따름이다.

와아―!!

정파 편에서 함성 소리가 울렸다. 곤륜파(崑崙派)의 속가제자인 일려검절(壹勵劍絕) 보신탕(保迅宕)이 불기사견(弗機邪見) 순대국(循垈麴)을 큰 차이로 이긴 것이었다. 순대국은 강호에서 어느 정도 이름을 날리던 자였고 보신탕은 얼마 전에 강호에 나와 일려검절이라는 별호를 얻은 지 채 두 달도 안 되는, 한마디로 풋내기였다. 그런 그가 어느 정도 강호에서 굴러먹은 순대국을 이긴 것이었다. 이것은 대단한 일이었다. 현격한 무공 실력의 우위가 없으면 경험없는 자가 경험있는 자를 이기기란 쉽지 않은 것이다.

"…일려검절 보신탕, 승(勝)!"

교언명의 선언까지 있고 보니 백도 사람들은 더욱더 크게 함성을 내질렀다. 보신탕은 의기양양 다시 한 번 자신과 싸울 상대자를 기다렸다. 약간은 어려울지도 모른다고 생각했던 상대를 쉽게 이겨놓고 보니 자신감이 솟구쳤다.

"보신탕 소협과 비무를 하실 도전자를 찾소!"

사람들은 일순 숨을 죽이고 보신탕의 다음 상대자는 누구일까에 주목했다. 하지만 단상 위로 오른 것은 전혀 뜻밖의 인물이었다.

"…본인이 도전하겠소."

가녀린 체구로 약 14세쯤 되어 보이는 소녀였다. 길게 드리운 머리는 약간 헝클어져 있고 검을 쥘 수나 있을까 싶을 정도로 얇은 손목이다. 어디서 헐렁한 검은 장포를 주워 입었고 손에는 대검이 들려 있었다. 이목구비는 머리칼에 가려 잘 드러나지 않았지만 피처럼 붉은 입술이 가냘픈 소녀처럼 보이게 했다.

거기다가 더욱 기이한 것은 소녀가 걸을 때마다 발목에서 울리는 족쇄였다. 척 보기에도 대여섯 근은 너끈히 나가고도 남을 두터운 족쇄가 소녀의 발목에 매여져 땅바닥에 질질 끌리고 있었던 것이다. 어떤 사람들은 실제로는 가벼운 것으로 겉만 무겁게 보이는 게 아닐까 의심했지만 저 족쇄의 재질이 가벼운 것이라면 땅에 끌렸을 때 저렇게 묵직한 울림을 낼 수 있을 리가 없었다.

이 기괴한 소녀는 족쇄를 달고 있어도 보행에 아무런 지장도 받지 않는 듯 걸음걸이가 자유롭기만 했다. 유유자적 단상 위로 올라온 소녀는 교언명 앞에 섰다.

"별호와 이름을 대시오."

"별호는 없고, 이름은 현무."

보신탕은 소녀의 기괴한 모습을 보고 한가락 하는 줄 알고 내심 긴장했지만 별호도 없다면 애송이라는 생각이 들어 안도의 한숨을 내쉬었다. 그것이 큰 오산이었음을 채 일 다경도 지나지 않아 뼈가 저리도록 깨닫게 되었지만…….

"서로 인사 나누시오."

보신탕은 나름대로 정중히 예를 갖췄지만 소녀는 형식적으로 고개만 까닥한 것으로 기수식을 끝냈다. 교언명이 단상을 내려가고 나자 소녀는 조용한 목소리로 보신탕에게 속삭였다.

"당신… 강한가?"

"나름대로 강하다고 자부한다."

"잘됐군… 어디 날 한번 죽여봐라……."

순간 보신탕은 상대가 자신을 무시하고 있다는 생각이 들었다. 닭 하나 못 잡을 것 같은 손목으로 감히 자신에게 덤비겠다니 지나가던 개가 웃을 일. 거기다가 검의 상태를 보아 하니 언제 버렸는지 알 수 없을 정도로 닳은 검이 아닌가.

"여자라고 봐주지 않겠다!! 회룡쇄마검(廻龍碎魔劍)!"

곤륜파의 대표적인 검법의 하나인 회룡쇄마검으로 피할 틈조차 주지 않고 덮쳐 들겠다라고 결심했건만 어느새 상대는 눈 깜짝할 사이에 눈앞에서 사라졌다.

"느리다."

언제 뒤로 갔는지 자신의 뒤에서 나는 목소리에 보신탕은 등 뒤로 식은땀이 한줄기 흘렀다. 등 뒤에 바로 있음에도 그것을 감지해 내지 못하다니 만약 상대가 자신의 목숨을 노렸다면 어찌 되었을까.

"…역시 날 죽여줄 그릇은 되지 못하는군……."

소녀의 몸은 관중들조차도 짐작하지 못할 정도로 빠르게 움직였다. 보신탕의 뒤에서 갑자기 사라졌다가 다시 나타난 곳은 약간 얼이 빠진 보신탕의 눈앞이었다. 회룡쇄마검의 초식을 취하고 있던 터라 검을 앞으로 내빼고 있었는데 소녀의 가슴에 검이 닿아 있는 형상으로 보신탕이 조금만 힘을 줘도 소녀의 가슴을 검이 뚫고 지나갈 것 같았다.

"…귀찮다. 빨리빨리 끝내자."

소녀의 대검이 움직였다. 짤랑거리는 소리와 함께 소녀가 허공으로 뛰어올랐다. 정말로 날개가 달린 것처럼 날아오른 것 같은 모양새였다.

'…아무리 고강하다 해도 병신처럼 발악 한번 못해보고 질 수는 없다!'

그랬다. 자신은 대곤륜파의 속가제자였다. 이대로 무너져 버리기엔 곤륜파의 이름이 아까웠고 그동안 쌓았던 명성이 아까웠다. 그렇게 생각한 순간 보신탕의 손목은 회룡쇄마검의 초식을 취하고 있었다.

하늘로 뛰어올랐던 소녀가 검을 치켜들어 가로로 자신을 베어오는 모습이 보였다. 보신탕은 급한 대로 몸을 굴려 소녀의 검을 피해냈다. 나동그라진 모습이 웃기기도 할 터이지만 관중들 중 웃는 자는 아무도 없었다.

나동그라진 상태 그대로 보신탕은 소녀의 다리를 노렸다. 다리 부분을 넓게 베어 들어가며 편법으로 건천일지공(乾天一指功)을 날렸다. 소녀가 검을 피하기 위해서 움직이는 사이 혈도를 점하기 위해서다.

소녀는 그런 움직임을 눈치 챘는지 검을 피해 공중으로 몸을 띄우며 몸무게를 이용해 바닥에 검을 박았다. 바닥에 꽂힌 검의 손잡이를 붙잡고 공중으로 제비를 돌듯이 회전했다. 그 틈을 놓칠세라 보신탕이 연타로 지공을 날렸다.

소녀가 제비를 돌아 다시 땅에 발을 디디며 검을 바닥에서 거칠게 뽑아냈다. 무척이나 빠른 보법으로 지공을 피해 날래게 움직여 다시 한 번 보신탕의 코앞까지 다가가 검으로 베듯이 내려쳤다.

"크윽……!!"

황급히 자신의 검을 들어 소녀의 대검을 막은 보신탕은 이를 악물었다. 저런 약골 주제에 어디서 그런 힘이 나는지 검으로 자신을 밀어붙이는 힘은 보통 남자들 이상이었다.

계속 이러고 있다가는 팔에 쥐가 날 듯싶었다. 기세에서 이미 눌려버린 보신탕은 싸울 전의를 차차 잃어가고 있었다. 게다가 압도적인 힘의 차이와 실력 차이. 자신은 저 소녀처럼 빠르게 움직이라고 한다면 죽었다 깨도 할 자신이 없었다.

점점 보신탕의 발이 뒤로 밀려나고 있었다. 신발의 밑창과 단상의 바닥이 마찰되어 끼익거리는 듣기 싫은 소리를 낼 정도였다.

보신탕은 점점 더 밀려 나가 급기야는 단상 밖으로 내쳐졌다. 단상과 지면이 높이의 차이가 있는지라 보신탕은 꼴사납게도 지면으로 떨어져 나뒹굴었다.

"…혀, 현무, 승!"

제대로 된 공격 한 번 없이 너무도 황망한 승에 진중하고 항상 침착하다는 교언명조차 잠시 넋을 잃고 있다가 황급히 현무의 승을 선언했다. 교언명이 이럴진대 보통의 관중들은 어떻겠는가. 보통 때라면 함성을 질렀을 관중들 역시 아무 말도 없이 고요하기만 하다.

한편, 청룡은 반가움에 몸을 부르르 떨었다. 장내에 가득 퍼진 현무 특유의 수기가 그의 몸에 맞닿고 있는 것이다.

"저 소녀처럼 보이는 것이 바로 현무다. 인사해."

청룡은 은평의 귀에 대고 살짝 알려주었다. 은평은 눈을 동그랗게 뜨고 소녀를 바라보았다. 자신보다도 더 어린 듯한 모습의 소녀가 사신수 중의 하나인 현무라니 믿을 수 없었다. 게다가 저 음침한 몰골을 좀 보라. 은평의 심정을 청룡이 짐작했는지 간단하게 압축해서 설명해주었다.

"…현무는 자살광이야. 자신이 죽기만을 바라고 사는 존재지."

청룡은 안타까운 시선을 보냈다. 현무의 심정을 자신 역시 모르는 바는 아니었다. 아니, 오히려 뼈저리게 느끼고 있을 정도다.

교언명이 정신을 수습하고 이 괴녀에 대한 도전자를 받고 있을 때, 점심 시간을 알리는 북이 울렸다. 비무는 점심 시간이 지난 후에 다시 재개하도록 되어 있었기에 교언명은 비무를 잠시 중단함을 선언했다.

"잠시 중단하오. 무림동도 여러분들께서는 식사를 하고 한 시진 뒤에 다시 모여주시기를 바라는 바요. 괴…, 아니, 여협께서도 식사를 하고 오시오."

순간 괴녀라고 말해 버릴 뻔한 교언명은 황급히 호칭을 정정했다. 괴녀는 교언명을 한 번 물끄러미 올려다보더니 다시 시선을 바닥으로 주었다.

"…식사는 되었소."

교언명은 현무의 쌀쌀맞은 태도에 잠시 고개를 내젓고는 단상을 내려갔다. 자신 역시도 식사를 해야 할 참이었다.

동작이 빠른 이들은 벌써 자리를 뜨고 없었다. 끼리끼리 뭉쳐서 식사를 하러 가기 위해 준비하는 자들도 있었고 관전하면서 간식을 배부르게 먹어서인지 별로 식사에 관심이 없는 듯한 사람들도 있었다.

'…과연 여기서 날 죽여줄 만큼 강한 자를 찾을 수 있을까.'

현무는 자신의 뒤로 매우 익숙한 기가 감지됨을 느꼈다. 뇌전(雷電)과 해(海)와 우(雨)의 기운이 뒤섞인… 이런 존재라면 단 하나, 청룡밖엔 없다. 표정으로 드러내진 않았지만 현무는 오랜만에 그를 봤다는 것만으로도 충분히 기뻤다.

"오랜만이야, 현무."

익숙한 기운이 바로 등 뒤에서 짙게 풍겼다. 그가 바로 뒤에 와 있었다. 현무는 천천히 상체를 돌렸다. 싱글거리는 면상이 자신을 내려다보고 있었다.

"…오랜만이군."

현무가 입가로 미소를 짓는 듯 마는 듯하며 대꾸했다. 사실 표정을 얼굴에 드러내는 일이 거의 없는 현무로서는 대단히 파격적인 일이었지만 그냥 언뜻 보기에는 성의가 없는 것처럼 느껴졌다.

잠시 서로를 말없이 바라보고 있던 둘은 아무 말도 없이 단상에서 내려왔다. 청룡이 앞서 걷자 현무 역시 청룡을 따라 걸어갔다.

"너의 수기 말고도 주작의 화기 역시 느꼈는데, 주작은 어디에 있나?"

주작의 기 역시 느낀 모양이었다. 하기는 기를 숨기지도 않고 그렇게 풀풀 풍기고 다니니 알아차리지 말아달라고 하는 것이 더 우스운 일일지도 모른다.

"곧, 올 거다……."

어젯밤 우연히 봉황문의 소문주인지 뭔지 하는 떨거지들과 마주칠 일이 생겼는데 감히 자신의 또 다른 이름을 도용한 데다가 그런 솜씨 없고 못생긴 자수로 자신을 수놓고 다닌다고 괘씸하다며 반작살을 낸 이후로는 보지 못했다. 아마도 어딘가 한적한 곳에서 온갖 새들을 불러놓고 노닥거리고 있을 거라 현무는 생각했다.

"들었다. 새로운 신녀가 뽑혔다지……?"

이번에는 자신이 청룡에게 물을 차례였다. 청룡은 고개를 끄덕이며 이것저것을 가르쳐 주었다.

"그래, 아무것도 모르는 백지 상태라서 붙들어놓고 이것저것 가르치고 있다. 그리고 백호도 함께 있고 말야."

"…백호? 풍의 기운은 아무것도 느끼지 못했는데……."

"모습을 축소시켜서 지내고 있다. 기도 최소한으로 줄였을 거야. 감지하지 못한 것이 당연하지."

그렇게 말을 주거니 받거니 하는 사이, 청룡과 현무는 은평의 앞에 당도했다. 거의 신선에 다다른 기가 느껴지는 한 남자와 새끼의 모습인 백호, 그리고 신녀의 특성을 그대로 이어받아 가고 있는 중인 듯한 소녀, 아니, 새로운 신녀가 자신의 눈앞에 서 있었다.

"처음 뵙겠습니다……."

신선에 가까운 기를 뿜어내는 남자를 의식해 현무는 입으로는 처음 뵙겠느니 어쩌느니 하는 말을 내뱉고 있었지만 신선, 혹은 영수들만이 들을 수 있는 음파로 정식 인사를 하고 있었다.

―북방의 수호자. 음기의 수신, 현무가 새로운 신녀께 인사 올립니다.

새로운 신녀는 자신의 인사에 약간 당황하는 눈치더니 이내 생긋 웃으며 손을 내밀었다.

"은평이라고 해요."

신선 정도 되는 존재가 악수를 청해 받아본 것은 이번이 처음이었다. 이 소녀는… 뭔가 조금 특이한 존재마냥 여겨졌다. 얼떨결에 손을 내밀어서 소녀의 손을 맞잡은 순간, 항시 차가운 자신의 손과는 달리 이 소녀의 손은 참 따뜻하다는 것을 깨닫고 묘한 기분에 휩싸였다.

20

은펭이 꾸는 꿈은 평범한 꿈이 아니다?!

은평이 꾸는 꿈은 평범한 꿈이 아니다?!

화우는 왜 이렇게 사람들이 꾸물거리는지 불만이었다. 빠릿빠릿하게 나가는 것들이 없이 전부 느릿느릿. 사람들의 이목을 피해야 한다는 백발문사의 말에 어느 정도 사람들이 빠져나가길 기다리는 중이지만 그의 속은 새까맣게 타 들어가다 못해서 바스라지고 있었다.

화우는 숨을 한 번 깊게 들이쉬고 입술을 꽉 다물었다. 이제 인원은 드문드문 보이는 몇몇 자들뿐.

군상앙이 가르쳐 준 자리는 백의맹 맹주의 자리에서 약간 비스듬히 기울어져 있는 자리였고 약간 그늘지기까지 해서 사람들의 시선이 잘 가지 않는 곳이었다. 경공술을 시전하면서 자신의 경신법이 느리다고 한탄해 본 적은 이번이 처음이었다.

한편 아직 자리를 지키고 있던 잔월비선과 잔혹미영은 마교의 교주가 황급히 어디론가 달려가자 의아한 기색으로 서로를 마주 보았다. 황궁에서 은평을 납치해 간 장본인이니 때려죽여도 시원치 않을 터이지만 어쨌거나 이곳은 자금성이 아닌 무림. 섣불리 움직일 수 없는 노릇이었다.

"무슨 일인지 따라가 봐야겠군."

잔월비선은 여전히 시립하고 있던 여인에게 눈짓했다. 이 눈짓의 의미는 잠시 다녀올 터이니 네 볼일을 봐라였지만 여인은 그런 의미로 받아들이지 않은 듯했다.

여인이 어떤 의미로 받아들였는지는 잔월비선에겐 중요 관심 사항이 아니었다. 경쾌한 경공법을 이용해 마교의 교주에게로 다가가던 중, 뭔가 의아한 점을 발견했다. 자신이 가까이 접근했음에도 별로 알아차린 기색이 아니었던 것이다. 자신이 일부러 기척을 감추고 접근한 것도 아닐진대, 누군가를 찾는 듯 한자리에 서서 고개만을 이리저리 돌릴 뿐이다.

'단단히 이성을 잃었군……'

바로 지척까지 다가섰는데도 알아채지 못할 정도로 이성을 잃게 한 이유가 무엇일까. 잔월비선은 갑자기 궁금해졌다. 그리하여 호기심 충족을 위해 그의 뒤를 잠시 밟아보기로 했다.

'분명히 이 자리가 맞는데 어디를 간 겐가?!'

화우는 이 순간만큼은 자신을 만류한 백발문사가 원망스러웠다. 지난 시간 동안 조바심을 내었던 가슴은 다 타들어 가고 재만이 남았다. 하지만 지금은 쓸데없이 그를 원망하기보단 은평을 찾아야 할 때다. 화우는 은평이 혹시 식사를 하러 간 것이 아닌가 싶어 백의맹 안에 마련된 주루 쪽을 향해서 내달렸다.

한편 은평 일행은 연무장을 개조해 만든 비무장을 벗어나 먼저 식사를 하러간 난영이 일러준 대로 이곳에 마련되어 있다는 주루를 향해 걸음을 옮기고 있었다. 참으로 특이한 일행이었다. 은평과 은평의 품에 들린 백호, 그리고 무표정한 표정의 인, 싱글대는 청룡과 쩔그렁대는 족쇄 소리가 일품(?)인 현무.

　인이 제일 앞서 걷고 있었고 그 뒤를 현무와 청룡이 바짝 따랐으며 은평이 제일 뒤처져 있었다. 은평 일행 외에도 식사를 하러 가기 위해 걷고 있는 사람들이 주변에 꽤 있었다. 자신의 배를 채우기 위해 가는 시간은 즐거우면서도 지루한 법. 은평은 이리저리 사람 구경에 정신이 팔려 있었다.

　[으, 은평님! 웬 기 하나가 은평님께로 접근하고 있습니다!]

　이곳은 인간들의 기가 전부 강렬한 편이어서 아주 가까이 접근할 때까진 알아차리기 힘들었다. 뒤늦게 알아차린 것은 청룡과 백호, 그리고 인 역시 마찬가지였다. 모두 뒤를 돌아보는 순간, 커다란 검은 그림자가 은평을 덮쳤다.

　"…으엑!"

　은평이 갑자기 자신의 품으로 뛰어든 검은 그림자에 놀라 소리를 지르는 바람에 주위 사람들은 물론이려니와 청룡과 현무, 그리고 인 역시 놀랐다. 특히 은평이 깜짝 놀란 관계로 품에서 놓치는 바람에 땅바닥으로 곤두박질친 백호는 더욱 놀랐다.

　자신을 덮쳐 오는 무게를 이기지 못하고 뒤로 나자빠진 은평은 땅바닥에 부딪친 허리와 엉덩이, 그리고 등이 욱신거렸다. 게다가 깔려 있는 통에 답답하고 숨이 막히기까지 하다.

　"도대체 뭐 하는 짓……."

은평은 상체를 일으켜 세우고 고함을 지르려다가 상대방의 얼굴을 보고 놀랐는지 할 말을 잊었다. 할 말을 잊었다기보단 차마 지를 수가 없었다. 자신의 얼굴 바로 앞에 드리워진 그 얼굴만으로도 놀라운 일이거늘 금방이라도 울 것 같은 애절한 표정에다가 대고 차마 소리를 지를 정도로 인정머리가 없진 않았다.

"찾았다. 겨우 찾았다… 이대로 놓쳐 버리는 줄 알았는데……."

갑자기 말을 잇다 말고 화우가 고개를 떨구었다. 더 놀란 것은 은평이었다. 말을 잇다 말고 갑자기 화우의 고개가 푹 떨구어진 통에 얼떨결에 머리를 손으로 떠안았다. 은평 역시 어안이 벙벙하고 정신이 하나도 없는 통에 지금 자신의 상황이 제삼자의 눈에는 어떤 모습으로 보일지 전혀 인지하지 못하고 있었다.

그의 몸 아래 깔려 있는 데다가 화우가 고개를 푹 떨구었는데 공교롭게도 얼굴을 파묻게 된 곳이 은평의 가슴이었던 것이다. 세인들의 시선으로 보기에 백주에, 그것도 사람들이 지나다니는 길에서 하고 있기는 조금 곤란한… 아니, 상당히 민망한 작태라고나 할까.

"으, 무거워. 이봐요. 일어나 봐요!"

은평은 화우의 머리를 들어 올려 몇 대 쥐어박아 봤지만 미동도 하지 않았다. 황당함으로 인해 얼이 빠져 있던 청룡이 겨우 정신을 차리고 화우의 몸을 은평에게서 떼어내고 보니 상대는 이미 기절을 한 상태였다. 기절의 원인은 극도의 긴장감과 조바심… 무공을 익히면서 분명 정신의 수련 역시 거쳤을 터인데 이렇게 쉽게 기절 따위를 하는 것으로 보아 헛 익힌 것이 아닌가. 혀를 찰 노릇이었다.

―이 인간은 누구인가……?

현무가 약간 떨리는 음색으로 청룡에게 화우에 대해 물어왔지만 청룡으로서도 대답해 줄 만한 것을 알고 있진 못했다. 우선 화우를 들어 올려 자신이 부축하고 있는데 갑자기 주위의 기들이 일제히 상승 곡선을 타고 있는 것을 깨닫고 청룡은 황급히 주위를 둘러보았다. 백호와 현무, 그리고 인이 있는 대로 분노를 끌어올리고 있었다. 청룡이나 주작과는 달리 고지식할 정도의 충성스러움이 있는 현무와 백호로서는 감히 하찮은 인간 따위가 은평의 몸에 손을 대 위신―이 부분에서 은평에게 위신이라고 할 만한 것이 있었던가, 청룡은 매우 진지하고 심각하게 고민해야 했다―을 손상시켰다고 여겨 분노하고 있는 것이었지만… 자신과 대련한 직후 내내 무표정에 말이 없던 인 녀석이 왜 갑자기 화를 내는 것인지는 잘 이해가 가질 않았다.

그리고… 바로 지척에서 굉장히 분노하고 있는 두 개의 기가 있다는 것을 청룡은 감지해 냈다. 이쪽 역시 왜 분노하고 있는 것인지는 잘 모를 일이었지만 백호와 현무들과 비교해도 전혀 뒤지지 않았다.

"감히……!!"

"저놈 따위가……!!"

지척에서 분노하고 있던 두 개의 기, 그 주인들은 다름 아닌 잔월비선과 잔혹미영이었다. 욕이란 욕은 전부 목구멍까지 치밀어 올랐다. 무슨 일로 이성을 잃고 뛰어가나 하고 봤더니 저런 육시랄 놈 따위가 감히 자신들의 것에 손을 댔지 않는가!

"…으에……!!"

겨우 땅바닥에서 일어나 옷에 묻은 흙을 털고 있던 은평은 자신과 얼마 떨어지지 않은 곳에서 얼굴을 딱딱히 굳히며 서 있는 두 사람을 발견했다. 꿈에서라도 마주치기 싫을 그런 두 얼굴이 아닌가.

"어, 어떻게 여기 있는 거야?"

두 사람이 성큼성큼 은평의 앞까지 도착했다. 한광이 흐르고 살기마저 내뿜는 눈을 마주 대한다는 것은 그다지 심장에 좋은 일이 못 되었다. 게다가 이 두 사람이 어떻게 여기 있는지 놀라서 가슴이 콩닥콩닥거리고 있는 찰나였으니.

하지만 지금 사신수들 중 여유있게 사태를 관망할 수 있는 것은 청룡뿐이었다. 은평은 저 기가 뒤바뀐 인간 둘을 무척이나 싫어하는지 마주치는 순간 약간 얼이 빠져 있었고 현무와 백호는 화우를 향해서 분노 어린 시선을 던지고 있었으며 도대체 무슨 이유로 저러고 있는지 이해를 할 수 없는 인 역시 소맷자락을 팽팽히 부풀리며 내공을 끌어올리고 있었다.

"…것참, 이놈도 불쌍하게 됐군. 이놈 하나가 받고 있는 살기 어린 시선이 무려 다섯 개나 되지 않는가."

[…말씀 가려서 하십시오. 감히 은평님께 이상한 짓을 저지른 놈이지 않습니까!!]

예의범절과 딱딱한 규칙의 화신이었던 백호가 처음으로 청룡에게 소리를 질렀다. 그것은 현무도 마찬가지였다. 백호처럼 예의범절에 목숨을 내건 것은 아니었고, 자살하는 것 이외에는 아무런 관심사가 없기는 하지만 고지식한 사고를 가진 것은 백호와 마찬가지여서 정말 보기 드물게 언성을 높였다.

—청룡, 무슨 말을 하는 거야! 불쌍하다니!!

너도 은평과 며칠만 같이 지내보면 어째서 이놈이 불쌍해지는지 그 연유를 알게 될 걸이라고 말하고 싶었지만 괜히 입 잘못 놀렸다가 자신의 안위마저 위태로워질 수 있는 법. 청룡은 입을 다물었다. 세상을 살아가는 데 있어서 가장 중요한 것은 역시 뭐니 뭐니 해도 입 단속…

인 것이다.

"어이, 이봐. 일어나 봐."

청룡은 부축하고 있던 화우의 얼굴을 몇 번 두드렸다. 물을 한 바가지 뒤집어씌우고 싶었지만 이런 곳에서 허공에서 물을 만들어낸다면 자신에게 쏟아질 인간들의 시선이 조금 걱정이 되었다.

"…네놈, 비켜라. 내 오늘 저놈의 간을 빼어 씹어 먹어도 시원치 않다."

잔월비선이 으르렁대는 것 같은 목소리로 말했다. 하지만 여기 있는 모든 이들이 간과하고 있는 것이 하나 있었으니, 바로 사람들의 시선 집중이었다. 아까 마교 교주가 갑작스럽게 벌인 민망한 짓도 민망한 짓이려니와 은평의 얼굴, 그리고 요즘 관심의 대상인 마교의 교주와 잔월비선, 잔혹미영 남매에서 정말 엉뚱하게 비무를 이겨 버린 현무… 라는 괴녀까지. 하여간 세인들의 입에 오르내리고 있던 존재가 전부 모여 있으니 시선을 안 끌래도 안 끌 수가 없는 것이다.

아마 모르긴 몰라도 오늘 오후가 되기 전까지 여기 있는 사람들 전부에게 퍼질 듯싶었다. 마교의 교주가 웬 아리따운 소저와 정인 사이더라. 혹은 마교의 교주가 갑자기 달려와 아리따운 소저에게 민망한 짓을 벌여놓고 갑자기 기절을 했더라 등등……

잔월비선이 언제나 들고 다니던 섭선을 펼쳐 들었다. 파황선이라는 무가지보로 주위로 몰려든 사람들 중 그것의 정체를 알아보는 자들도 여럿 있다. 섭선을 주무기로 쓰는 자가 아니라 하여도 누구나 탐낼 만한 것이었다. 파황선이란 것은……

"…무기들을 거둬라."

잔월비선과 잔혹미영은 자신들을 향해서 들려온 나지막한 소리에 지금까지 인식하지 못했던 한 존재를 겨우 알아차렸다. 저번에 대로에서 은평과 마주쳤을 때 은평을 데리고 달아나 버린 사내였다.

"기절한 상대에게 뭘 어쩌겠단 거냐."

"…저놈을 감싸주는 것이오?"

"천만에. 나 역시 이유를 알 수 없지만… 저놈에게 분노가 끓어올랐다. 다만, 지금 이목이 너무 집중된 것이 걱정될 뿐."

그제야 자신들 주위로 사람들이 몰려들고 있었다는 것을 깨달은 두 남매와 현무, 백호 역시 살기를 어느 정도 거둬들였다.

*　　　*　　　*

당약윤은 잠시 틈을 이용해 당가의 사람들이 머무르고 있던 객잔으로 발걸음을 옮겼다. 오대세가 중 하나였던 당가는 예전에는 백의맹에서 맹 안에 따로 숙소를 마련해 주곤 했다는데 지금은 객잔에다가 숙소를 만들고 머물러야만 하는 신세가 되었다.

자신이 들어오자 점소이가 반가이 맞았으나 약윤은 고개를 내젓고 방이 있는 이 층으로 걸어 올라갔다. 제일 끝의 구석진 방이 어머니인 빙련신녀 당설지의 방이었다. 자신의 외숙부는 바로 그 옆방에 머무르고 있었다.

"어머니, 약윤입니다. 잠시 들어가도 되겠습니까?"

"들어오너라."

어머니의 목소리가 들리자 약윤은 조심스럽게 방문을 열었다. 자신의 어머니는 의자에 앉아 책을 넘기고 있던 중이었다. 자신이 들어가자 보던 책을 옆의 탁자에 잠시 내려놓고 미소를 지었다. 얼음을 사랑하는 신녀라는 별명답게 냉랭하고 차가운 표정인 어머니였지만 자신과 동생들 앞에서는 언제나 미소를 보여주었다.

"서찰은 전했느냐?"

"예, 전했습니다."

당설지는 아들의 얼굴에서 무언가 하고 싶은 말이 있다는 것을 감지해 냈다.

"그래, 잔월비선과 잔혹미영이란 자들은 어떻더냐?"

"…잔월비선의 얼굴은 보지 못하였고 잔혹미영 쪽의 얼굴만 잠시 마주 대했을 뿐입니다."

약윤의 얼굴에 음영이 어렸다. 아무리 생각해도 잔혹미영의 얼굴이 낯익었기에 도대체 어디서 봤을까 하고 깊이 생각해 봤지만 도통 기억이 나질 않았던 탓이다.

"그자들과 마찰이라도 있었느냐?"

어머니는 약윤의 얼굴에 드리워진 음영의 의미를 그리 이해한 모양이었다. 그 오해를 풀어주기 위해 약윤은 잠시 고개를 내저었다.

"아닙니다, 마찰은 없었습니다. 한데 한 가지 마음에 걸리는 일이 있더군요."

"무어냐?"

"…잔혹미영의 얼굴이… 어딘가 모르게 낯이 익었습니다. 분명 처음 마주 대한 것인데도 왠지 모르게 어디선가 한 번 본 적이 있는 얼굴 같았습니다……."

"세상에 비슷한 사람은 많단다. 이 중원 땅이 좀 넓으냐?"

당설지가 웃어 넘겼다. 하지만 약윤의 표정은 자못 심각했다. 어머니로서 아들의 얼굴에 음영이 드리워진 것을 보는 것은 그리 좋은 기분이 못 되었기에 당설지는 아들의 기분을 풀어주기 위해 일부러 더 미소를 지었다.

"…언젠가는 기억이 날 터이지. 그것은 그만두어라. 어미와 식사나 하러 가자꾸나. 가주께도 알리거라. 같이 가자고 말이다."

가주인 당자담은 당설지의 남동생이었으나 어쨌거나 지금은 가주의 위를 잇고 있었기에 위신을 높여주는 의미에서 존대를 쓰고 있었다. 사실 당자담은 가주가 될 만한 재목은 아니었다. 그저 가주의 직계 중 살아남은 것이 자신과 그뿐이었기에 어쩔 수 없이 이어받은 것이지 사실대로라면 장남이었던 당자형이 물려받았어야 할 자리. 게다가 당자담에게는 가주가 되기에는 치명적인 약점이 있었다. 그는… 자식을 갖지 못하는 몸이었다. 그리고 형제들 중에서 재능과 능력이 제일 뛰어났던 것은 막내였던 당설요였다. 만약 그녀가 남자의 몸이었다면 아버지는 장남을 제치고 그녀를 후계자로 삼았을 것이다. 그녀도, 그리고 자신의 아버지도 그것을 항상 안타까워했다. 그것이 원인이 되어 언젠가부터 설요는 무엇인가를 연구하기 시작했다. 그것은 다름 아닌, 남녀 성별을 뒤바꾸기. 그것은 음양의 조화를 뒤집는 일이었기에 불가능할 거라고 실소를 지었지만 설요는 입버릇처럼 말했다. '방법은 발견했다. 실험할 대상이 필요할 뿐이다. 자식을 낳는다면 꼭 남매를 낳아 그것을 실험해 보겠다'라고.

"…참화에서 차라리 자담이 아니라 설요가 살아남았더라면 좋았을 것을."

해서는 안 될 소리였지만 때때로 그리 바란 적도 있었다. 둘만 살아남는 것이 운명이었다면 차라리 설요가 살아남았더라면 좋았을 것이리라.

당설지의 혼잣말을 들은 약윤이 갑자기 크게 소리쳤다.

"생각이 났습니다. 어머니! 잔혹미영이라는 자가 어째서 낯이 익었던 것인지 생각났습니다!! 언젠가 어머니께서 보여주셨던 설요 이모님과 이목구비가 판박이라고 할 만큼 닮았어요!"

"…닮았다고……?"

"예, 꼭 닮았습니다. 기이하지요? 이 세상에 그리 닮은 자가 있다니."

"…약윤아, 그자들의 이름이 무어냐?"

"잔월비선 주향, 그리고 잔혹미영 주옥이라고 합니다."

약윤은 자신이 아는 대로 당설지에게 대답해 주었다. 이름을 듣는 순간 당설지가 몸을 파르르 떨었다.

"주씨라면 당금 황실과 종성(宗姓)이 아니냐?"

"그렇지요. 뭐, 어머님 말씀대로 중원은 넓고 넓은데 황실과 같은 성씨를 쓰는 사람이 설마 한 사람도 없겠습니까?"

약윤은 자신이 당설지의 머리에 폭풍을 불어넣은 것도 모르고 느긋이 대답했다.

당설지는 머리 속에서 바퀴가 어긋난 수레가 다시 굴러가는 듯한 그런 느낌을 받았다. 말도 안 되는 생각인 줄은 알지만 만약… 만약 설요가 살아남아 자신의 정인에게로 도망쳐 갔다면……?

그때 당시 참화의 현장에서 끝내 발견하지 못했던 것이 설요의 시신이었다. 불에 타고 형체도 알아볼 수 없을 만큼 무참히 죽어갔지만 그래도 시신들을 찾아내 생사 여부는 확인할 수 있었다. 만약 살아 있다면 후에 연락을 해올 것이라 생각했지만 몇 년이 지나도록 연락이 없어 아마도 참화의 현장에서 끝끝내 죽어간 것이리라 치부했다.

그리고 또 한 가지 발견하지 못했던 것은 당가의 비급 진본들. 진본들은 따로 서가를 만들어 보관하였는데 그 서가는 당가의 직계손들만이 알 수 있도록 비밀에 부쳐져 있었던 것이다. 하지만 어찌 발견했는지 그곳마저도 불이 질러져 있어 아마도 종이인지라 가루가 되어 날아갔으리라 여겼다.

자신의 막내 동생은 순천부에 유난히 발길이 잦았다. 여기저기 유람 다니기도 좋아했지만 유독 자주 갔던 곳이 순천부였다. 그때 당시 순천부는 아직 수도가 아니었고 그저 단순히 연왕(燕王)의 왕부(王府)가 있던 곳에 불과했다. 후에 연왕이 군사를 일으켜 건문제를 치고 황위를 찬탈해 지금은 순천부가 수도가 되었지만.

입 밖으로 말을 꺼내지는 않았다 하더라도 자신의 동생이 어째서 순천부에 발길이 잦았는지 정도는 어렴풋이나마 눈치 챌 수 있었다. 순천부에 발걸음이 잦아진 이후부터 아버지와의 말다툼이 부쩍 늘었다.

그 당시는 혼란스러운 시기였다. 새외의 세력들이 중원을 치고 들어오던 중이었기에 아직 십 년 전 배교가 남기고 간 상처도 채 아물기 전에 그들과 싸워야 했다. 그런 와중에 황실이 조금 지원을 해준다면 하고 바랐던 자가 한둘이 아니었다. 사실 새외의 세력들이 중원으로 들어오면 황실 역시 골치가 아파질 테니 말이다. 하지만 황군은 끝끝내 나서지 않다가 당문의 멸문지화를 기점으로 갑자기 움직이기 시작했다.

설요가 당시 화를 피해 당문의 비급들을 가지고 순천부의 연왕에게로 도망쳤다면……? 그리고 연왕에게 황군을 움직여 줄 것을 부탁했다면……? 그리고 연왕과 맺어졌다면……?

당설지의 머리가 점점 더 복잡해지기 시작했다. 자신이 한 억측들이

만에 하나라도 사실이라면…….

*   *   *

　백향루(柏鄕樓)는 백의맹 안에 세워진 주루였다. 백의맹을 방문하는 자들을 위한 일종의 휴식처라고나 할까. 백향루 외에도 주루 두어 개가 더 있었지만 가장 우위를 점하고 있는 것은 단연 백향루였다. 주위가 녹음으로 둘러싸인 데다가 주루가 아니라 마치 정자 같은 느낌이고 음식 맛도 이곳이 가장 좋았다. 물론 백의맹으로 한 발자국만 나가면 대로변에 널리고 널린 것이 주루, 혹은 객잔인지라 일반 무사들은 조금 뜸했고 조용한 것을 좋아하는 사람들이나 좀 점잖은 사람들이 거의 주고객 층이었다.

　하지만 날이 날이니만큼 언제나 한산하던 이 주루도 조금 붐벼댔다. 이 주루의 구석진 곳에 약 예닐곱 정도 되는 사람들이 앉아 있었다. 점소이는 그동안의 경험을 토대로 인물들의 성격을 분석하고 있었다. 서글서글한 인상의 청의의 청년 하나, 성격은 대충 보아 하니 원만할 듯 보인다. 그리고 하얀색 계통의 옷을 입은 소녀 하나, 무림삼미의 얼굴들을 모조리 보아왔지만 이 소녀 역시 그에 못지 않은 미색이었다. 에… 어디서 주워 입었는지 모를 허름한 장포를 두르고 있는 새빨간 입술의 소녀, 머리를 풀어헤친 터라 이목구비에서 보이는 건 입밖에 없었지만 척 보기에도 깡말라서 애처로워 보였다. 헌앙한 외모에 약간 거만하게 보이는 섭선을 쥔 청년, 기분 나쁜 일이 있는지 인상을 북북 쓰고 있었다. 아무래도 성격이 조금 더러워 보인다. 그 청년 옆에는 청년과 비슷한 이목구비라 척 보기에도 남매 같은 여인이 앉아 있었다.

경장을 날렵하게 차려입은 모습이 교태롭고 요염해 보였다. 게다가 얼굴도 예의 그 흰옷의 미소녀와 비교해서 빠지는 편은 아니다. 그리고 제일 마지막으로 자는 건지 어디가 아픈 건지 엎어져 있는 검은 옷의 청년 하나와 그 옆에서 그 청년에게 눈을 부라리고 있는 뒤에 장검을 멘 청년. 이것이 이 일행의 평가도였다. 헌앙한 공자와 눈을 부라리고 있는 청년만 조심하면 그럭저럭 좋은 손님이 될 듯싶었다.

"…주문하시겠습니까?"

점소이는 얼굴 가득 영업용 접대 미소를 띠고 손을 마주 비볐다.

"주문은 나중에. 우선 차나 한 잔씩 가져다 주게."

서글서글한 인상의 청년이 주문을 미루고 우선 차를 한 잔씩 주문했다. 어떤 차인지 별다른 요구가 없었기에 점소이는 가장 만만한 엽차(葉茶)를 내가기로 마음먹었다. 그렇게 점소이가 구수한 내음을 내며 엽차를 끓이고 있는 동안 이 일행은 단 한 마디 말도 없이 침묵을 일관하고 있었다.

"…저 작자는 도대체 언제 깨어나는 것인가?"

인의 중얼거림에 누일 곳이 없어서 잠시 탁자 위에 상체를 숙여 엎드리도록 해둔 화우의 어깨가 살며시 떨리는 듯 보였으나 아무도 눈치채진 못했다.

사실 화우는 잠시 전부터 깨어나 있었다. 다만 깨어나 보니 자신이 기절 직전에 했던 민망한 일이 떠올라 은평 소저의 얼굴을 어찌 봐야 할지 막막해 아직 기절에서 깨어나지 않은 척하고 있었을 따름이다. 얼굴로 피가 몰리는 듯 볼이 점점 뜨거워졌다. 아마도 다시는 얼굴을 못 들고 다닐 듯싶었다.

반쯤은 이성을 놓고 있었기에, 그저 또다시 놓쳐 버리는 것이 두려위 잔뜩 긴장하고 조바심을 냈었다. 초의 심지가 타들어 가는 듯한 기분을 맛보던 와중에 겨우 발견해 낸 것이다. 발견해 낸 것까지는 좋은데 그런 추태를 보였으니 차라리 발견 못하는 것이 나았을지도 모른다며 화우는 한숨을 폭 내쉬었다.

"차 나왔습니다."

점소이는 잘 끓여진 엽차를 유백색을 내는 다기에 담아 내왔다. 김이 모락모락 피어오르는 차가 모두의 앞에 놓여졌지만 누구도 먼저 나서서 차를 드는 이가 없다. 아, 청룡을 제외하고 말이다. 청룡은 싱글벙글 웃는 얼굴로 속 편하게도 약간 씁쓸한 엽차를 후후 불어 한 모금들이켰다.

"음, 차는 제법 잘 끓이는군. 그나저나 저기 쥐 죽은 듯이 나 죽었소하고 엎드려 있는 저놈, 제법 엉큼한 놈일세? 이미 진작에 깨어난 것을알고 있는데 계속 엎드려 있는 꼴이라니."

그 말에 엎드려 있던 화우의 어깨가 모두가 느낄 정도로 움찔하고떨린 것으로 보아서 청룡이 중얼거린 말이 사실이라는 걸 일동 모두가느낄 수 있었다.

'…일부러 숨을 더 고르게 했는데 어떻게 눈치 챈 거지……?'

화우는 낭패한 기분이었다. 사람이 수면을 취할 때의 호흡과 일반적일 때의 호흡은 확연히 다르다. 그렇기에 일부러 숨을 더 고르게 했는데 어찌 알아차렸을까 싶었다.

"쯧쯧, 그게 그리도 궁금한가? 기절해 있는 듯한 숨이었다가 마치잠을 자는 것처럼 숨이 갑자기 고르게 변했으니 알아차렸지."

청룡은 뭐가 그리 중얼거릴 말이 많은지 어느새 자기 혼자 엽차의삼분지 일가량을 비우면서 입으로는 무언가를 계속 궁시렁댔다.

화우는 뒤통수가 따끔따끔해지는 것을 느꼈다. 아마도 사람들의 시선이 모두 자신을 향하고 있는 모양이었다. 더 이상은 엎드린 채로 있을 수가 없어 하는 수 없이 죄인마냥 고개를 푹 숙인 채로 상체를 일으켰다.

청룡의 눈으로 본 화우의 몰골은 가관이었다. 고개를 푹 수그리고 있었지만 귀까지 새빨간 것을 보니 얼굴은 이미 홍시(紅柿)일 터. 게다가 은평을 제외한 나머지의 시선이 전부 곱질 않으니 아마도 앞날이 순탄치는 않을 것이다. 약간의 동정심마저 생겼다.

지금 제대로 상황을 지켜볼 수 있는 입장은 은평—그저 상황을 이해 못하고 있을 따름—과 청룡, 단 둘뿐이었다. 백호마저도 화우를 보고 으르렁대며 이빨을 드러내고 있는 상황이었으니 말이다.

"어라, 얼굴이 새빨개. 열 있어요? 아니면 어디가 아픈 건가?"

은평이 그의 얼굴이 빨간 것을 보고 화우의 이마에 손을 짚었다. 그 순간, 화우의 얼굴은 더 이상 빨개질 수 없다고 생각될 만큼 얼굴로 피가 몰렸다. 그리고 청룡을 제외한 모두의 시선 역시 더욱더 한광이 서렸다. 눈빛만으로도 사람을 죽일 경지… 라고나 할까.

"열은 없는데… 왜 그렇게 얼굴이 빨개요?"

"소, 소저."

"은평이에요! 소저니 뭐니 하는 그런 느끼한 걸로는 부르지 말라고 예전에도 이야기했잖아요."

"그, 그러니까 보, 본인이 큰 무례를 범해서……."

"아, 그거요? 뭐, 기분이 나쁘고 무겁긴 했지만……."

화우의 빨갛던 얼굴이 순식간에 이번에는 새파랗게 질려갔다. 은평은 화우의 얼굴을 보고 갑자기 웃음을 터뜨렸다.

"…얼굴이 시, 신호등 같아⋯⋯!! 푸하하하."

"신호등이 뭐지?"

인이 그게 뭐냐고 묻자, 청룡은 인에게 무어라고 속닥거리며 설명해 주었다. 뭐라고 설명해 줬는지는 모르겠지만 인은 별로 알아들은 것 같진 않다.

"웃어버려서 미안해요. 그런데 너무 웃기잖아요⋯ 풉⋯ 빨갛다가 새파랬다가. 저기요, 노란색으로도 변할 수 있어요?!"

은평은 뭐가 그리 즐거운지 계속해서 웃고 있었다. 신호등이 뭔지 화우는 잘 몰랐지만 어쨌거나 자신의 시시각각으로 변하는 얼굴색을 보고 은평이 저리 웃는 것이란 것만은 알 수 있었다. 은평에게 시답잖은 놈으로 인식 받았다는 자괴감에 화우의 얼굴은 새파랗다 못해서 새 하얗게 변해갔다.

"노랗게 변해봐요. 우와, 신기해. 이번에는 하얀색으로 변했어!"

청룡은 화우가 더 더욱 불쌍해졌다. 어쩌다가 신호등으로까지 전락해 버렸단 말인가.

인은 입술을 꽉 깨물었다. 어째서 자신이 화를 내고 있는 것인가. 아무리 생각해 봐도 결론은 하나였다. 어쩌면 자신이 생각보다 훨씬 더 은평을 좋아하고 있었던 것인지도 모르겠다. 자신의 꼴이 우스웠다. 겉모습이야 이렇지만 나이는 올해로 딱 이백오십 세. 노망의 경지를 벗어나서 이건 망령이 아닌가. 그렇지만 화가 나는 건 화가 나는 거다.

"네놈이 무슨 짓을 저질렀는지 기억은 하고 있는 거 같군."

화우는 자신에게 으르렁거리는 잔월비선을 바라보았다. 대충 얼굴은 알고 있었다. 아까 개막식 때의 사건도 있고⋯ 하지만 가까이서 이렇게 얼굴을 마주한 것은 처음이었다.

"감히 내 것을 건드려?!"

저자가 지금 은평을 내 것이라 했다. 감히 누구를 자기 소유 아래 놓는 것인가. 화우는 잔뜩 화가 났다. 그러고 보니 이자는 맨 처음 은평을 놓고 경매를 할 때 은평을 차지했던 자였다. 자신의 기억이 맞다면 틀림없었다.

"지금 내 것이라 하시었소?"

그렇다! 눈싸움이라면 화우 역시 지지 않았다. 잔월비선을 힘껏 노려보자 이번에는 인이 나섰다.

"이보시게. 지금 니 것 내 것 따질 문제가 아니라 분명한 것은 자네가 은평에게 분명히 무례를 저질렀고, 그것을 사죄해야 한다는 것일세."

인의 말이 틀린 구석은 없었기 때문에 화우는 입을 다물었다. 하지만 저자가 은평을 자신의 것이라고 칭하는 건 마음에 들지 않았다.

"본인이 무례를 저지른 것이라는 것은 인정하오만 그러는 당신은 도대체 누구시오?"

"은평의 호위… 볼 꼴 못 볼 꼴 다 본 사이지."

"볼 꼴, 못 볼 꼴이라고 하셨나요?"

이번에는 잔혹미영이 쌍심지를 켰다. 저자의 말에 어폐가 있었다. 볼 꼴, 못 볼 꼴이라니 무슨 의미가 담겨 있음이 분명했다.

"어쨌거나 본인의 알몸을 은평이 보았으니 간단하게 넘어갈 일은 아니지 않소?"

"…무슨 헛소리입니까? 어찌 그걸 믿지요?!"

"무슨 일이 있어도 은평은 내 것, 그러니 내가 데려간다."

"헛소리 마시오. 은평을 지금까지 뒤치다꺼리 해온 것이 누구라고

생각하시는 게요?!'

"본인이 마교로 데려가겠소!"

네 사람이 다투고 있을 때 탁자 한가운데로 커다란 대검이 내리꽂혔다. 모두들 말다툼을 멈추고 대검의 주인에게로 시선을 돌렸다.

"…네 명 다 은평님께 무례를 저질렀으니 죽어 마땅하군……."

[크르르릉…….]

은평의 품에 있던 백호 역시 언제 기어나왔는지 탁자 위로 올라와 네 사람을 향해 크르릉대고 있었다. 이런 와중에 이들의 의욕을 완전히 박살 내는 소리가 들려왔으니.

"와, 이거 맛있다."

"그렇지? 배고파 죽는 줄 알았다니까. 저놈들은 배도 안 고픈가."

그랬다. 청룡과 은평은 배고픔을 견디다 못해 옆의 비어 있는 탁자로 쥐도 새도 모르게 넘어가 음식을 차려놓고 먹고 있었던 참인 것이다. 자신들은 이리 싸우고 있었는데 정작 그 당사자는 편히 앉아 식사를 하고 있다니… 왠지 억울해진다.

"…은평님……."

[크르릉…….]

"소저, 아니, 은평."

"…내 저럴 줄 알았다."

"감히 누구 멋대로 저 자식과 나란히 앉아서…!!" X2

노성이 백향루 주변을 감싸고 있는 녹음으로 퍼져 나가고 있었다…

*　　　　*　　　　*

백의맹 주위를 둘러싼 녹음 주위로 가사를 걸친 승려 하나가 기웃거리고 있었다. 녹음에서도 유독 대나무들이 무성한 그곳에서 중은 누구를 기다리는 듯 여기저기 두리번거렸다. 게다가 이 중은 특이하게도 벽안이었다. 머리를 밀은 통에 잘은 모르겠지만 조금씩 돋아난 까칠한 것들로 보아 머리 색 역시 검은색이 아닌 금발일 터.

"기다리게 한 것 같군."

갑자기 불쑥 나타난 청의사내로 인해 중은 놀란 듯한 표정을 지었다.

"기척은 미리미리 하고 다니시오. 에구, 놀래라."

가슴을 쓸어 내리며 익살을 떠는 승려는 얼마 전, 은평과 헤어졌던 막리가였다. 그사이 어디서 주워 입은 것인지 원래 입고 있던 서역의 옷은 버리고 다 헤진 가사를 입고 있었다.

"예정보다 늦게 도착하셨구려."

"…순천부랑 금릉을 오가기가 쉬운 일이겠소?"

막리가는 주위에 곧게 뻗어 있던 대나무 줄기 하나를 잡아 뜯었다. 손장난이 하고 싶은 것인지 줄기에 붙어 있던 대나무 줄기를 잘게 뜯어내기를 반복했다.

"아아… 중원에 들어온 기념으로 죽순(竹筍) 요리를 꼭 맛보고 싶었거늘… 배교의 교주께오선 시키실 일이 많기만 하여라."

막리가가 능청을 떨어대지만 청의사내에게는 웃음 한 자락 흘러나오지 않았다. 언제나 머리칼로 이목구비를 전부 가리고 다니는 음침쟁이에 웃을 줄도 모른다면서 막리가는 투덜댔지만 어쨌거나 사부의 엄명도 있었고 그의 말을 따라야 하는 입장이었다.

"일은 어찌 되었소?"

"…죽(竹)에게 서찰은 전했소. 이제 난 무얼 하면 되는 것이오?"

"죽여줄 자가 하나 있소."

막리가의 눈초리가 가늘어지며 상대방의 얼굴을 탐색하듯이 바라봤다. 표정은 보이지 않으나 느껴지는 감이란 것이 있었다. 평정을 유지하고 있었지만 약간은 분노에 찬 것 같아 보이는 것은 자신만의 착각일까.

"누구요?"

"…그대도 한 번 만난 적이 있지 않소?"

"아… 설마……?"

짐작 가는 바가 있는 듯 막리가가 되물었지만 상대방은 더 이상의 대답은 하지 않았다. 대신 엉뚱한 소리를 해댔다.

"뇌음사는 어찌 되었소?"

"그들 혼자 아무리 반대를 해봤자 어찌하겠소. 곧 우리의 뜻을 따를 것이니 걱정일랑 마시오."

막리가는 까슬까슬한 감촉만이 느껴지는 자신의 뒤통수를 쓰다듬었다. 땡중이라고는 하나 사람을 죽이는 것은 별로 내키지 않았다. 더구나 소녀가 아닌가.

"…하필이면 어째서 그 아이인 게요?"

"나의 목표가 되는 자의 최대 약점이니 당연한 것 아니겠소? 넘어뜨릴 자가 있다면 그 약점을 공략하는 것이 기본 중의 기본."

막리가에게서 더 이상 말이 나오지 않자 상대의 신형이 홀연히 사라져 버렸다. 가히 초절의 신법이었다.

대나무 사이에서 싸늘한 바람이 흘러 막리가의 가사 자락을 휘날렸다. 막리가는 손 안에 쥐고 있던 대나무 줄기를 허공에 획획 휘저으며 노래를 흥얼거리듯이 중얼거렸다.

"…저자의 속셈이 과연 무어란 말인가… 그저 단순한 배교의 중원 일통(中元一統)이라기엔 무언가 석연치 않은 점이 있으니……."

*   *   *

"괜찮겠습니까?"

백발문사의 걱정 어린 음성에 능파는 배시시 웃었다. 비록 면사로 인해 보이지는 않았지만 아미가 둥근 곡선을 그리고 눈꼬리가 말리는 것으로 보아 분명 화사한 웃음일 터였다. 그리고 그녀는 오히려 백발 문사 쪽을 걱정했다.

"…괜찮습니다, 희신. 그나저나 전 희신이 더 걱정스럽군요. 혹여… 그들과 마주치진 않았습니까?"

"교주께서 제 목숨을 구해준 그 시점부터 저는 연학림(硏學林)을 버렸습니다. 아니, 그들에게 버림받은 그 순간부터 전 연학림 사람이 아닙니다. 그녀를 위해서도 말이지요."

그도, 자신도, 모두 누군가로부터 버림받은 자들이었다. 자신은 친혈육들로부터, 그리고 그는 연학림으로부터… 비슷한 처지끼리의 동병상련(同病相憐)일까.

"연학림주(硏學林主)가 황보영이었던가요. 전 한림학사를 지냈다던……?"

"…예, 지금은 순천부 근교에 기거하고 있을 겝니다."

"순천부라 하셨습니까? 순천부?! 낙향(落鄕)한 것이 아니라?"

능파는 머리 속에서 무언가가 점점 짜 맞춰져 나가는 기분에 사로잡했다. 한림학사의 자리에서도 물러났으니 낙향을 하던지 다시 무림으로 돌아와 연학림들을 이끌어야 할 그가 어째서 황권의 중심인 순천부 따위에 머물고 있단 말인가? 어귀가 맞지 않았다.

"사실 저도 그 점이 의아했지만 별다른 활동이 없기에 그저 지켜보고만 있을 따름입니다."

"순천부에는 사사화화 나요가 자리 잡고 있습니다. 그녀가 이중간자임을 숙지하고 계시겠지요?"

백발문사는 고개를 끄덕여 보였다. 약간은 동정 어린, 또 다른 한편으로는 감탄 어린 시선으로 그녀를 바라보았다. 강호에서는 자신이 백 세를 헤아리며 정도의 인물이었다가 마교로 투항한 것처럼 생각하고 있지만 사실 그것은 자신의 이야기가 아닌 장로들 중 하나인 제갈귀의 이야기였다. 자신을 제갈귀의 화신인 것처럼 생각하는 까닭에는 마치 노인처럼 하얗게 새어버린 이 머리 역시 한몫 단단히 했다고 여겨지지만, 그 착각을 바로잡아 줄 필요성은 느끼지 못하고 있었다.

어찌 됐거나 자신이 정도를 표방하는 연학림의 사람이었다가 마교에 투항하게 된 것은 사실이다. 하지만 자신의 나이는 백 세를 헤아릴 정도로 많진 않았다. 아마 연학림 대부분의 사람들은 자신이 누구인지 알고 있을 것이다. 그저 수치라 여겨 쉬쉬하고 있을 따름.

자신은 천재, 혹은 수재들만 모인다는 연학림에서도 두드러졌던 존재였다. 학문과 지략은 닦았으되 세상 물정에는 마냥 어두운 것이 사실이었고 몇 번이나 죽을 고비를 넘기고 있을 무렵 단화우의 구함을 받아 마교에 몸을 맡기게 되었다. 그러던 와중 이 섭능파란 여인 역시 만나게 된 것이다.

머리를 짜내서 구상하고 계획하는 자신과 달리 이 여인은 철저하게 자신의 감과 경험에 따라 구성하고 계획한다. 비록 지략에서는 자신이 앞설지 몰라도 그 외 전반적인 것들은 그녀가 앞서 행동하고 계획했다. 별로 분하다는 생각은 들지 않는다. 그저 다만, 그녀가 안타깝고 가엾고, 또한 저렇게 되기까지 얼마나 많은 고초를 겪었을까라는 생각에서 찬사를 보내주고 있는 것이다.

"…그리고 교주께오서 드디어 만난 모양입니다만… 어찌 만났는지는 아직 소식이 도착하지 않았지만 그렇게 급히 달려가셨으니……."

"예, 알고 있습니다."

"괜찮으십니까?"

능파의 목소리에 웃음이 어렸다. 하나, 그 목소리가 희미하게 떨리고 있는 것은 백발문사라도 알 수 있을 정도로 확연했다.

"괜찮다고 아까도 말했지 않습니까. 난 단에게 도움되는 것으로, 그것으로 족합니다. 연심이라니… 저에게는 사치고 가당치도 않은 일이지요. 그저 옆에서 바라볼 수 있는 것으로도 모든 것을 다 얻은 기분입니다."

백발문사는 이 여자가 무척이나 가여워졌다. 주위에 있는 모든 사람이 다 알고 있는데도 그 마음을 모르는 자신의 주군이 더없이 미워지려 했다. 그런 기분을 느끼는 것은 비단 자신뿐만이 아니라 약당전주를 맡고 있는 작은 공자도 그랬고 혈수비연 냉옥화 역시 마찬가지의 심정일 것이다.

자신이 생각에 잠겨 있을 무렵, 능파는 어느새 향기로운 용정차를 뜨끈하게 우려낸 찻주전자를 가지고 와 작은 찻잔에 나누어 담고 있었다.

"차 한잔하시지요. 아직 차 한잔 마실 시간은 남아 있습니다."

그때였다. 문이 쾅 하고 열리며 조그만 체구의 소녀가 뛰어들어 왔다. 안색이 약간 새빨개진 것으로 보아 잔뜩 흥분을 했거나 뛰어왔거나 둘 중의 하나였다.

"큰일 났어요!"

혈옥빛 경장과 요대에 끼인 교룡편으로 보아 그녀가 천음요희 관유란의 딸인 혈수비연 냉옥화임은 확실했다. 마교 봉문의 외중에도 이름을 날릴 정도니 그 괄괄한 기질이 능히 짐작이 갔다. 그리고 지금은 그 성격대로 날뛰고 있었다.

"무슨 일입니까?"

백발문사가 대신 물었지만 냉옥화의 눈은 그가 아닌 능파를 바라보고 있었다.

"지금 이렇게 유유자적 차나 마시고 있을 일이 아니라구요! 지금 여기 모인 강호인들 사이에 소문이 자자하단 말예요!"

"무슨 소문……? 취홍이나 취홍은 아무런 보고도 없었는데……?"

"제가 대신 하겠다고 이렇게 왔어요."

능파는 백발문사의 얼굴을 잠시 바라보았다. 서로의 눈빛으로 의사를 교환한 둘은 말을 이으라는 듯 냉옥화를 재촉했다.

"강호인들 사이에서 소문이 퍼지고 있다구요!! 대로변에서 그런 민망한 짓까지 벌였는데 어찌 소문이 안 나겠어요?!"

잔뜩 흥분한 탓에 약간은 더듬거리는 발음으로 냉옥화는 장황했던 설명을 마쳤다. 내내 냉정한 표정으로 설명을 듣고 있던 둘은 혀를 찼다. 어쨌거나 이야기의 요점은 단화우가 은평을 쫓다가 대로변에서 민망한 짓을 벌였고 그 탓에 사람들이 소곤댄다는 것 같다.

"생각지도 못한 변수로군요."

"…교주께서 어찌 그런 생각없는 일을 벌이실 수가……."

"기왕 말이 돌았으니 어쩔 수 없지 않습니까. 저들에게 약점이 되지 않도록 조심해야지요."

능파는 들고 있던 찻잔을 탁자 위에 내려놓았다. 아직 한 모금 정도 남아 있었지만 더 이상 마시고 싶은 기분이 아니었다. 평소 같으면 달게 느껴졌을 용정차의 향기와 뒷맛이 무척이나 씁쓸하게 느껴졌다.

"슬슬 나가봐야겠습니다. 단께도 알리세요."

능파가 자리에서 일어서자 바스락거리는 옷자락 소리가 그 뒤를 따랐다. 백발문사는 못내 그녀가 가여워져서 고개를 저었다. 그녀에 비하면 자신은 행복한 것인지도 몰랐다. 언제나 자신의 옆을 지켜주는 밀랍아가 있으니.

"…내가 괜한 이야기를 한 것 같네."

냉옥화의 음성이 약간 풀이 죽었다. 괄괄한 기질과 욱하는 성질, 거기다가 천음요희의 성격을 그대로 이어받아 남자를 발톱의 때만큼도 여기지 않는 그녀였지만 성격이 나쁘다거나 버릇이 없다거나 그런 것은 아니었다.

"냉 소저가 잘못하신 일은 아무것도 없습니다. 소저가 아니더라도 누구라도 알렸을 일입니다."

"사형도 바보 같지 뭐야."

단화우는 개인적으로는 그녀의 사형이 되었다. 그녀는 천음요희의 딸이면서 전대 교주의 제자이기도 했으니 말이다.

"정말이지 사형도, 그 망할 녀석도 둘 다 머저리 같다니까!! 누가 형제 아니랄까 봐! 한쪽은 천하에 둘도 없는 무공광에 둔탱이고 또 한쪽은 해부광에 절대로 상종하고 싶지 않은 취미를 지닌 또라이잖아!"

요대에 걸려 있던 교룡편을 움켜쥐며 거침없이 투덜대는 그녀를 보며 백발문사는 아주 오랜만에 피식거릴 수 있었다. 아마도 교주와 작은 공자를 저렇게 표현할 수 있는 것은 교에서 오직 그녀뿐일 것이다.

*　　　　*　　　　*

"한데, 당신은 엄연한 여인일진대 어째서 자신이 남성이라도 되는 양 은평을 쫓아다니는 거지? 거기 형씨는 대장부가 여인의 옷을 입고 분을 바르면서 은평을 쫓아다니고?"

인이 내놓은 질문이었다. 너희들끼리 싸우거나 말거나 난 식사를 하겠다라는 은평의 강한 의지(?)를 엿본 그들은 우선 식사부터 하기로 했다. 하나, 식사하는 와중에도 불꽃이 튀는 건 어쩔 수 없는 일이고 그 덕에 주위에서 식사를 하던 애꿎은 이들은 이들의 기도에 눌려 이리저리 주루를 벗어나 버리고 넓은 주루 안에는 은평 일행만이 덩그러니 남아 있었다.

"그렇지?! 저것들이 이상한 거라니까!"

은평이 자신 몫의 음식을 먹다 말고 인의 말에 깊이 공감하는 듯 동의를 표했다. 그리고 인의 말에 놀란 한 사람, 화우는 둘의 얼굴을 번갈아 쳐다보며 혼란에 휩싸여 있었다. 풍기는 기도도 생김새도 도저히 여장, 혹은 남장을 했다고는 믿어지지 않는데 어찌 납득할 수 있겠는가.

"어렸을 적부터 우리는 이것이 자연스러운 것처럼 생각하고 지내왔다. 어마… 아니, 어머니의 영향도 있겠지만 난 지금의 나에게 만족한다. 그리고 내가 남장을 했다고 해서 그대들에게 큰 피해를 준 적이 없거늘 단순히 남장만을 가지고 그대에게 비난받을 이유 따윈 없다."

미간을 찌푸린 채, 잔월비선이 자신의 앞에 놓여져 있던 미주(米酒)가 따라진 잔을 들어 입 안에 털어 넣었다.

"남장을 하든 뭘 하든 상관하지 않을 테니까 나만 쫓아다니지 말아 줘요."

"그러고 보니 나를 비롯해 여기 있는 자들 전부가 너라는 존재를 중심으로 모인 거로군. 여기 있는 자 모두 널 특별한 의미로 여기고 있는데 본인을 제쳐 둔 채 우리끼리 아웅다웅하는 것도 우스운 꼴이고……"

"…무슨 특별한 의미? 어째서 날 특별하게 여기는 거죠?"

은평이 어리둥절한 시선으로 열심히 놀리고 있던 젓가락을 내려놓았다. 눈앞에 놓여진 압색어시(鴨色魚翅)가 오감을 자극하고는 있지만 우선은 자신이 지금 품은 의문을 풀어야 했다.

"사람이 사람을 특별한 의미로 둔다는 것에 어째서라는 이유가 붙던가?"

이번에 나선 것은 인이었다. 어찌 되었든 자신의 안에서 은평의 의미와 비중이 점점 더 커지는 것을 이번 일로 자각했다. 자신이 특별한 의미로 둔 사람이 자신 역시도 특별한 의미를 둬주었으면 하고 바라는 것이 사람의 마음이 아닌가.

"…그쪽도 마찬가지인 건가요? 나라는… 하찮고 보잘것없는 존재에 특별한 의미를 두고 있는 거예요?"

은평이 화우 쪽으로 시선을 돌렸다. 약간 얼굴에 홍조가 돌았지만 더듬거리면서도 화우는 대답을 했다.

"소… 아니, 은평, 처음 보았을 때부터……"

"거두절미하고 본론만 말하세요."

화우의 말을 은평이 중간에서 잘랐다. 모두 약간 놀라는 기색이었다. 언제나 멍해 보이던 그녀에게 이런 구석이 있었던가? 은평이 짓고 있는 지금의 무표정, 딱딱 잘라지는 말투, 마치 은평이 아닌 것처럼 보였고 전혀 다른 사람을 보고 있는 듯한 기분이 들었다.

"…내가 한 '어째서 날 특별히 여기는지'에 대한 질문, 바보 같은 질문이란 거 … 알고 있어요. 사람마다 생각이 다르고 살아온 환경이 다르고 느끼는 것 자체가 다르겠지요. 그 사람의 성격이 형성되게 된 살아온 과정 역시 한순간의 말로 논할 사항 역시 아니에요. 그 사람이 살아온 세월의 일부만을 알고 있는 상태에서 저 사람의 성격에 대해, 혹은 취향에 관해 이러쿵저러쿵 논할 사항 역시 아니기 때문에 댁들이 날 좋아하든 특별한 의미로 두든 어째서? 왜? 라는 질문은 하지 않겠어요. 하지만 난 댁들이 나에게 바라는 것이 과연 무엇인지 알고 싶어요. 내가 어떻게 해주길 바라나요? 댁들이 나에게 하는 것처럼 나 역시도 자신들을 특별한 의미로 봐주길 바라는 건가요?"

은평이 좌중을 둘러보았다. 청룡과 백호, 그리고 현무를 제외한 모두가 각자 머리 속에서 무언가를 생각하는 눈치였다.

"…그런 마음이 없다고는 못하겠군."

"마찬가지의 입장이에요."

"…은평……."

"소… 아니, 은평."

청룡은 처음 보는 은평의 모습에 입가에 미소를 띠었다. 항상 맹한 줄만 알았더니 저런 구석도 있다는 게 꽤 신기했다.

"불행히도 그럴 수 없다면요? 댁들이 부담스럽고 거치적거린다면?"

은평은 턱을 괴었다. 입술 끝을 약간 들어 올려 조금 심술궂어 보였다.

"우리 중에서 호감을 느끼는 상대가 하나도 없다는 소리인가?"

인의 물음에 은평은 고개를 저었다. 호감을 느끼는 상대가 있다는 소리다.

"하나 마음에 드는 녀석이 있기는 있죠."

은평의 말이 떨어진 찰나, 모두 합창을 하듯 외쳤다.

"그게 누구지?!"

은평의 얼굴에 평소 때와 다름없는 히죽거리는 웃음이 서렸다. 싱글싱글 히죽히죽 하면서도 약간은 맹한 모습. 은평은 좌중을 한번 훑어보더니 품 안에 안고 있던 백호를 번쩍 들어 올렸다.

"백호가 제일 좋아요."

싸늘한 침묵이 바람과 함께 스치고 지나갔다. 심지어는 청룡마저 약간 어이없다는 표정과 함께 입을 살짝 벌리고 있었으니 말이다.

"왜 하필이면……?"

청룡의 질문에 은평은 백호를 품에 꽉 끌어안으며 이유를 조목조목 대기 시작했다.

"목욕할 때 등 미는 것도 잘하고, 머리도 잘 빗기고, 게다가 놀려먹는 재미도 쏠쏠하고, 따끈해서 추울 때 난로 대용으로 쓸 수도 있고 푹신푹신해서 쿠션을 안고 있는 느낌인 데다가 여기서 좀 더 몸집이 커지면 말처럼 타고 다닐 수도 있을 거고! 게다가 죽으면 가죽을 벗겨다가 방석으로도 쓸 수도 있고, 만약에라도 쫄쫄 굶고 있을 때 비상 식량으로도 쓸 수 있잖아요? 댁들보다 백배는 더 쓸모있지 않나요?"

21

현 무 의 광 란

현무의 광란

"어째서 만류하시는 거예요?!"

무림을 대표하는 검객 중 하나이자 검란궁의 궁주인 자화검린 연검천은 자신의 금지옥엽인 연다향을 자애로운 시선으로 마주했다. 앙칼지게 구는 모습도 그의 눈에는 마냥 어여쁘기만 한지 허허거리며 웃는 얼굴이었다. 연검천의 그런 내심을 아는 그의 아들들도 자신의 여동생과 아버지가 하는 양을 가만히 지켜보고 있었다.

"저자는 네가 당해낼 만한 상대가 아니란다. 어찌 그걸 모르느냐?"

"…겨우 비무할 만한 상대가 나왔지 않습니까!"

마냥 귀엽기만 한 딸이었고 자신이 직접 가르쳤기에 딸이 지닌 무공에 대해 어디다 내놔도 그 나이 또래에 비해 뒤지지 않을 것이라고 자부하는 바였다. 하지만 단상 위에서 싸우고 있는 저 상대는 조금 달랐다. 기도를 숨기고 있음이 분명한 데다가 아직까지 제 실력을 보이지 않았다. 조금 쓴 소리이긴 했지만 자신의 딸이 겨루기엔 너무 높은 상대. 자존심이 강한 자신의 딸이 겨뤄서 참패를 당하게 된다면 아마 분명 상처를 입을 터였다. 연검천은 그렇기 때문에 만류하고 있는 것이다.

"향아(香兒), 자중하거라. 네가 겨룰 상대는 얼마든지 있지 않느냐. 게다가 아직 시간이 좀 더 남았으니 지켜보자꾸나."

"제대로 상대를 공격치도 않고 미적거리는 저자가 어찌 제 상대가 될 수 없다는 것인지 이해가 가질 않습니다."

단단히 화가 났다는 증거로 말투가 점점 딱딱하게 변해가는 딸을 보며 연검천은 혀를 찼다. 저 오만한 자존심을 어찌해야 할지 걱정스러워졌다. 세상은 자존심만으로 살아지는 것이 아니질 않는가.

"…아버님, 향아의 뜻대로 해주시지요. 제 짧은 주관으로는 향아의 상대가 되지 못할 듯싶습니다."

연검천의 아들 중 하나인 연태건(燃兒健)이 조심스럽게 그의 의견을 토로했다. 자신들에게는 귀엽기만 한 여동생이 저리 구는 것이 못내 보기 안쓰러웠던 탓이었다.

"…정말 짧은 주관이로구나. 그런 주관으로 이제까지 상대를 봐왔단 말이냐?!"

연검천의 일갈에 연태건은 고개를 조아리며 뒤로 물러섰다. 부친이 이리까지 나오는 이상 여동생이 저자와 비무를 하는 것은 요원한 일인 듯싶다.

다향은 못마땅한 기색으로 자신의 자리에 주저앉았다. 그리고 제대로 싸우지도 않고 상대를 단상 밖으로 밀어내는 방법으로 승리를 거두고 있는 단상 위의 소녀에게로 시선을 고정시켰다.

단상 위에서는 또 한 명의 상대가 밖으로 밀려 떨어진 참이었다. 너무 어이없다는 눈을 하고 교언명이 패배를 알리는 소리를 들으며 그 상대는 단상으로부터 멀어져 갔다.

"자, 연승을 기록하고 있는……."

교언명의 말이 채 끝나기도 전에 단상 위로 올라온 자가 있었다. 바로 덕불도(德不刀) 새우강(賽宇羌)이었다. 어젯밤 정체를 알 수 없는 흉수(?)에 의해 봉변을 당했다고 알려진 봉황문의 소문주였으나 봉변을 당한 사람치고는 멀쩡해 보였다. 그도 그럴 것이 어젯밤의 그 흉수는 옷에 새겨져 있던 봉황의 자수 부분만을 떼어간 것으로 그쳤으니 오히려 모습이 멀쩡치 못한 것이 이상할 지경이 아닌가.

'내 기억이 맞다면 어제 그놈과 같이 있던 자!'

약간은 취기가 돌고 있던 상태였고 야심한 시각이었기에 장담할 순 없지만 확실했다. 누가 저런 족쇄를 스스로 자신의 발목에 채우고 다닐 것이며, 제대로 날이 서 있지도 않은 대검을 들고 다닐 것인가.

'…귀찮게 되었군.'

현무는 자신과 비무하겠다고 온 상대가 누군지 알 수 있었다. 어제 주작이 소동을 피우면서 말려든 인간이 자신을 기억하고 있을 줄은. 하지만 자신은 이딴 인간에게 시간을 허비할 수 없었다. 자신을 죽여줄 만한 강한 상대를 만나야 했다. 세상은 넓고 인간은 많으니 어쩌면 자신을 죽여줄 만한 인간 하나둘 정도는 있을 터…….

한편, 은평은 사람들이 북적대는 곳이 싫다는 이유로 난영의 옆에서 빠져나와 좌석이 마련된 곳 주위에 있던 나무 그늘 아래로 옮겨와 있었다. 나무가 꽤 높았기 때문에 나무 위로 올라가면 단상 위의 상황이 잘 보이는 데다가 사람들이 없어서 편했다.

인은 아까 은평의 선언(?)에 충격을 먹은 것인지 약간 얼이 빠져 있는 듯싶어 조용히 놔두고 청룡과 백호만을 데리고 나온 은평은 백호를 베개 삼아 베고 드러누웠다.

"아, 푹신푹신해~"

[…전 베개 따위가 아니라니까요!]

"되게 시끄럽게 구네. 내가 비상 식량이라고 한 것 때문에 삐친 거야?"

사실 그랬다. 백호는 지금 잔뜩 심통이 나 있는 상태였다. 자신을 비상 식량으로 쓰겠다는 데 심통이 나지 않을 신수가 있… 아니, 그게 아니라 신수를 비상 식량으로 생각하는 은평님의 사고방식이 문제야라고 백호는 투덜댔다. 더 기분이 나쁜 것은 청룡이 그 이야기를 들은 뒤로 계속 숨죽여서 키득키득거린다는 것에 있었다.

"…허파에 바람이 들어갔어?! 넌 왜 자꾸 키득거려?"

"아, 아니야. 큭큭큭… 세상에, 신수를 먹겠다는 사람은, 아니, 신선은 너밖에 없을 거야… 풋… 푸하하하하하."

급기야는 배를 잡고 벌러덩 드러누워 데굴데굴 구르기까지 했다. 그걸 못마땅한 시선으로 잠자코 바라보고 있던 은평은 누워 있던 몸을 일으켰다. 백호를 베개 삼아 베고 누워 있었지만 백호의 등뼈에 뒤통수가 자꾸 걸려 불편한 참에 마침 청룡이 걸린 것이다.

"지렁아~"

"…왜 갑자기 그렇게 불러?"

은평이 저런 식으로 부를 땐 무슨 꿍꿍이가 있다는 것을 지난 며칠 만에 몸으로 완벽히 습득한 청룡으로서는 심히 불안했다.

"여기 나무에 기대고 앉아봐! 다리는 쫙 펴고!"

청룡은 불안감에 몸을 떨면서도 과연 은평의 생각이 무엇일지 궁금해져서 시키는 대로 나무에 등을 기댔다. 은평은 싱글싱글 웃더니 청룡의 앉아 있는 자세를 교정해 주었다. 등은 나무에 전부 기대게 하고 다리는 쭉 편 상태에서 살짝 옆으로 벌렸다.

"됐다!"

"뭐가 돼……?"

은평은 청룡의 다리 사이로 파고들어 가슴에 등을 기대고 품에는 백호를 안았다. 그러고는 이리저리 몸을 비틀어서 자신이 편한 대로 자리를 잡고는 좋아 죽겠다는 듯 싱글벙글댔다.

"역시 이게 최고라니까."

졸지에 은평의 등받이가 된 청룡은 기가 막힌 듯 입가에 실소를 비쳤다. 은평은 그것을 아는지 모르는지 주의 사항마저 말해 주었다.

"절대 움직이지 마! 알았지? 백호 너도 꼼지락대지 마!"

청룡과 백호 사이에서 동시에 한숨 소리가 새어 나왔다. 자신들이 언제부터 등받이, 혹은 베개, 혹은 난로가 되었단 말인가. 어쨌든 옴짝달싹 못한 채로 체념의 한숨을 잠시 내쉰 청룡은 단상 위로 시선을 주었다.

"그만 져주고 내려왔으면 좋겠는데……."

청룡의 중얼거림을 들은 은평이 고개를 갸웃거렸다. 왜 져줘야 하는 것인지 자신의 머리로는 이해가 가질 않았기 때문이었다. 이기는 것이 좋은 것일 텐데 어째서 현무가 지기를 청룡은 바라는 걸까.

"이기는 게 좋지 않아?"

은평의 질문에 청룡은 고개를 살며시 내저었다.

"신수가 인간 따위를 이겨서 어떠한 이득이 있을 거 같아?"

듣고 보니 그도 그랬다. 신수가 인간을 이긴다고 해도 별다른 이득이 생길 것 같지 않았다. 설사 이겨서 우승인지 뭔지를 한다고 해도 그건 인간들 사이에서의 명예고 명성일 뿐이지 다른 신수들이 알아주진 않을 게 아닌가.

"게다가… 아까부터 보지 못했어? 현무는 상대를 공격해서 쓰러뜨리는 게 아니라 단상 밖으로 떨어지게 해서 장외패를 시키고 있잖아."

"그게 왜?"

"영수, 혹은 신수들은 인간을 죽일 수 없어. 설사 살수를 펼치고 싶은 마음이 들었더라도 신체에서 그것을 거부하지. 그것을 주박(呪縛)이라고 해."

"…이해가 안 가."

"간단히 말해서 인간 쪽에서 우리들을 공격하거나 살수를 펼칠 순 있어도 우리들은 그 반대의 경우가 불가능하다는 거야. 물론 인간들이 먼저 우릴 공격해 올 시엔 방어와 가벼운 반격 정돈 할 수 있지만… 살수를 펼치는 것은 할 수 없어. 살수를 펼칠 수 없으니 인간을 죽이는 것 역시 불가능하지. 하지만 인간은 그런 것에 속박을 받지 않아. 즉, 다시 말하면 인간들은 영수를 죽일 수 있다는 소리지."

"…뭔가 굉장히 불공평한 것 같아."

은평의 말에 청룡은 피식거리며 웃었다. 어차피 어지간한 인간들은 신수나 영수의 몸에 상처 하나 낼 수 없다. 신수나 영수들이 꼭 자신을 방어하려 하지 않아도 몸에서 이미 방어 체계가 발동된다랄까. 그렇다 보니 영수, 혹은 신수를 죽일 수 있을 정도로 강한 인간은 거의 없다시피 했다. 물론, 아주 없다는 소린 아니었다. 인간이란 존재는 종잡을 수가 없어서 가끔 신수나 영수를 해할 수 있는 돌연변이 인간이 나오기도 한다.

"인간 쪽에서 우리들에게 살수를 펼치면 신체는 자동적으로 방어하려고 해. 그것은 본체이거나 혹은 변신 상태이거나 인간형으로 변한 모습에도 모두 마찬가지지. 한데 문제는 인간과 싸우거나 부딪치게 되면서 인간들 특유의 탐욕스러운 기에 노출이 된다는 거지. 특히 이곳은 더욱 위험해. 평소 인간들의 기와는 달라. 약간은 흥분되어 있고 다른 자를 밟고 그 위로 오르고 싶어하는 이런 인간들의 기는 영수들에게는 독약과도 마찬가지야. 사고 회로 자체가 인간들과는 본질적으로 다른 데다가 영수들에게는 있어서는 안 될 감정들이지. 계속 노출이 되고 그 기에 오염되면 광란 상태에 빠져들게 되는 거야."

보통 때와는 다른 기류가 휘감고 있는 이곳은 자신들 같은 신수들에겐 너무 위험한 곳이었다. 온갖 탐욕으로 얼룩진 기들은 단상을 중심으로 둘러싸여지고 주변의 기를 흡수하는 것에 대해서 최적의 상태가 되어 있는 신수들의 신체, 즉 현무의 신체는 자연히 영향을 받게 되고, 그것은 실혼(失魂)을 부추기는 짓이 될지도 모른다.

"그게 위험한 짓이라면 왜 현무는 그런 위험한 짓을 하고 있는 거지?"

"죽고 싶다는 마음이 그만큼 절박한 거겠지."

"어째서 죽고 싶어하는데?"

은평의 질문에 대답한 것은 청룡이 아니었다. 낭랑하고 시원스런 음색이 나무 뒤편에서 들려왔다.

"그러게요. 왜 죽고 싶어할까요?"

절대 움직이지 말라는 은평의 엄명(?)도 잊고 청룡과 백호가 목소리가 들려온 방향으로 고개를 돌렸다. 낯익은 목소리, 그리고 목소리가 들리자마자 주위로 퍼져 나가는 특유의 기운은 분명 주작이었다.

붉은빛이 감도는 머리와 마치 불타는 듯한 색의 진(衫)을 입은 청년이 서 있었다. 반투명한 색의 진에는 커다란 봉황 자수가 마치 살아 움직이는 것마냥 수놓아져 있었다. 거기다가 어깨에는 이름 모를 새 몇 마리가 앉아 있었다.

"…주…작……!!"

[주작님……!!]

청룡과 백호의 중얼거림으로 은평은 눈앞의 청년이 주작임을 알 수 있었다. 첫인상은 그리 나쁘지 않았다. 서글서글한 눈매가 절로 호감을 불러일으키는 데다가 입가에 띠고 있는 미소 역시 보기 좋았다. 단아하다고 해야 할까.

"저 사람이 주작……?"

주작은 은평의 앞으로 다가오더니 은평의 얼굴을 손으로 붙잡고 이리저리 살펴보았다. 영문을 알 수 없어 가만히 있던 은평을 이리저리 뜯어보고 만져 보고 더듬어보고 심지어는 털 고르기를 하듯이 머리카락까지 뒤적거려 본다.

"좋아~ 합격!!"

단아했던 분위기를 완전히 망가뜨리는 경망스런 목소리가 주작의 입에서 튀어나왔다.

"……?"

은평이 어리둥절해 있는 틈을 타서 주작은 은평을 자신의 품에 꼭 껴안았다. 졸지에 주작에게 끌어안겨진 은평은 그 품에서 벗어나려고 버둥거렸지만 주작의 힘은 꽤 센 편이었다.

"…으읏!! 이거 놔!!"

한참을 버둥거리던 은평을 놓은 주작은 약간 음흉해 보이기까지 하는 미소를 띠며 발랄하게 외쳤다.

"기대 이상이야. 전대 신녀는 너무 늙었었단 말이지~ 가끔은 이렇게 푸릇푸릇한 애들로 물갈이를 해야 한다니까! 꺄아~ 이 오동통한 볼살 좀 봐."

"므, 므, 므야! 이 닥다는(뭐야, 이 작자는)……!!"

다짜고짜 자신의 볼을 양쪽으로 늘려대는 통에 발음이 이상해진 은평이 바로 뒤에 있던 청룡의 팔을 흔들어댔다.

[주, 주작님! 그만두십시오!!]

백호의 만류에 주작은 핫 하고 놀라며 은평의 두 뺨을 놔주었다. 얼얼한 두 뺨을 어루만지며 은평은 주작을 노려보았다.

"아하핫, 이거 송구스럽습니다. 가끔 귀여운 것만 보면 흥분하는지라."

이제 와서 점잖 빼봐야 이미 늦은 때였다. 하나, 주작은 뻔뻔하게도 그럴듯하게 고개까지 정중히 숙여가며 은평에게 정식으로 인사를 했다.

"인사드립니다. 남방(南方)의 수호자, 만조지왕(萬鳥之王), 또 다른 이명으로는 봉황이라 불리는 주작이옵니다."

"…웃기네. 뭐가 남방의 수호자야?! 아파 죽겠단 말야! 다짜고짜 숨도 못 쉴 만큼 껴안고 볼을 잡아당기는 법이 어디 있어?!"

은평이 씩씩거렸지만 주작은 눈 하나 깜빡하지 않았다. 오히려 백호와 청룡에게 반가운 인사를 나누고 있었다.

"청룡, 오랜만이네."

"…왜 하필이면 봉이 온 거냐?"

청룡의 투덜거림에 주작은 자신이 입고 있던 진을 가리키며 히죽거렸다.

"내 모습이 멋지게 수놓아진 옷을 맞추러 포목점엘 들렀는데 여자 옷은 영 품이 나질 않더라고. 그래서 내 모습으로 지내겠다고 황에게 고집을 피웠지."

청룡과 주작의 의미 모를 대화에 은평은 화가 났다. 자기들만 아는 이야기를 하면서 히죽대는 건 무슨 심보란 말인가.

주작은 여전히 자신을 노려보고 있는 은평의 머리를 귀여워 죽겠다는 표정으로 툭툭 쓰다듬어 주었다. 잔뜩 약이 오른 은평이 자신의 머리를 쓰다듬던 손목을 붙잡아 비틀었다. 한데…

"에엑?!"

은평이 손목을 잡아 비튼 순간, 팔목과 손목이 분리되어 버렸다. 다시 말하자면 우두둑거리는 소리와 함께 손목이 탈골되어 버렸다는 소리다.

"빠져 버렸네?"

주작은 보란 듯이 팔목을 이리저리 흔들었다. 연결 고리가 빠져 버린 손목이 그 움직임에 맞춰 이리저리 흔들렸다. 손목이 늘어나서 흐느적대는 것처럼 보이는 그 광경에 은평이 진저리쳤다.

"우와~ 손목이 달랑달랑거려~"

"…저리 치워!!"

은평보다 한술 더 뜨는 주작의 모습에서 청룡과 백호는 왠지 은평이 두 사람으로 늘어나 버린 것 같다는 생각을 동시에 하고 있었다. 왠지 자신들의 앞날이 순탄치 않을 것 같다는 생각은 그저 한낱 기우가 아닌 것 같다.

주작은 은평의 진저리 치는 모습이 재미있었던 듯 그 후로도 잠시 더 빠져 버린 팔목을 갖고 놀려댔다. 물론 청룡의 만류에 싱글싱글 웃으며 스스로 팔목의 뼈를 끼워 맞췄지만, 그 과정에서 낸 우드득 소리에 은평이 다시 한 번 진저리 쳤음은 말할 나위도 없었다.

"이 봉황 자수, 아름답지요? 이걸 구하기 위해서 솜씨 좋은 포목점을 찾아 금릉 전체를 뒤졌지 뭐겠습니까. 게다가 전 붉은색이 아니면 입지 않기 때문에……."

주작의 수다에 은평은 질린다는 눈으로 청룡에게 구원을 요청했다. 하지만 청룡은 은평의 시선을 애써 무시하고 먼 산으로 시선을 주며 자신도 어쩔 수 없다는 표시로 어깨를 으쓱거렸다. 봉황 무늬에 집착하는 것은 주작의 성격 중 하나였다. 자신인들 어쩌겠는가.

"…그 입 꿰매 버리기 전에 조용히 좀 해!! 조잘조잘, 사내놈이 뭐가 그렇게 말이 많아?!"

은평은 주작을 향해서 으르렁댔다. 하나, 주작은 그런 것에 결코 기죽지 않았다.

"음, 꿰매주시려거든 봉황 자수로 꿰매주시지요. 예쁘게 해주시는 거 잊지 마시고요. 아, 근데 입술을 바늘로 꿰뚫을 때 아프면 어쩌지요?"

"……."

더 더욱 약이 오른 은평이 주작을 향해서 뭐라고 쏘아붙여 주려는 찰나, 청룡이 은평의 실수를 지적해 주기 위해 끼어들었다.

"주작은 사내놈이 아냐."

"저게 사내놈이 아니면 뭐야? 저렇게 어깨가 벌어지고 가슴이 절벽

인 여자도 있어?!"

뭐라고 쏘아붙여 주려다가 그걸 제지당했으니 은평의 말투가 곱게 나올 리 없었지만, 알려줄 것은 알려줘야 했으니까 청룡은 다시 말을 이었다.

"양성(兩性)이야."

"양성이 뭐가 어쨌… 자, 잠깐!! 양서어어엉?!"

양성이 뭐가 어쨌냐고 따지려다가 양성에 담긴 의미를 뒤늦게 깨달은 은평의 입에서 경악성이 터져 나왔다. 보통, 양성이라고 함은 한몸에 여성의 성과 남성의 성을 동시에 갖춘 사람… 이 아니던가. 은평이 경악을 채 금치 못하는 사이 청룡의 부연 설명이 그 뒤를 따랐다.

"주작은 두 가지 모습으로 존재하지. 남성체일 땐 봉이라는 인격이고 여성체일 땐 황이라는 인격이야."

청룡의 설명을 들은 은평이 띄엄띄엄 단 한 마디로 감상을 토로했다.

"저거 정신만 이상한 줄 알았더니 몸까지 변태였어?"

백호는 차마 치미는 웃음을 주체하지 못해서 안면 근육이 심하게 뒤틀린 모습이고 청룡은 자기 배를 붙잡은 채 바닥에 주저앉아 있었다.

"더구나 이 녀석은 나쁜 취미가 있지."

청룡은 주작에 대해서 전부 떠벌리기로 날을 잡은 듯했다.

"뭔데?"

"어린 여선(女仙)들에게 치근덕대. 아니면, 삼백 년이 채 못 지난 어린 영수들에게 손을 뻗치거나."

"…!!"

하나, 주작 역시 당하고 있지만은 않았다. 청룡이 저리 나온다면 자신 역시 그의 과거지사를 들먹여 대면 되는 것이다.

"너 역시 한동안 천계에서 바람둥이로 온갖 염문을 뿌리고 지냈잖아! 난 꽃다운 어린 여아들을 돌봐주려고 한 것뿐이지만 청룡 너는 젊디젊은 여선들이나 몸매 죽여주기로 유명한 암컷 영수들하고 염문을 뿌리고 다녔으면서……!!"

"지나가는 선인을 붙잡고 물어봐라! 젊디젊은 남녀가 얽히는 것과 어린 여아들을 건드리는 것 중 어느 것이 더 불건전한지!"

급기야는 주작과 청룡의 말싸움으로 번진 듯했다. 잠자코 둘의 대화를 경청(?)하고 있던 은평이 자신의 품에 안겨 있던 백호를 향해 허무하게 한마디 던졌다.

"…백호야, 왜 내 눈에는 둘 다 똑같은 또라이들로 보이는 걸까?"

[…….]

둘의 말다툼은 계속되었고 내가 잘났느니 네가 못났느니 계속 다투는 것을 보다 못한 은평이 나섰다. 이런 것을 두고 피차일반, 오십 보 백 보라고 하는 것이다.

"시끄러워!! 둘 다 입 다물어! 똑같은 것들이 내가 잘났네, 네가 못났네 다투긴 왜 다퉈대는 거야?!"

은평은 귀를 틀어막고 단상 쪽으로 온 신경을 집중했다. 저런 놈들을 상대하느니 차라리 현무의 비무를 구경하는 게 백배는 더 이로운 일이다. 청룡과 주작 역시 조금 머쓱해졌는지 서로들 헛기침을 내뱉고 입을 다물었다. 그리고 누가 먼저랄 것도 없이 머쓱함을 피해보기 위해서 단상 위로 시선을 줬다.

"인간들이 내뿜는 사기(邪氣)가 온통 단상 주위로 몰렸군."

청룡의 말에 은평 역시 온 신경을 집중했다. 뭔가 어렴풋이 희미한 연기 같은 것들이 단상 주위를 감싸고 있는 것 같긴 했지만 청룡의 말대로 저것들이 사기인지 무엇인지 확신이 서질 않았다.

"내 눈에는 흐릿한 연기로만 보이는데."

"보이긴 보이나 보군. 완전하게는 아니지만."

몇 날 밤을 붙잡고 가르친 보람이 있었는지 은평이 기를 실체화해서 보게 되는 듯하자 청룡은 흐뭇한 기분에 사로잡혔다. 가르쳐도 가르친 보람이 없는 제자라는 건 가르치는 쪽을 지치게 하니 말이다.

사실 은평이 좌석에 앉아 있기 싫어하는 것도 점점 신선화되어 간다는 반증이었다. 인간이 아니게 될수록 사기를 구분해 멀리하게 되고 답답해 하게 되는 것이다.

"한데… 현무가 약간 이상한걸?"

주작의 말이었다. 은평의 눈에는 별로 다를 바가 없어 보이는데 도대체 뭐가 이상하다는 것인지에 대한 의문이 생겨났다. 상대방을 밀어 세우며 단상 밖으로 밀어내려고 하는 동작은 조금 전과 다름없이 똑같지 않은가. 하지만 주작에 이어 청룡 역시도 그것을 알아챈 듯 침음성을 흘려냈다. 절로 양미간이 찌푸려졌다.

"…우려했던 바로군. 하긴 인간들의 사기에 극도로 노출이 되어 있는데 무사하길 바란 게 잘못인가?"

사신수가 실혼하게 되면 그 사신수가 맡고 있는 성좌들이 빛을 잃게 되고 이것은 우주의 순행과 천지간의 기운에 큰 영향을 미친다. 사신수 그 자신만의 문제로 끝날 일이 아닌 것이다. 자기 나름대로 조절을 하겠거니 생각하고 그냥 가만히 내버려 두었던 청룡은 자신의 실책이라는 죄책감이 들었다.

"얼른 저 상대가 패해서 내려가야 하는데……."

"상대는 왜?"

"싸우고 있는 상대방의 영향도 크기 때문이지. 직격으로 노출이 되어버리는 거라서… 저자가 내려가야 우리가 올라가서 진정이라도 시켜볼 텐데……."

광란 상태로 빠져들기 전에 어서 수습해야만 했다. 조금 힘은 들겠지만 현무가 실혼해 버리는 것보다야 낫다. 지금은 그저 정신이 몽롱해져 오고 사기의 영향으로 신체가 제멋대로 움직여 버리는 단계이니 재빨리 해치워 버려야 했다.

"…현무를 진정시키는 거 내가 하면 안 될까?"

갑작스런 은평의 제안에 주작도 백호도, 그리고 청룡도 눈을 동그랗게 떴다. 은평에게서 그런 소리가 나올 줄은 꿈에도 생각지 못했다. 거기다가 지금 은평의 능력은 채 자각하지 못한 상태가 아닌가.

"네가 무슨 수로?"

'네가 감히 현무를 제압할 수 있을 것 같냐'라는 뜻이 담긴 눈으로 청룡은 헛웃음을 쳤다. 표정으로 보아서는 주작 역시 청룡과 비슷한 생각을 품고 있는 듯했다. 게다가 옆에서 백호 역시 만류했다.

[은평님, 위험합니다. 현무님은 사신수들 중 강함으로는 두 번째 서열에 계신 분이란 말입니다!!]

사신수의 능력만으로 본다면 제일 강한 것이 청룡, 그 다음이 현무, 그리고 주작, 마지막이 백호 자신이었다. 현무와 주작의 실력 차이는 아주 미묘한 데다가 두 사람이 각각 수기(水氣)와 화기(火氣)를 대표하는 자들이어서 대립되는 면이 아주 강하고 청룡은 제일 먼저 사신수가 된 데다가 사신수들 중 가장 나이도 많았다.

"에이, 괜찮아. 죽기 아니면 까무러치기지!"

호언장담하는 은평이 왠지 못미더웠지만 청룡은 한번 맡겨보기로 했다. 선인과 신수는 서로를 해할 수 없다. 공격할 수는 있지만 말이다. 일단 죽을 염려는 없으니 좋은 공부가 될 듯싶었다.

"아, 근데 나 무기는 뭐 쓰지?!'

청룡은 휘청거리려는 몸을 간신히 추슬렀다. 무기도 없으면서 비무하겠다고 나선 은평의 대책없음에 느끼는 건 한숨뿐이다. 그런 청룡을 도와준 이는 뜻밖에도 주작이었다.

"청룡, 무기가 없다면 만들면 그만이지."

"여기서 무슨 수로 무기를 만……."

청룡은 말하다 말고 무언가 깨달은 것이 있었는지 주작을 빤히 바라보았다. 주작은 암장(巖漿:마그마) 속에서 헤엄쳐도 아무런 영향을 받지 않는 화기의 신수. 금속 따위를 녹이는 것쯤은 아무것도 아니었다.

"우선은 임시로 간단히 하나 만들어 드리지요. 어떻습니까?"

"임시든 정식이든 나야 뭐, 매일 끼고 살 것도 아니고. 아무거나 하나 만들어줘."

은평은 아무것도 갖고 있지 않은 주작이 어찌 만들 수 있을지 호기심이 일어 주작의 일거수일투족을 관찰하고 있었다.

주작은 그런 은평을 보고서 빙그레 웃더니 허공에서 손을 휘저었다. 손에서 한줄기 빛이 비추는 듯하더니 맨손이던 손에는 줄줄 흘러내리는 붉고도 눅눅한 액체가 들려 있었다. 아주 적은 양이었을 뿐인데도 주위로 퍼져 나가는 열기가 매우 뜨거웠다.

"그, 그게 뭐야?"

"암장… 아니, 용암(鎔巖)입니다."

"…그거 손에 들면 손이 녹아버릴 정도의 온도 아닌가?"

뜨거운 용암에 손이 녹아버리는 장면이 상상된 것인지 은평의 얼굴이 약간 굳어졌다.

"평범한 범인들이라면 녹겠지요."

하나, 주작은 아무렇지도 않은 듯 용암을 만지작 만지작거리고 있었다. 주작은 용암이 부족하다며 허공에서 손을 휘젓는 동작을 반복해 용암의 수를 늘려갔다. 주작의 손아래에서 용암은 빠른 속도로 굳어갔다. 한데 일반적인 광석으로 굳는 것이 아니라 갓 정제한 금속마냥 매끈한 모습을 하고 있다.

"음… 이 성분은 버리고, 이건 조금 필요하겠군."

눈을 감고 허공에 둥둥 떠 있는 용암덩어리를 주물럭거리는 주작의 얼굴은 지극히 평온했다. 마치 잠자는 아기와도 같은 편안한 표정. 경망스런 모습에 질렸던 은평으로 하여금 주작을 다시 보는 계기가 될 만한 표정이었다.

'헤에… 저런 표정도 지을 줄 아네.'

은평이 자신에게 감탄사를 보내고 있다는 것을 아는지 모르는지 주작은 계속 손을 놀렸다. 주작의 손끝에서 만들어진 정제된 금속들은 이내 우악스럽게 주물럭거려졌다. 그 모습을 보며 은평은 '진흙 공작'을 연상하고 있었다. 어릴 적에 학교에서 왜 많이들 하잖는가. 물론, 지금의 경우는 진흙같이 무른 종류가 아니라 금속 종류… 즉, 저렇듯 쉽게 주물럭 주물럭거릴 만한 게 아니라는 것이 문제지만.

"그런데, 보통 무기라고 한다면 여러 번 담금질을 해야 하는 게 아닌가?"

머리 속에 각인되어 있던 대장간이라는 영상을 떠올리며 은평이 의문점을 제기했다.

"어엿한 신수인데 인간들과 똑같은 방식으로 무기를 만들다니……! 이건 품위 문젭니다! 멋없게시리 그런 야만적인 방식으로 어찌 검을 만들 수 있겠습니까?!"

감았던 눈을 뜨고 흥분하기 시작하는 주작을 보며 은평은 어이가 없었다. 도대체 품위가 무기를 만드는 것과 무슨 관계가 있는 것인가.

"…무기 만드는 거랑 품위랑 무슨 관계지?"

"멋이 없잖습니까! 멋이!! 웃통을 벗고 땀을 뻘뻘 흘려가며 용광로(鎔鑛爐) 옆에서 풀무질을 해야 한다니! 더군다나 이런 것을 만드는 인간들은 대부분 근육질이겠죠? 그러니까 더 더욱 멋이 없다고 하는 겁니다!!"

은평은 아주 잠시나마 주작의 진지한 면을 보게 되었다고 감탄했던 자신이 참 어리석게 느껴졌다. 어째서 자신의 주변에는 제대로 된 신수들이 없는 걸까 하고 진지하게 고민해야 했다. 물론 자신 역시 타인의 시선에는 제대로 된(?) 인간으로 비춰지질 않는다는 것을 알 리 없으니 그런 고민이 가능한 것이겠지만.

주작은 입을 놀리는 사이에도 손은 쉬지 않았는지 이내 매끈하게 빠진 검신을 만들어냈다. 한데 모습은 약간 기묘하다. 보통의 검과는 달리 검날이 전혀 생기지 않았고 가늘고 뾰족한 형태였다. 더구나 길이도 단검이라기엔 너무 길고 장검이라기엔 너무 짧은 애매모호한 길이였다.

"협봉검(狹鋒劍)의 형태인가?"

"협봉검? 내가 보기엔 펜싱 검처럼 보이는데?"

은평은 TV에서 올림픽 같은 국제적 스포츠 행사 기간에만 잠시 잠깐 볼 수 있었던 펜싱 경기를 떠올렸다. 펜싱 경기 하면 연상되는 것이

'얼굴을 철 가면으로 가린 미이라들의 칼 싸움' 이었기 때문에 그 칼 싸움에 쓰이는 것을 직접 마주하고 보니 기분이 묘했다.

주작은 검신에 검을 잡을 수 있는 손잡이를 대략 꾸며주고 은평에게 건넸다.

"에… 어디 보자, 펜싱 검처럼 맘대로 구부릴 순 없네."

"일회용으로 만든 거라서 오늘 하루가 지나면 자연적으로 소멸될 겁니다."

은평은 주작의 설명은 들은 체 만 체하며 이리저리 검을 휘둘러 댔다. 허공을 가르며 내는 경쾌한 소리가 마음에 든 모양이었다. 물론, 바로 앞에서 청룡과 백호가 비명성을 질러댔지만.

"위험한 물건을 함부로 휘둘러 대지 마!!"

청룡의 외침에 은평은 그제야 휘둘러 대는 손을 멈췄다. 그리고 얼굴에는 왜 그래?라는 의문스런 표정이 어려 있었다.

"왜 그래? 직접적으로 댄 것도 아닌데?"

은평은 어디까지나 허공에서 휘둘러 댔을 뿐이지 청룡이나 백호, 그리고 주작에게는 손끝 하나 건드리지 않았는데 이들은 모두 정색을 하고 있는 것이다. 그러니 의문스러워하는 것도 당연했다.

"…정신 상태가 비정상적인 놈이지만 그래도 어디까지나 신수인데, 그런 신수가 만들어낸 무기가 평범할 거라고 생각했어?! 주변의 기들을 갈라놓을 정도란 말이다!!"

"에? 그런 거야?"

은평은 그제야 납득했다. 납득을 했다면 그것으로 끝을 내야 했을 테지만 재미가 들렸는지 계속 휘둘러 댔다.

"당연히 이 몸이 만들어냈으니 평범하지 않지! 후후후후……"

주작은 말릴 생각도 하지 않고 은평을 더욱더 부추기고 있었다.

"…저걸 누가 말려. 으이구."

[누가 아니랍니까…….]

청룡과 백호는 한쪽으로 멀찌감치 물러난 채 서로의 얼굴을 바라보며 한숨을 털어놓았다.

한편, 현무는 자꾸 흐릿해지려는 시선을 다잡으며 검을 쥔 손에 힘을 주었다. 탐욕에 가득 찬 인간들의 기가 자꾸만 자신의 머리를 몽롱하게 만들고 있었다. 주변의 기를 받아들이고 그것을 이용하는 데 최적화되어 있는 자신의 육체는 점점 침식당해 갔다. 예상외로 이번 상대와의 비무가 길어지고 있었다. 빨리 쓰러뜨리고 강한 상대를 만나야만 하는데, 그래야 이 지겨운 삶의 끝 자락을 볼 것이 아닌가.

"그만 포기하시오, 소저."

현무가 제대로 공격하지 못함을 빌미로 덕불도 새우강은 승리를 자신하고 있는 듯하다. 몸에 걸려 있는 주박 때문에 재대로 살기 섞인 공격조차 불가능하고 장외패를 시켜야 하는 입장이다 보니 현무가 한 상대와 비무하는 시간은 지나면 지날수록 길어져 가고 있다.

"소저께서 어제 같이 있던 자의 신원과 지금 있는 위치만을 알려주신다면 조용히 패배시켜 드리리라."

현무가 제대로 공격하지 못하는 것이 실력이 없기 때문이라 여기는 것인지 새우강이 웃음을 흘리며 도발해 왔다. 지금까지 현무의 비무를 한 번도 보지 못한 것인지 머리가 나쁜 것인지는 잘 모르겠지만…….

"…입만 살아서 날뛰는 놈이군."

현무의 중얼거림에 발끈한 새우강이 자신의 도를 세웠다. 현무가 대검을 휘둘러 잠시 틈이 생기는 측면을 이용해 파고들었다. 파고드는 도를 피할 생각이 없었는지 현무는 오히려 자신의 신체를 도에 들이댔다.

갑자기 자신의 도에 와 닿는 서걱하는 느낌과 함께 현무의 장포가 찢어지고 이내 현무의 옆구리 쪽에 도가 닿았으나 오히려 쇠와 쇠가 맞부딪치는 금속성의 소리와 함께 도가 두동강이 나버렸다.

칼자루에서 떨어져 나간 도신의 반쪽이 단상 위로 굴러떨어졌다. 서로를 해하면 안 된다는 규칙이 있었기 때문에 잠시 긴장했던 교언명은 오히려 도가 깨져 버리자 어안이 벙벙한 듯했다. 멀리 떨어져 있고 무공이 약해 자세히 보지 못한 사람들은 무슨 일인지 궁금해했다.

'시간이 없다.'

일반적인 병장기로는 자신의 몸에 흠집 하나 만들 수 없었다. 인간들이 말하는 금강불괴라는 경지와는 조금 다르다. 오히려 병장기가 반탄력으로 인해 산산조각이 나거나 두 동강 나는 것이다. 지금은 수많은 인간들의 이목이 집중된 자리, 이상하게 보이는 것을 방지하기 위해서 상대의 무기가 자신의 신체에 닿는 걸 무척이나 꺼려했지만 점점 조급함을 느끼고 있었다. 본디 조급함이란 것도 신수나 영수들에게는 없어야 할 것. 이것 역시 영향을 받고 있다라는 생각이 들어 현무는 입술을 깨물었다.

'도대체 강한 인간들이 하나도 없단 말인가!!'

현무는 아주 오래전 오직 인간들만이 자신을 죽여줄 수 있는 존재임을 깨달았다. 가끔 영수로서의 자아와 이지를 상실하고 광기에 어려 살육을 자행하게 되고 그로 인해 다른 영수가 그 영수의 목숨을 거두어주는 일을 보아왔다. 그런 비참한 모습은 되기도 싫었고 자신으로 인해 다른 영수가 자신을 죽임으로써 괴로워하는 것도 싫었다.

자신은 자살하기 위해서 이곳, 인계에 나왔다. 하지만 자신은 신수의 몸, 평범한 인간들이 자신을 죽일 수 있을 리 없었다. 그랬기에 인세에 나오자마자 강한 인간들을 찾아나선 것이었다.

"도가 깨졌으니 시합을 지속할 수 없소. 무기가 신체에 닿자마자 깨졌으니 이는 필시 호신강기로 인한 것, 덕불도 새우강 소협의 패배요."

교언명으로서는 무기가 깨져 버린 것은 현무의 몸에 있는 호신강기 때문이라고 결론 지을 수밖에 없었다. 설마 저 정도의 나이에 금강불괴의 몸인가라고 의심해 봤지만 그것만으로 무기를 깨뜨릴 수 없으니 당연하게도 호신강기라는 결론이 나올밖에.

'이렇게 허무하게 져버리다니… 더구나 이 도는 사부께오서 친히 구해주신 보도(寶刀)이거늘……'

새우강은 자신의 사부이자 봉황문의 문주인 추중계잠(醜中計潛) 농심(濃審)을 볼 면목이 서질 않았다. 저런 어린 계집 따위에게 이렇게 어이없이 져버리다니.

그가 축 늘어진 채 단상을 내려오자 사람들은 입을 꾹 다물었다. 올라간 비무자들마다 저렇게 허무하게 져버리니 누가 도전을 하려 할까. 조금이라도 이름을 얻은 자라면 하고 싶지 않을 것이다. 산해경(山海經)이나 사신도, 그리고 구전에서나 등장하는 신수인 현무라는 이름을 댄 채, 본신의 절학이나 초식 같은 것들은 하나도 드러내지 않고 황당한 방법으로만 승리를 거두고 있지 않은가. 저런 상대에게 진다면 그것은 수치라고 여겨지리라.

교언명이 도전자를 구하는 소리에도 아무도 나서는 사람은 없었다. 마도 쪽에서도, 백도 쪽에서도 혹은 정사중간의 인물들 사이에서도 사태를 관망하기만 할 뿐이었다.

그런 가운데 한줄기 옥음이 멀리서 들려왔다.

"…저요~"

명랑하게 들리는 목소리였다. 한쪽 손을 번쩍 치켜들고 싱글벙글하는 얼굴로 뛰어나온 소녀의 손에는 협봉검 형태의 검이 들려 있었다. 걸치고 있는 은의는 값비싼 능라의로 금황성의 재력이 아니면 쉬이 구하기 어려운 직물(織物)이고 고이 틀어 올린 머리도 산호(珊瑚)와 칠보로 장식되어 있었다. 한마디로 눈에 띄지 않는 화려함이랄까. 거기다가 무림삼미와 비추어 보아도 절대 손색이 없는 천하절색(天下絶色)의 아리따운 소녀였다. 하나, 아직 어려 있는 치기(稚氣)가 성숙한 여인이라기보단 어리고 앳된 모습을 부각시켰다.

"…소저의 방명(芳名)을 대어주시오."

사람들이 모두 탄성을 발하는 가운데 교언명은 자신의 임무(?)를 수행했다. 어찌 됐거나 비무를 하려면 사람들 앞에 이름을 소개해야 하지 않겠는가.

"한은평이라 합니다."

약간은 장난기 어린 미소로 일관하는 모습에서 교언명은 마치 늘그막에 얻은 막내딸 같다는 느낌을 받았다. 물론 교언명은 평생을 독신으로 지낸 인물이었지만 말이다.

현무는 자꾸만 흐릿해지려는 시선 때문에 미간을 찌푸렸다. 어째서 그녀가 나섰는지 의문스러웠다. 자신의 상태가 이상해지고 있는 것은 청룡이나 백호가 알아보리라 생각은 했지만 은평님이 나선 것은 매우 뜻밖이었다.

은평을 바라보는 사람들의 시선은 꽤 여러 가지 부류였다. 순수하게 은평을 잘 알지 못하므로 얼굴만을 보고 감탄하는 자들, 그리고 마교교주와 벌인 민망한 짓(?)을 옆에서 목도(目睹)하고 그것을 기억해 낸 자들, 마지막으로 은평을 잘 안다고 할 수 있는 몇몇 소수의 인물들이었다.

"어머, 잠시 쉬러 가겠다고 했는데 언제 저런 곳에……."

의아한 기색이었지만 자신이 꾸며놓은 은평의 모습에 감탄하는 사람들을 보며 이유 모를 뿌듯함(?)에 몸을 떠는 난영과…

"…저, 저애는……?!!"

자신을 만류한 아비 옆에서 분을 삭히고 있던 중 은평을 보고 자리에서 벌떡 일어난 다향과…

"저게 놀러 나간 건 줄 아나?!! 왜 저렇게 시시덕거리는 거야!!"

라고 절규하는 청룡과 그 옆의 백호. 그리고 뭐 어때라는 반응의 주작.

"쉬러 간다고 하더니 왜 저기는 올라간 거야?!"

등에 걸린 장검이 부르르 떨릴 정도로 흥분하고 있는 인.

"위, 위험하오, 은평 소저."

라며 자리에서 벌떡 일어나 금방이라도 달려나갈 기세인 마교 교주 단화우.

"……"

뭐라 말로는 표현할 수 없는 복잡한 심정이 되어 있는 천안의 주인 섭능파.

"다치기라도 하면 어쩌려고 무턱대고 나온 거야?!!" X2

라고 외치는 두 남매.

"차, 차, 차, 차, 찾았다!!" X2

주변에 있던 자들이 화들짝 놀랄 정도로 흥분한 두 노괴들.

"잘됐네. 힘들어서 찾을 필요없게 됐군."

수고로움을 덜게 됐다는 생각으로 홀가분해하는 땡중.

"…흐음……?"

흥미로운 시선과 관심을 흩뿌리고 있는 환형지수 헌원가진.

이렇듯이 은평을 대하는 시선은 제각각이었다.

"…청룡이 보내신 겁니까? 게다가 그 검은 주작의 기운이 짙게 풍기는 것으로 보아 주작이 만들어주었나 보군요."

현무는 자신의 상태가 나쁘다는 것을 드러내지 않기 위해 애써 담담한 목소리를 냈다. 은평은 청룡과 백호가 일러준 사항들을 머리 속으로 하나하나 되새겼다. 우선은 현무에게 기권하기를 청해보는 것과 현무가 그것을 거부했을 시 자신이 취해야 할 행동들이었다.

"'이대로 물러났으면 좋겠다'라고 청룡과 백호가 전해달랬어요. 그리고 '네 기분은 충분히 알고 있지만 이런 방식은 좋지 않다'라고도."

"신녀께오서 친히 나서주셔서 감읍(感泣)할 따름입니다만, 청룡과 백호의 말은 따르지 못하겠습니다. 이번에 인세에 나온 것은 반드시 생을 마감하리라 결심을 하고 나온 것입니다."

입 안에서 읊조린 말이었지만 은평과 현무는 서로의 말을 알아들을 수 있었다. 그것은 그들 특유의, 청력에 의한 것.

"왜 죽고 싶다고 여기는 건가요?"

"……."

현무는 은평의 질문에 별말이 없었다.

선인과 천인(天人), 그리고 신수는 엄연히 달랐다. 천인이라 하여 처음부터 천제가 탄생시키고 지닌 바 임무를 끊임없이 실행하는 존재와

신수들이 있는가 하면 평범한 인간이었다가 수행과 깨달음을 통해 선인이 된 자들도 있었다.

인세에서 부족함을 느끼고 수행하여 선인이 된 존재들은 그보다 좀 더 높은 깨달음이라는 탐욕 아닌 탐욕으로 계속해서 자신을 수행한다. 겉으로 보기엔 평온해 보이고 인간의 오욕칠정(五慾七情)을 초월한 존재들로 여겨질지 모르겠지만 그들은 그들 나름대로 좀 더 높은 깨달음이라는 경지에 올라가기 위해 버둥거리는 자들이다. 그리고 본디 출신이 인간인 이상 득도를 했다 하여도 인간의 모든 정을 끊어버린 것은 아니었다. 그리고 선인들도 언젠가는 죽는다……

천인과 신수들은 필요에 의해서 천제에게 직접 선택된 존재. 영생을 누리며 오행과 음양의 이치에 따라 임무를 수행하는 자들이다. 감정이 있으되 영원하고 죽을 수도 없다. 그렇다고 인간처럼 무언가를 갈망하지도 탐욕하지도 않는다. 천인들이 택하는 방법은 큰 대죄를 범해 인계로 모든 힘이 봉인된 채 내쫓기는 것이었지만 신수들이 택하는 방법은 죽음이었다. 하나, 천인이나 선인, 혹은 신수들 사이에서는 그것이 불가능하니 자연스럽게 인간을 찾게 된다.

"…견딜 수 없는 허무를 아시는지요? 인간과 같은 감정은 존재하되 끝없이 무언가를 갈망하고 탐욕하는 인간의 큰 특징이 배제된 신수들의 공허함을 아시는지요……? 전 견딜 수 없었습니다. 견디지 못하기에 죽음을 택하려 합니다."

"인간들은 욕심이 없는 것이 좋다고 여겨서 신선이 되려고 하고, 신수들은 욕심이 없는 것이 나쁘기 때문에 죽으려 한다라… 서로 뒤바뀌어 버렸네. 그런데… 자신이 죽으면 슬퍼해 줄 존재가 한 사람만 있어도 쉽게 죽음을 입에 담진 못할 거 같은데……"

은평은 혼잣말을 한 뒤, 멋쩍은 듯이 뒷머리를 긁적였다. 자신 역시 비슷한 경험을 했었다. 비록 현무는 신수의 입장이었고 자신은 아무것도 모르는 그냥 평범하기 이를 데 없는 인간이었지만 말이다.

"자신의 죽음을 슬퍼해 주진 않더라도 좋아하고 아끼는 존재가 있다면 죽을 생각을 할 수 없을지도 몰라요… 나는 내 주변 사람들이 내게 무관심하다고 여겼죠. 나에 대해 신경 써주지도 않고 버림받은 존재라고 말예요. 가끔 내가 죽으면 과연 진심으로 내 죽음을 슬퍼해 줄 사람이 몇이나 될까 세어보기도 했어요. 그런데 우연찮게(?) 죽고 나서 이런 곳에 와서 지내게 되면서 문득 깨달아지는 게 있었어요. 날 좋아해 주고 신경 써주는 것과는 별개의 문제로 나야말로 그들을 아끼고 좋아했더라면 죽음을 쉽게 여길 수 있었을까 하고요… 내가 누군가를 좋아했더라면 그 누군가가 생각나서라도 죽고 싶지 않았을지도 모르지요. 신수들은 어떨지 몰라도 인간들이 이 세상을 살아갈 때 가장 크고 중요한 것이 끝없는 욕구와 탐욕이 아니라 누군가를 아끼고 좋아한다는 의미를 부여하는 거라고 생각합니다. 좋아할 수 있기 때문에 욕심을 부리고 차지하고 싶어하는 것일지도요. 인간들도 죽고 싶다는 욕망을 시시때때로 느낄 겁니다. 그런 마음을 상쇄시킬 수 있는 것은 죽음을 두려워하는 인간의 나약함도 있겠지만 제일 큰 이유는 자신이 아끼고 좋아하는 존재 때문이… 아닐까요."

말을 하다 보니 횡설수설해 버린 것 같아서 은평은 더 더욱 멋쩍어졌다. 현무의 눈에 자신이 수다스러운 애로 비춰질지도 모른다는 생각이 들었다.

귓가에서 소름 끼치는 소리가 들려 점점 주변의 소리를 틀어막고 있었다. 지금도 은평이 무언가 말하고 있는 모습이 보이기는 하나 띄엄

띄엄 떨어져 어떠한 의미인지 알아들을 수 없는 상태였다. 평소라면 말하고 있는 입 모양으로도 그 뜻을 능히 짐작해 내는 것이 어렵지 않았을 테지만 현재 상태로는 불가능에 가까웠다.

"…은평님께서 말씀하시는 것은 저로서는 잘 이해가 되질 않습니다……."

현무는 양손에 힘이 들어가는 것을 똑똑히 느끼고 있었다. 몸의 감각과 생각은 평상시와 다를 바 없건만 몸은 제멋대로 움직이려 날뛰어댔다. 지금까지의 상대들은 모두 인간이었기에 주박의 영향을 받았지만 지금의 상대는 선인의 반열에 든 자. 죽일 순 없더라도 위해는 가할 수 있다는 것을 신체는 민감하게 알아차렸다.

워낙 횡설수설하고 보니 뭐라 정의를 내려야 할지 막막해진 은평은 무안했다. 사고방식이 다른 자에게 또 다른 사고방식을 납득시키기란 쉬운 것이 아닌 모양이었다.

"에에… 어쨌거나! 살아갈 의미가 없다고 여기고 있는 거잖아요? 그렇지요? 그러니까 말이죠, 무조건 죽는다, 죽을 테다, 죽을 거다 그렇게 음침하게 굴지 말고 살아갈 의미를 찾기 위해서라도 한번 살아보란 의미예요."

한편, 사람들은 비무를 해야 할 두 사람이 서로 마주 보고 있기만 하고 도통 움직일 생각을 하지 않으니 의아해하고 있다. 서로 기 싸움(?)을 하고 있는 게 아닌가 하는 의견을 제시하고 있는 자들도 있었다.

"…현무가 쉽게 물러날 기세가 아닌걸. 저 천방지축을 내보낸 게 점점 걱정스러워지는군."

곧게 자라난 수목에 몸을 비스듬히 기대고 청룡이 중얼거렸다. 지면에 앉아 있는 것 같지만 사실, 청룡과 주작은 제법 굵은 수목 위에 올라가 가느다란 수목의 줄기에 몸을 얹히고 있었다. 조금 기이한 점이라면 나무 줄기의 굵기가 보통 사내들의 손목 굵기만하다는 사실이다. 백호 한 마리만의 무게라면 어찌어찌 버틸지도 모를 일이지만 사내 둘의 무게, 거기다가 백호의 무게마저 더해진다면 부러졌어도 진작에 부러졌어야 할 텐데 이놈의 줄기는 강철로 이뤄진 것인지 도무지 부러질 기미도 보이질 않았다.

"한데… 모든 의식을 끝냈음이 분명한데 어째서 본신의 힘을 내지 못하는 거지?"

청룡은 주작의 물음에 머리를 긁적였다. 그것은 은평 자신의 문제였다.

"자신의 노력으로 얻어진 힘도 아니었고 출신은 평범한 인간이지. 추천으로 인해 억지로 자리를 이어받았으니 제대로 되길 바라는 게 오히려 이상하지 않을까? 무엇보다 제일 큰 문제는 자기 스스로 힘을 억누르고 있는 것 같아."

"자기 스스로 힘을 억누르고 있다고? 그렇다면 힘이 깨어날 계기를 만들어주면 되는 거잖아."

"그게 그렇게 간단할 거라……."

청룡은 말을 하다 말고 주작이 고갯짓을 하자 말을 멈추었다. 주작은 대답 대신에 지면을 향해 손가락을 짚어주었다. 갸웃거리며 고개를 뒤로 돌린 청룡의 눈에 안색을 딱딱하게 굳힌 인이 서 있었다.

인 역시 청룡이 자신을 발견한 것을 알아차렸는지 순식간에 떨어져 있던 거리를 좁혀들었다. 수목을 박차고 뛰어올라 순식간에 청룡과 주작이 앉아 있던 줄기의 부근에 올라섰다. 인간으로서는 보여주기 힘든 신법인지라 주작의 눈에 호기심이 일었다. 꽤 흥미로운 인간이라는 판

단이 든 것이다.

"얼이 빠져 있더니만 여긴 어쩐 일로 오셨소?"

주작과 말할 때와는 다른 딱딱한 하오체였다. 주작은 잠시 뒤로 물러나 인과 청룡을 번갈아 가며 바라보았다. 청룡과 비교해도 전혀 손색없는 기도라는 게 주작의 흥미를 자극했다.

"백호, 저놈은 누구지?"

[말하기가 조금 애매모호한 인간입니다. 어찌어찌하다 보니 은평님과 한데 어울려 다니게 되었는데…….]

인이라는 사내는 어찌 된 일인지 청룡을 노려보고 있었다. 강한 안광과 함께 평소에는 볼 수 없었던 살기가 이는 모습으로 범인이라면 자신도 모르게 몸을 사릴 것 같았다.

"어쩌자고 저 애를 저런 자리에 내보낸 거요?"

"괜찮소. 저 둘 다 서로 아는 사이니까 너무 심하게 다루진 않을……."

청룡이 대수롭지 않게 넘기자 인이 으르렁댔다. 백호의 일도, 그리고 커다란 용의 거체를 본 뒤 갑작스럽게 그것도 금황성 내부에 나타난 청룡을 보아도, 그리고 엉망진창이 된 정원이 순식간에 원래의 모습으로 되돌아가도 그러려니 넘겼다. 은평의 주변에 어떤 자가 나타나든 어떤 짓을 벌이든 의문을 제시하지 않았다. 하지만 은평이 다치게 되는 것은 원치 않는다. 저 단상 위에는 은평 혼자뿐이고 누군가가 도움을 줄 수도 없다. 현무라는 자와 서로 안면이 있는 것 같지만 다치지 않는다고 누가 장담할 수 있겠는가.

"그것이 문제가 아니질 않소! 만약 다치기라도 한다면, 어쩌실 게요?"

청룡에게 있어 지금 더 걱정이 되는 쪽은 은평이 아니라 현무 쪽이라고 한다면 인은 이해할 수 있을까. 저 둘은 서로를 해할 수 없으니 어쨌거나 마음이 쓰이는 것은 사기에 침투당한 현무다. 처음에는 마음이 쓰이기도 했지만 벼랑으로 떨궈놓아도 끝끝내 살아서 돌아올 것 같은 은평임을 깜박 잊었기에 가능했던 것이고.

"근골(筋骨)은 꽤 쓸 만하고, 인간치고는 꽤 오래 살았네? 기를 완전히 감추고 있어서 못 알아볼 뻔했어."

자신의 바로 뒤편에서 울린 소리에 흠칫했을 땐 이미 맥문을 잡힌 뒤였다. 청룡의 옆에 앉아 있던 붉은 옷의 사내였다. 분명 청룡의 옆에 있었던 자가 어느새 자신의 뒤로 움직여 와 맥문을 움켜쥐었다고 생각하니 간담이 서늘해졌다. 자신은 움직이는 인기척도 느끼지 못했는데 말이다.

사내임에 분명한데, 기루라도 들렀던 것인지 여인들이나 쓰는 지분과 농염한 사향(麝香)이 짙게 풍겼다. 거기다가 어깨부터 종아리가 있는 부분까지 길게 가로지른 봉황 자수의 옷은 매우 화려했다. 모양새로만 보자면 여성용인지 남성용인지 헷갈릴 지경이었다.

"놓으시오!"

이혈환위대법(移穴換位大法)을 사용해 손목에 위치한 맥문의 위치를 바꾼 인은 주작의 손을 뿌리치려 했다. 하나, 인의 움직임을 멈추게 한 것은 주작이 서 있는 위치였다. 하다못해 나뭇가지에라도 걸쳐 있었다면 이렇게 놀라지 않았겠지만… 경공을 쓰고 있는 흔적이 없음에도 그가 서 있는 위치는 아무것도 없는 허공이 아닌가.

"호? 혈도의 위치를 바꾸기까지……?"

얼이 빠져 있는 인을 뚫어져라 바라보더니 주작은 곤란한 얼굴이 되어 자신의 가슴에 한 손을 얹었다.

"난 조금 흥미로운 인간이라고 생각했을 뿐인데… 어쩌지, 청룡?"

"뭐가?"

주작의 목소리에 미묘한 호기심이 어리기 시작한 것을 깨달은 청룡은 왠지 불안해져 옴을 느꼈다.

"황(凰)은 이 인간이 좋아졌대. 이백 년 넘게 묵은 순양지기(純陽之氣)는 흔치 않다면서 교접(交接)하고 싶어해."

말이 떨어지고 나서 잠시간의 정적이 찾아들었다. 그리고 얼마 지나지 않아 지면으로 무언가가 추락하는 소리가 두 번 울렸다.

"왜 갑자기 나무에서 떨어지고 그래? 무슨 일 있어?"

허공에 올라선 채 고개를 갸웃거리는 주작을 청룡과 백호는 기막혀하는 시선으로 올려다보았다.

"그걸 말이라고 하냐?!"

[주, 주, 주작님!!]

인은 겨우 정신을 차리고 주작의 손을 뿌리쳤다. 얕볼 수 없는 자였다. 불쑥 자신의 뒤로 이동해서 맥문을 움켜쥐질 않나, 황이라는 여자―아마도 여자가―를 거론하며 민망한 이야기를 꺼내질 않나. 절로 흐르는 식은땀을 닦아내며 인은 황급히 좌석 쪽으로 돌아가기 위해 몸을 돌렸다. 물론 자신이 어째서 청룡에게 갔었는지는 돌아가고 나서도 한참 뒤에야 생각이 났지만 말이다.

"효과 좋지? 얼이 빠지게 해서 돌려보내는 데는 이런 수가 좋다니까."

"제발 농담이라도 사람 간 떨어지게 하는 농담은 하지 마라."

[맞습니다. 얼마나 놀랐는지 알기나 하십니까?]

백호와 청룡은 안도의 한숨을 내쉬며 가슴을 쓸어 내렸다. 남성일 때의 인격을 봉이라 칭하고 여성일 때의 인격을 황이라 칭하며 한몸을 공유하기 때문에 뇌 속에서 인격끼리 서로 대화를 나눌 수 있는 것을 알고는 있었지만 저런 식으로 어느 쪽 상대방의 의사를 다른 사람들 앞에서 전달한 것은 처음 있는 경우였다.

　"하지만 농담은 아니었어. 정말로 황은 저 인간하고 교접하고 싶어 해."

　"……"

　[……]

　더 이상 주작의 말 따위 듣지 않기로 한 청룡과 백호는 현실 도피를 했다. 주작이 뭐라 하든 단상 위에만 시선을 주고 주작 쪽은 쳐다보지도 않을 작정이었다. 일일이 상대를 했다가는 자신들만 피곤하게 될 뿐이다.

　[대화를 오래 끄는군요.]

　"오래 끄는 게 아니라 현무 쪽의 상태가 너무 나빠서 은평의 말을 못 듣고 있는 것 같아."

　정말로 그러했다. 급기야 사람들 사이에서 큰 웅성거림이 일 때까지 현무와 은평은 서로를 바라만 보고 있었다.

　현무는 커다란 대검을 높이 치켜 올렸다. 날이 무딘 검신을 손으로 쓰다듬며 은평의 근처를 향해 공중에서부터 베어 들어갔다. 대검답지 않게 바람을 가르는 소리가 경쾌히 울리고 대검이 은평의 발과 채 한 치밖에 떨어지지 않은 곳에 내려꽂혔다. 조금만 더 검을 앞으로 했다면 검날의 끝에 은평의 발이 잘려 나갈 뻔했었지만 은평은 피하거나 몸을 움츠리는 일 없이 현무를 노려보고 있었다.

"깜짝 놀랐네."

하지만 목소리는 평상시와 별로 다를 바가 없어서 놀란 것 같아 보이지 않았다.

분명 공격하려던 것이 아닌데도 대검이 휘둘러진 것에 대해서 현무는 심한 자책감을 곱씹어야 했다. 검날이 조금만 더 앞으로 휘둘러졌으면 은평님의 발이 상처를 입게 되지 않겠는가. 물론 내려치려던 순간에 간신히 팔을 제어해 몇 치나마 거두어들여 이 정도였다. 현무는 자꾸만 흐릿함 속에 가둬지려는 이지를 찾으려고 애썼다.

"괜찮아요? 자꾸 눈동자가 흐릿해지려고 해요."

현무는 자신의 상태가 안 좋은 것을 은평이 모르리라 생각했다. 청룡에게 어느 정도 설명은 들었을 것이나 자신이 평상시대로 군다면 눈치 채지 못하리라 여겼지만 놀랍게도 간파해 버렸다.

"군이 숨기려고 하지 않아도 괜찮아요. 어서 내려가요."

은평의 목소리가 들리는 것으로 봐서 간신히 이지를 되찾았다고 느낀 순간, 지독한 사기가 전신을 감싸왔다. 아우성치고 있는 군중들에게서 일제히 뿜어져 나온 것들이었다. 자신과 은평님 중 어느 한쪽이 얼른 쓰러져서 단상 위를 내려오기를 바라는 기운! 그리고 싸우라며 부추기는 듯한 기운!

현무가 점점 눈동자의 빛을 잃어가는 것이 전해져 왔다. 청룡이 해 준 말대로 자신은 제대로 배우지도 못해서 도망치는 것 외엔 할 줄 아는 것이 없다. 비록 도망치는 한은 있더라도 일단 광란 상태로 접어들면 틈이 많이 보일 것이라고 백호도, 청룡도 호언장담했으니 만약 그렇지 않다면 있다가 반쯤 죽여놔야지라고 자신을 다잡고 검의 손잡이를 쥔 손에 힘을 주었다.

공기가 베이는 소리가 들렸다고 생각한 순간 은평은 자신도 모르게 뒤로 물러났다. 그리고 뒤로 물러난 순간 은평의 바로 앞으로 번쩍하는 빛이 스쳤다. 아마 관중들 중에서도 그 번쩍하는 빛을 본 사람은 극소수일 것이다. 워낙 빠르게 지나갔으니.

'뭐였지……?!'

귀에까지 그 고동 소리가 전해질 정도로 심장이 쿵쾅거리며 울려댔다.

"피했네……."

현무의 중얼거림이 귀에 달라붙어 온다. 나른한 감이 묻어나는 목소리였지만 알 수 있을 것 같았다. 지금은 아까 전의 현무와는 판이하게 다르다는 것을. 아니, 다르다라고 생각할 틈도 없었다. 번쩍하는 빛과 함께 또다시 현무의 대검이 공기를 가르는 소리를 듣는 순간, 은평은 정신없이 몸을 피해야만 했다.

"…얼음……?"

작은 얼음 알갱이가 자신의 눈앞에서 날아다니는 것을 본 은평은 그제야 번쩍하던 빛의 정체를 알아냈다. 현무가 든 대검의 날에는 얼음이 얼어 그 끝이 매우 날카로워 보였다. 즉, 그 반짝임은 대검을 전광석화와도 같은 움직임으로 날릴 때 얼음이 햇빛에 반사되는 것이었다. 다행이라면 대검을 휘둘러 대는 속도는 매우 빠르지만 상대적으로 검이 너무 커서 휘두르기에 제약이 따른다는 점이었다. 잠시의 틈이라도 가질 수 있으니 최소한 어이없이 당할 염려는 없게 됐지 않는가.

"…또 피했어……."

청룡이 가르쳐 줬던 것들 중 완벽하게 습득한 것이 재빠르게 이동하는 법이라서 정말 다행이었다. 하지만 그런 생각도 잠시, 자신의 머리

위로 검은 그림자가 드리워진다 싶더니 대검이 위에서 아래로 내리꽂히고 있었다.

"으에!!"

은평은 채 피할 생각도 못하고 한 손에 들고 있던 검을 양손으로 꽉 움켜쥐고 가로로 들어 대검을 막아냈다. 검을 휘면 휘어질 것 같은 낭창낭창한 검신이었지만 의외로 대검과 맞서고 있었다. 물론 그 검을 쥐고 있는 은평은 죽을 맛이다. 검을 쥐고 있는 양 손목과 어깨에 힘이 들어갈 대로 들어가 부들부들 떨려왔다.

'으에에엑! 팔 아파 죽겠다!!'

비명을 속으로 꾹 누르며 괜히 나선 자신이 매우 원망스러웠다. 이미 반쯤은 내리 감긴 현무의 눈동자는 초점을 잃었다. 그 눈동자가 닫히게 되는 때가 완전히 폭주 상태로 들어가게 되는 것이란 청룡의 당부가 떠올랐다.

치이이익─!

검과 검이 맞붙어 있는 사이에서 하얀 수증기가 피어올랐다. 이것은 현무의 수기와 주작의 검에 실려 있는 화기가 맞붙음으로 해서 일어나는 당연한 결과였지만 일반 사람들의 시선으로 보기에는 더없는 괴사(怪事)였다.

"…쳇, 주작의 검인가?"

수증기가 피어오르기 시작하자 현무가 대검에 주입한 자신의 수기를 거둬들였다. 주작이 직접 만들어낸 검과 평범한 무기에 자신의 수기를 불어넣어서 사용하는 것은 차이가 컸다. 은평 쪽은 주작의 검에만 그 부담이 가지만 자신은 검이 아니라 몸에 그 충격을 그대로 받아들이는 꼴이기 때문이었다.

"…그럼 이건 어떨까? 수와음폭(水渦陰輻)……."

바람결을 타고 축축한 습기가 섞여 돌기 시작했다. 현무의 주변으로 바람이 휘몰아쳐 늘어뜨리고 있던 머리와 헐렁한 장포 자락이 자연스레 휘날렸다. 머리카락이 휘날리면서 드러난 현무의 이목구비는 어딘가 모르게 이상했다. 그것은… 응당 있어야 마땅할 두 개의 귀가 흔적조차 보이지 않기 때문이었다.

'…귀가 없어?!'

귀가 있어야 할 자리에는 귓구멍으로 보이는 2개의 구멍만이 뚫려 있을 뿐, 귀의 흔적은 어디에도 없었다. 잘라낸 것은 아니었다. 귀가 있었던 흔적마저 찾을 수 없이 깨끗했으니까. 그렇다면 애초에 귀 자체가 없었다는 소리가 된다. 선천적으로 귀가 없이 태어났다는 인간을 보았는가. 현무가 어째서 이목구비를 머리카락으로 푹 덮듯이 가리고 있었는지 조금이나마 이해가 되는 순간이었다.

귀가 없는 것을 뺀다면 현무의 얼굴은 마치 솜씨 좋은 장인이 얼음으로 조각을 한 듯 곧고 반듯했다. 하나, 냉염(冷艶)한 조각상 같았다. 살아 숨 쉬는 생명력이 없는 무생물같이 말이다. 안색도 매우 창백해서 마치 얼어붙은 것 같은 인상이었다. 유일하게 살아 있는 인간 같은 점이라고 한다면 자연적인 입술 색이라고는 도저히 믿기 힘든 핏빛의 붉디붉은 입술…….

바람에 실린 습기는 너무 축축해서 은평의 피부에 맞닿는 순간 불쾌함을 일으켰다. 습기 덕분에 공기 중에 실려오는 현무의 움직임이 전해지지 않아 은평은 당황하고 있었다. 공기로 실려오는 진동으로 현무의 움직임을 그나마 알아차릴 수 있었건만, 점점 그것이 어렵게 되었다.

"으아, 기분 나빠."

가습기의 증기를 하루 종일 쐬고 있었던 것 같은 기분에 은평은 진저리를 쳐댔다. 주작의 검을 꽉 붙잡자 검에 실린 화기가 주위의 습기를 조금이나마 상쇄시켜 주었다.

"화가 나……."

현무의 목소리가 들렸다 싶은 순간, 은평은 반사적으로 몸을 굴리고 있었다. 아니나 다를까, 몸을 굴리자마자 바로 옆으로 현무의 대검이 꽂혀 있었다. 단상 안으로 깊숙이 박혀서 검신이 반 이상 박혀 있었음에도 현무는 그다지 구애받지 않았다.

"뭐가 화가 난다는 거죠?"

"당신에게 화가 나… 어째서 날 막아서는 거지?"

순간적으로 몸을 굴려 버린 자신이 꼴사납다고 여겼지만 지금은 꼴이 어떤지를 따질 때가 아니었다.

"넌 제대로 배운 공격 주술도 없어. 인간들이라면 몰라도 신수인 현무에게 반격하는 것은 절대 무.리.라고 생각해. 무조건 피하고 봐. 도망치는 것만큼은 열심히 배웠으니까 잘하겠지? 그리고 기회를 봐서 목 뒤를 눌러줘. 인간에게도 신수에게도 일종의 급소인데 인간으로 치면 죽을 만큼 눌러줘야 해. 그래야 제정신이 돌아와. 그리고 현무의 검이 네 얼굴 위로 향하지 않도록 조심해. 그렇게 되면 현무가 너에게 주술을 걸 거야. 명심해. 머리가 아니라 얼굴이야. 절대로 얼굴 위로 현무의 검을 마주해서는 안 돼."

청룡의 혀를 차는 소리와 함께 절대 무리라는 말이 반복해서 떠오른다. 도망치는 것 외엔 별로 알고 싶은 생각도 없어서 배울 생각도 하지 않았고 가르쳐 준다고 해도 거부했다. 그게 뭐 어쨌단 말인가. 사는 데는 전혀 지장 없잖아!라고 생각은 했어도 이렇게 갑작스레 필요하게 될 줄은 몰랐다. 실은… 안 배운 것을 무지하게 후회하고 있었다.

"당신이 내 기분을 알 리가 없잖아? 허무와 아무런 것도 소유하지 못한 채 영생을 살아간다는 것이 어떤 것인지……!!"

아까까지만 해도 존댓말에 공손, 정중 그 자체더니 맛이 가고 난 뒤부터는 반말 찍찍해 대고 죽일 기세로 달려들었다. 허니 어찌 그런 생각이 안들 수 있겠는가. 지금도 소리를 버럭버럭 지르며 대들고(?) 있다.

'근데, 인간으로 죽을 정도라면 어느 정도의 세기로 눌러야 하는 걸까……?

인간이 죽을 정도의 세기라는 게 어느 정도인지 도저히 감을 못 잡은 은평은 자신이 쥐고 있는 검을 힐끔거렸다. 손으로 누르는 것 같진 않고… 그럼 검으로 찔러야 하나?

"싸움 중에 딴생각을 하다니… 내가 우스워 보이나?"

딴생각을 하기가 무섭게 현무의 대검이 다시 치고 들어왔다. 이번에는 물의 소용돌이와 함께였다. 아니, 물이 소용돌이치는 착시를 불러일으킨다고 해야 할까. 현무는 대검을 손목을 흔드는 것만으로 빙글빙글 회전시켜 그 주변으로 거대한 소용돌이가 이는 것 같다고 착각하게 만들었다. 주변 공기가 수분을 응축하고 있는 것을 보니 현무의 수기가 섞이지 않았을 리 만무, 은평은 잔뜩 몸을 긴장시켰다. 잘못하다가는 뼈도 못 추리고 물귀신이 될 판이었다.

"수와음폭, 그 첫 번째……."

정면에서부터 치고 들어오는 대검 덕분에 은평은 뒤로 상체를 뉘였다. 다리 힘만으로 상체를 뒤로 젖힌 채 지탱하는 은평을 본 현무가 붉은 입술을 움직여 미소 지었다. 미소라기보단 비웃음에 가까웠지만 어찌 됐든 현무의 웃음은 처음 보는 것이었다.

"단순하게시리… 걸렸군……."

현무의 말과 동시에 깊은 물속에서 잠수를 했을 때나 느껴봄직한, 귀가 징— 하고 울리는 압박감에 은평은 얼굴을 찡그렸다. 그 압박감은 곧 머리 전체의 파동이 되었다. 부들부들 떨리는 다리 근육과 머리에서 울려대는 압박감으로 은평은 자리에 주저앉았다. 절대 현무의 검이 얼굴 위로 향하게 하지 말라는 당부가 머리 속에서 생각났다.

주저앉은 은평은 발을 굴러 기어서라도 최대한 현무로부터 벗어나려고 애를 썼지만 그대로 놔둘 현무가 아니었다. 현무가 팔을 회전시켜 검을 내리꽂으려 하는 순간, 은평은 있는 힘을 다해서 현무의 다리를 걷어찼다. 현무가 몸의 균형을 잃고 주춤거리는 사이 은평은 여전히 울려대는 머리를 부여잡고 옆으로 몸을 굴렸다.

'겨우 빠져나왔네.'

현무는 조금 거리가 벌어졌다고 여겨지자 재빨리 몸을 일으켰다. 몸을 움직일 때마다 귀를 짓누르는 듯한 멍한 감각이 움찔거림을 불러왔다.

"저 바보. 그렇게 주의를 줬는데도 걸려 버리다니. 신신당부한 보람이 없잖아."

"괜찮잖아, 저 정도는. 현무도 꽤 봐주고 있는 것 같은걸."

"…한 가닥 남은 이성이라는 건가?"

청룡은 머리를 긁적였다. 사실 자신과 현무가 맞붙었다면 저 정도는 아니었을 것이다. 물론 은평의 신체가 현무가 걸려는 주술들을 무위로 돌려 버린다는 것과 범인들과는 다르게 은평의 신체 능력이 극대화되어 있다는 것도 이유라면 이유겠지만. 주작의 검을 쥐고 있긴 했지만 현무의 검을 그런대로 견디는 것만 봐도 은평의 힘(?)이 보통이 아니라는 걸 알 수 있다.

"잘 구르네. 보통의 인간들은 몸을 굴려서 공격을 피하는 걸 굉장히 수치스럽게 여기던데."

"쟤를 보통이라거나 평범하게 생각하면 대단히 곤란하다구."

청룡의 충고에 주작은 성의없이 고개를 끄덕거렸다. 그 자신이 정상적이지 못해서(?) 그런지는 몰라도 주작의 눈에 비친 은평은 지극히 평범해 보였다.

"비수폭련(飛水輻連)."

현무의 대검이 잇달아 회전하며 눈에 잘 보이지 않을 정도의 바늘마냥 가늘게 뻗은 물줄기가 은평을 덮쳐 왔다. 멀리서 보기에는 햇빛에 반사되어 약간 반짝이는 역광을 내는 모양새 같겠지만 당하는 은평은 이가 갈렸다.

'내참, 살다살다 물에 맞아서 다쳐 보긴 처음이네.'

은평은 최대한 얼굴을 팔 사이로 가리고 몸을 웅크렸다. 아름다운 모양새와는 달리 매우 튼튼한 옷감인 능라의가 거침없이 찢어지는 것만 봐도 가는 물줄기들이 어느 정도의 세기를 가졌는지 능히 짐작할 수 있었다. 게다가 찢어진 옷 사이로 드러난 살이 물방울에 맞아가는 것에 할퀸 듯한 상처가 조금씩 생겨났다.

"이제 그만 물러서 줘. 당신을 다치게 하고 싶지 않아……!"

"현무야말로 물러서요! 인간들의 사기에 극도로 노출되면 광란 상태에 빠진다면서요!!"

"…뭐든 상관없어. 그저 강한 인간을 찾아 내 목숨을 거둬들이게 하면……."

은평은 현무의 말에 울컥하고 화가 치밀었다. 무엇이든 상관없다니. 자신의 목숨을 헌신짝처럼 내팽개치는 것 따윈 질색이다. 꼭 죽는 것만이 능사는 아니질 않는가. 운 좋게 죽었다고 치자. 그렇다면 그 죽이게 된 인간의 입장은 무어란 말인가. 누군가를 죽였다는 자책감을 가지고 평생을 살아야 한단 말인가? 또, 자신의 뒤를 이을 새로운 신수가 탄생했다 치자. 모든 신수들이 그렇듯이 새로운 신수 역시 괴로워하는 입장이 되고 또 지금의 자신처럼 죽음을 택하게 되지 않는다는 보장이 있는가? 결국 자신이 죽는다는 것은 또 다른 입장에 처하게 될 자를 만들어낸다는 의미가 되지 않는가 말이다.

"당신 따위가 뭘 안다고… 제대로 알지도 못하는 선인 주제에 신수들의, 아니, 내 기분을 얼마만큼 알고 있다는 거야?

"…무엇이든 상관없어? 자신만 편해지면 다야?! 자신 혼자 편해지면 그만인 거야?! 다칠까 봐 걱정하고 있는 다른 사신들은 눈에 들어오지도 않아?! 그저 혼자 편해지기 위해서 죽고 나면 또다시 그 뒤를 이을 신수가 생겨날 텐데, 그 신수에 대해서는 생각해 보지도 않았어?! 그 새로운 신수 역시 자신과 같은 입장이 될 수 있다는 생각은 하나도 하지 않는 거야? 그저 자신만 편해지면 모든 게 끝나는 건가? 자신으로 인해서 같은 입장의 또 다른 자가 생겨나 지금처럼 되버릴지도 모른다는 일은 단 한 번도 생각지 않는 거야……?!"

화가 날 대로 난 은평이 버럭 소리를 내질렀다. 뜨거운 무언가가 목 근처에 걸려 있는 느낌이랄까. 현무의 공격을 피하느라 제대로 생각하지 못했던 부분이지만 깨닫고 나니 걷잡을 수 없는 울화가 가슴속과 머리를 가득 메워갔다. 물줄기에 의해서 몸이 스치는 따가운 느낌도 쓰라린 느낌도 전부 잊혀졌다. 현무를 붙들고 흠씬 두들겨 패주고 싶은 생각만이 간절했다.

"현무와 같은 입장에 있는 신수들도 얼마든지 있을 텐데 그들이 모두 죽어버리겠다고 난리 피우고 있지는 않을 거 아냐!!"

물줄기도 마다치 않고 현무의 앞까지 근접한 은평은 현무의 대검을 붙잡았다. 현무의 공격을 피하기에만 급급했던 은평으로는 생각지도 못했던 일이었다. 현무의 검은 매우 차가웠다. 붙잡는 순간 손바닥의 감각이 마비되고 살을 에는 것처럼 아려왔다.

"…놔!!"

잠시 은평의 행동에 당황한 듯했던 현무가 이내 당황에서 벗어나 은평의 다리를 자신의 무릎으로 가격했다. 하지만 은평은 별로 아랑곳하지 않았다. 입술만을 깨물고 있을 뿐 아프다거나 하는 기색을 일체 내비치지 않고 무표정한 얼굴을 하고 있을 뿐이었다. 현무는 오기가 발동해 어디 얼마나 쥐고 있나 두고 보자는 심정으로 대검이 버텨낼 수 있는 한 자신의 수기를 한껏 주입시켰다.

"…멍청이. 그렇게 죽고 싶은 마음이 간절하다면 여기서 난리 피우지 말고 천제인지 뭔지 하는 새끼를 찾아가서 살고 싶은 맘 없으니까 소멸시켜 달라고 하소연이라도 하던가!! 이 세상의 생명체들을 창조한 창조주라며! 창조주니까 죽이는 것 따위도 간단할 거 아냐!"

은평은 발을 들어 올려 현무의 복부를 걷어찼다. 현무가 주춤하며 뒤로 물러나자 맨손으로 검날을 쥐고 있던 은평이 그것을 손에서 놓았다. 놓는 순간 살이 찢어지는 기분 나쁜 소리와 함께 바닥으로 핏방울이 떨어져 내렸다. 대검에는 살 껍질로 보이는 너덜너덜한 무언가가

붙어 있었다. 현무의 음기를 이기지 못한 은평의 손바닥 피부가 떨어져 나간 탓이었다. 상처 주변이 전부 얼어붙어서 출혈이 심하진 않았지만 근육들이 전부 드러나고 손가락 쪽은 뼈의 푸르스름한 금막이 드러나 있을 정도다.

"중지하시오. 지금 한쪽이 큰 상해를 입었으……"

단상 아래에서 지켜보고 있던 교언명은 은평의 손바닥 상태가 심각하다는 것을 깨닫고는 비무를 중단시키고자 했다.

"호들갑 떨지 마, 아저씨! 이딴 건 침 바르면 나아."

은평은 멍해 있는 교언명을 뒤로하고 아무런 주저 없이 값비싼 능라의를 찢어냈다. 옷자락을 길게 찢어 허술하게 손바닥에 몇 번 감아주고는 현무를 노려보았다.

"죽으려면 곱게 승천해서 천제인지 천치인지 한테 가서 나 죽여줍쇼 하란 말야. 여기저기에다가 민폐 끼치지 말고!"

은평의 몸은 비교도 할 수 없을 만큼 재빨랐다. 현무의 속도와 비교해도 전혀 손색이 없을 정도의 움직임… 마치 전혀 딴사람이 된 듯했다. 갑자기 바뀐 은평의 태도에 현무도 적잖이 당황한 눈치였다.

은평은 오른손이 상처를 입은 까닭으로 왼손으로 검을 쥐었다. 방향을 위쪽으로 해서 쥔 것이 아니라 아래쪽으로 쥐어 휘두르기 좋도록 했다.

"…큭."

은평이 찌르듯이 휘두른 검을 피하기 위해 황급히 뒤로 몸을 뺐지만 스치고 만 모양이었다. 스치듯이 지나갔지만 아릿한 아픔과 함께 수증기가 피어올랐다. 일반의 검으로는 상처조차 낼 수 없는 피부건만 상극(相剋)인 주작의 검은 강인한 피부를 뚫고 들어와 꽤 깊은 상처를 남졌다. 검은 장포 자락에 섞여 보이진 않았지만 팔을 움켜쥔 현무의 손가락 사이로 흘러내리는 것은 연한 회색의 핏줄기였다. 범인들의 새빨간 피와는 다르게 신수들의 피는 각자의 색을 지니고 있었다.

상처에 정신을 빼앗기고 있었더니 어느 틈에 은평의 손이 자신의 멱살을 움켜쥐고 있었다. 미처 피할 새도 없었던 재빠른 몸놀림. 방금 전까지만 해도 자신의 손 아래서 우왕좌왕(右往左往)했던 모습이라고는 믿기 힘들 정도다.

"……!!"

현무는 발악이라도 하듯 윗쪽으로 몸을 솟구쳤다. 찌이익거리는 듣기 싫은 음향과 함께 장포의 앞섶이 찢겨져 나갔다.

아무런 주저 없이 대검을 내던져 버리고 발목을 구속하고 있던 족쇄를 빠르게 풀어냈다. 몸놀림을 둔하게 하기 위해 일부러 차고 있던 것이지만 더 이상 필요가 없어졌다.

길게 쇠줄로 매달려 있던 철공을 휘둘러 은평의 오른쪽 팔을 향해 가격했다. 은평은 팔뚝을 휘둘러 뒤쪽으로 철공을 걷어냈다.

'걸렸다……!'

현무는 평소라면 감히 꿈도 꾸지 못했을 일을 벌이며 온몸으로 전해지는 흥분에 몸을 떨었다. 억눌려 있었던 본능이랄까. 현무 같은 계열의 영수들은 본능적으로 사납고 거칠었다. 그것을 사신수의 자리에 앉게 되면서 자제하고 있었던 것이 인간들의 투기에 자극을 받아 표출되고 있는 것이다.

은평이 뒤로 쳐낸 철공이 휘돌아 다시 앞으로 돌아오게 되면서 은평의 몸을 구속시켰다. 현무는 긴 쇠줄에 은평의 몸을 휘감고 있는 철공을 고정했다.

"…그 머리 속에 박힌 생각 내가 뜯어 고쳐 버릴 테니 두고 봐."

몸이 묶였음에도 은평은 별 영향이 없는 듯 자신만만해 보였다. 현무가 발끈했는지 쇠줄을 당기자 몸을 감고 있던 줄이 살 깊숙이 박혀 들었다.

"상체만 구속시켰다고 다 끝난 게 아니지."

은평의 몸이 뒤로 넘어가고 있었다. 갑자기 당겨지는 통에 쇠줄을 놓칠 뻔한 현무가 다시 자신의 쪽으로 쇠줄을 끌었다. 그것을 놓치지 않고 은평의 한쪽 무릎이 위로 굽혀지며 현무의 가슴팍을 쳐 냈다.

숨이 턱 막혀 현무의 손아귀에서 힘이 빠져 쇠줄의 압박이 느슨해진 틈을 이용해 은평은 주작의 검으로 쇠줄을 잘랐다.

숨이 막힌지 계속 기침을 해대는 현무의 목에 주작의 검을 들이대고 다른 손으로는 멱살을 붙잡았다. 현무의 멱살을 쥔 손아귀 사이로 대충 감아놓은 천 자락이 붉게 젖어가고, 피가 진하게 배어 나왔다. 평범한 사람과 다름없는 검붉은색이었지만 비릿한 피내음이 아닌, 선인들 특유의 청량한 내음은 현무의 정신을 되돌려놓고 있었다.

안개가 잔뜩 끼어 마치 자신이 아닌 것 같았던 머리가 점점 맑아져 갔다. 고개를 들어 올리자 인상을 쓰고 있는 미려한 이목구비가 보였다.

"…은평님……."

하대에서 존대로 말투가 바뀐 것을 보니 제정신이 돌아온 모양이라고 은평은 짐작했다.

"…다시는 그딴 소리하지 마. 무조건 죽으면 그만이라는 게 어딨냐구. 죽어서 좋을 게 뭐가 있다고 그래……."

현무는 가슴이 꽉 죄여오는 듯이 답답해 시선을 아래로 두었다. 은평의 눈을 쳐다보고 있을 자신이 없었다.

'……?!'

아래로 내린 시선에 잡힌 것은 새빨간 핏자국들이었다. 방울져 떨어져 내린 핏자국… 흥건히 고여 있는 핏자국. 자신의 멱살을 쥔 은평의 손을 보니 피가 흥건히 배어 나오는 게 보였다. 어설프게 감겨진 천 자락은 이미 피로 젖어 늘어져 있었다.

뼈가 드러날 정도의 상처를 제대로 조치를 취하지도 않고 몸을 움직인 것이 화근이었다. 꽤 많은 양의 피가 바닥에 흘러내렸고 지금도 계속 피가 배어나는 것으로 보아 지혈(止血)이 되지 않은 듯했다.

"정신이 제대로 돌아왔으면 됐어… 자꾸 머리가 어질어질해서……."

은평은 어질어질거리는 시야를 바로잡으려 애썼지만 긴장이 풀린 순간 몸에서 힘이 빠져 금방이라도 늘어질 것만 같았다.

주작의 검이 바닥에 떨어지고 은평의 몸이 늘어져 내렸다. 당황한 현무가 황급히 은평의 몸을 받아냈지만 그 자신도 좋은 상태가 아닌지라 같이 바닥에 주저앉았다.

"…부, 부상자가 났다. 들것을 가져와라!"

얼이 빠진 채 비무를 말려볼 생각도 못하고 멍하니 있던 교언명이 그제야 정신을 차린 듯 주위를 두리번거렸다. 교언명의 말이 채 끝나기도 전에 단상 위로 홀연히 두 인영이 떨어져 내렸다. 그 두 인영이 언제 움직였는지 본 사람은 극히 드물었다. 그만큼 그 둘의 동작은 빨랐다.

"괜찮은 거냐?"

주작은 현무의 가는 팔을 어깨에 메고 몸을 부축했다. 청룡은 축 늘어진 은평의 몸을 안아 들고 바닥에 굴러다니던 주작의 검 역시 회수했다.

"평소엔 멍해 보이더만, 화가 나니 성격이 바뀌는군."

두 사람이 보여준 놀라운 신법(?)에 사람들이 웅성거리는 사이 두 사람은 어느새 단상 위를 내려가고 있었다.

"두 명 다 기권으로 하시오."

교언명은 비무자들을 부축해서 데리고 나가며 두 청년이 던진 말이 귓전에 윙윙 맴도는 것 같은 기분에 고개를 저었다. 뭐가 뭔지 도통 알 수가 없었다. 자신의 손녀뻘밖에 되지 않는 소녀가 자신을 노려본 것만으로 긴장해서는 몸을 굳혀 버리다니… 자존심이 상했다.

22

환 몽 (幻夢)

환몽(幻夢)

　기분 나쁜 웃음이었다. 눈앞의 아이는 지극히 맑은 눈망울과 순진한 표정을 하고 자신을 향해 방긋이 미소를 지어 보이고 있는데 어째서 기분 나쁜 웃음처럼 느껴지는 것일까… 아이의 얼굴은 귀여웠다. 하고 있는 모습을 보아선 사내아이임이 틀림없건만 윤기가 흐르는 머리카락, 새하얗게 빛나는 피부, 곧고 반듯한 이마와 부드러운 눈매, 아직 치기 어린 볼살과 작고 귀여운 입술은 마치 여자 아이와도 같았다.

　'너 무지 귀엽구나?'

　자신도 모르게 감탄사가 튀어나왔다. 기분 나쁜 웃음인 것과는 별개로 눈앞의 어린아이는 무척이나 귀엽고 아름다웠으므로.

　'……'

　귀엽단 말에 자존심이 상했던 것일까. 아이는 아무런 답이 없었다.

'꼬마야, 왜 그래?'

그 말에 아이가 히죽거렸다. 비웃음 가득한 표정을 하고서 아이는 눈을 가늘게 치켜떴다.

'귀엽단 말 처음 들어봐.'

'…그래? 난 무척 귀엽게 보이는데?'

아이는 대뜸 자신의 목에 팔을 휘감아왔다. 어리광을 부리는 듯한 태도에 왠지 웃음이 새어 나왔다. 아이의 왼손이 자신의 얼굴을 매만졌다.

'어머니의 피부도 이렇게 매끄러웠을까……? 한 번도 만져 본 적은 없었지만 당신처럼 매끄러웠을 거야.'

'……!!'

자신의 목에 휘감긴 아이의 팔목이 대뜸 목을 졸라왔다. 분명 아이임에도 무슨 힘이 그리 센지 제대로 밀어낼 수조차 없었다.

'…당신… 죽여도 돼……?'

팔이 움직여지질 않았다. 팔에 매달린 아이의 무게는 점점 더 무거워져 갔다. 조그마했던 몸은 점점 부피가 커져 장성한 청년의 모습처럼 변모했다.

청의를 온몸에 휘감고 윤기가 감도는 머리를 틀어 올린 채 자신의 목을 조르며 미소를 짓고 있었다.

'죽어버려…….'

눈을 뜨니 제일 먼저 보인 것은 침상의 기둥이었다. 옆으로 고개를 돌리자 저녁 무렵인 듯 어둑어둑한 실내가 침상 위로 드리워진 휘장 사이로 보였다.

"꿈이었⋯ 아우⋯ 쓰라려."

몸을 일으키자 제일 먼저 욱신거리며 반응한 것은 오른손이었다. 깨끗한 천으로 친친 감긴 채 씁쓸한 향내를 풍기는 것으로 보아선 누군가가 이미 상처에 약을 바르고 천으로 동여매 준 듯했다.

손목을 꽉 붙잡고 눈을 찌푸린 채 잠시 아픔을 참아낸 은평은 자신이 어째서 침상 위에 누워 있게 된 것인지 잠시 생각해 보았다. 그리고⋯ 현무와의 일이 머리를 스쳤다. 온몸이 욱신거리고 뼈마디가 뻐걱거리는 것을 보니 너무 함부로 몸을 움직였지 싶었다.

"⋯나도 화나면 자제를 못해서 탈이라니까."

여전히 아픈 손의 손목을 붙잡고 은평은 휘장을 걷어내고 침상에서 내려왔다. 누가 갈아입혔는지 부드러운 감촉의 침의가 입혀져 있었다.

침의 차림이었지만 별로 춥진 않았다. 시기상으로 따지면 지금은 늦여름이었지만 이곳에 떨어진 이후로 추위나 더위를 타본 일이 별로 없는 것 같다. 춥다는 핑계를 대며 백호를 안고 자긴 하지만 체온이 그리운 것이지 정말로 추운 것은 아니었으니까.

"⋯그래도 이런 차림으로 밖에 나가긴 조금 곤란하겠지⋯⋯?"

은평 자신은 별로 상관없었지만 이런 차림으로 밖에 나가면 백호나 인, 혹은 청룡이 기겁을 하기 때문에 위에 대충이나마 걸칠 것을 찾았다. 마침 의자에 걸려 있던 커다란 청룡의 장포를 몸 위에 둘렀다.

문 밖을 나서자 주변은 어스름하게 땅거미가 지고 있었다. 바로 옆인 인의 방에서 막 불을 킨 듯 등잔불 빛이 흘러나오는 것이 보였다. 은평은 조심스럽게 다가가서 방문을 열었다. 방에는 청룡과 주작, 현무, 인이 모두 모여 있었다. 백호는 청룡의 발치 아래에 조용히 엎드려 있었다.

이들도 모두 은평의 기척을 느낀 것인지 문 쪽으로 시선을 돌렸다. 갑자기 시선이 집중되자 은평은 조금 당혹스러웠다.

"깨어난 건가?!"

인과 현무가 제일 먼저 자리에서 몸을 일으켜 세웠고 청룡의 발치에 엎드려 있던 백호가 제일 먼저 달려와 은평의 종아리에 몸을 비벼댔다. 은평은 다치지 않은 팔로 백호를 안아 들었다.

"일어났는데 아무도 없어서 어딜 갔나 했더니 전부 여기에 모여 있었구나."

은평은 모두 옹기종기 모여 앉은 원탁에 다가섰다. 마침 식사 중이었던 듯 원탁 위에는 요리가 수북히 담긴 접시가 여러 개 놓아져 있었다. 각자의 앞에는 작은 그릇들이 하나씩 놓여져 있는 것으로 보아 덜어 먹는 듯하다.

"앗! 치사해!! 자기들만 먹고 있었다니! 나도 먹을래. 배고파."

현무와 청룡 사이로 끼어든 은평은 의자를 가져다 놓고 편한 대로 자리를 잡았다. 놓여진 음식들을 바라보며 군침을 흘리는 은평은 낮에 보았던 모습과는 너무 판이하게 달라 청룡과 주작은 잠시 침묵했다. 평소의 은평과 다름없지만 아까와 차이가 너무도 크질 않는가. 특히 직접 체험(?)했던 현무는 어떻게 대해야 할지 모르겠다는 태도였다.

"손은 괜찮아?"

인은 여분의 식기를 은평 앞에 놓아주었다. 은평은 음식에만 정신이 팔려 건성으로 받아넘겼다.

"괜찮아, 괜찮아. 겨우 이 정도 갖고 뭘."

"모, 몸은 괜찮으십니까?"

현무의 음성에는 약간 당황하는 기색이 어려 있었다. 잔뜩 피를 흘

리게 해놓고 그 여파로 쓰러지게까지 해놓았으니 은평이 깨어나기 전
부터 초조해하고 있던 상태였다.

"괜찮아요. 근데 우선 식사 좀 하고 이야기하자구요. 배고파
요……."

은평은 그저 식사를 할 수 있게 되었다는 생각에 마냥 기쁜 듯 싱글
벙글이었지만 이내 난관에 부딪쳤다. 오른손이 부상 중이다 보니 왼손
으로는 음식을 먹기가 여의치 않은 까닭이었다.

"…먹기 힘드시면… 제가 도와드리겠습니다."

현무는 조심스럽게 권유했다. 손을 다친 것이 자신 때문이니 당연하
다고 여겼지만 은평은 그다지 내키지 않는 듯 고개를 저었다.

"그냥 계속 식사해요. 알아서 할 테니까."

은평은 그러면서 무릎에 앉아 있던 백호를 물끄러미 내려다보았다.
저렇게 뭉툭한 손으로 젓가락질을 한다는 것은 무리겠다 싶다.

[…어, 어째서 이유 모를 한기가…….]

은평의 무릎에 엎드려 있던 백호는 등줄기를 스치는 이유 모를 한기
를 느끼고는 불안함에 몸을 떨었다.

역시 백호가 불가능하다면 그 다음으로 편한 것은 오랫동안 같이 지
냈던 인이었다. 은평은 백호를 내려놓고 인의 옆으로 자리를 옮겼다.
모두의 시선이 은평의 거동으로 집중된 가운데 은평은 인을 향해서 입
을 벌려 보였다.

"…뭐 하는 거냐?"

"손이 이래서 먹을 수가 없어. 먹여줘."

"……."

여러 명을 놔두고도 자신을 택해(?)준 것에 대해 고마워해야 할지 아

니면 이런 취급(?)을 받는 것에 대해 슬퍼해야 할지 도저히 감을 잡기 어려운 표정으로 인은 젓가락으로 음식을 집었다.

은평은 인이 집어주는 음식물을 입 안에 넣고 우물거렸다.

"맛있다……."

음식물을 넘기고 나자 은평은 행복하다는 표정으로 생글거렸다. 그 모습을 보고 있던 인은 자신도 모르게 옆으로 고개를 돌렸다. 은평의 웃는 얼굴을 본 순간 자신도 모르게 얼굴로 피가 몰린 탓이었다.

"왜 고개를 돌리고 그래? 계속 집어줘."

인은 졸지에 자신의 식사를 포기하고 은평의 식사 시중(?)을 들어야 했다. 무표정을 가장하고 있었지만 좋아서 어쩔 줄을 모르는 게 간간히 드러나는 얼굴을 하고서 말이다.

'얼씨구, 좋아죽는구먼.'

청룡은 내심 혀를 차며 젓가락을 바삐 놀렸다. 굳이 인간들처럼 음식물을 섭취해야 하는 것이 아닌 신수들이기에 미각(味覺)은 결여되어 있었다. 그것은 달고, 시고, 쓰고, 맵고, 짜고 하는 등의 맛을 느끼지 못한다는 의미가 된다. 먹을 수는 있지만 맛은 느낄 수 없으므로 청룡이 지금 음식물을 먹고 있는 것은 씹는 감촉을 즐기기 위함이었다. 어떤 음식물이 맛있는 것인지는 자신도 모르게 인지가 되지만 구체적인 맛은 느낄 수 없었다. 결국 청룡에게 있어서 음식을 먹는 것은 무슨 맛인지도 모를 것을 입 안에 넣고 씹어서 넘긴다는, 일종의 장난과도 같은 행동이었다.

"그것만 주지 말고 여기 앞에 있는 것도 좀 줘. 그건 맛없단 말야."

음식물을 입에 넣고 우물우물거리고 있으면서도 말할 건 다 말하고 있는 은평이었다. 인은 은평이 입 안에 든 것을 삼키기를 기다려 다른 것을 입 안에 넣어주면서 쭉 의문스럽게 생각했던 것을 입에 담았다.

"도대체 너는 정체가 뭐지?"

인의 질문에 주작과 청룡, 현무의 젓가락질이 일제히 멈추었다. 은평의 발치에 있던 백호 역시 귀를 쫑긋 세우고 인의 다음 말을 기다리고 있었다.

"도대체 알면 알수록 너란 애를 이해할 수가 없어. 너를 따라다니는 이자들도 마찬가지고. 저번에 저자와 대련했을 때 정원이 망가졌었지? 그때 잠시 자리를 비운 사이 말끔히 복구가 되어 있었고. 오만하다고 하겠지만 나와 비무해 비등비등하거나 날 이길 수 있는 상대는 거의 없다고 장담하고 있는데 저자는 그걸 가볍게 무시했어. 오히려 봐주는 듯한 분위기였지. 게다가 갑자기 나타난……."

인의 말이 길어질 듯하자 은평은 황급히 그 맥을 끊었다.

"거기까지. 그만 해도 충분히 알아들었다구."

은평은 무어라고 설명해야 인이 납득할 수 있을지 잠시 고심했다. 하지만 자신보다는 청룡이 설명하는 쪽이 훨씬 더 두서가 맞을 것 같아 슬그머니 청룡 쪽으로 시선을 돌렸다. 은평이 회피하고 떠넘긴 것을 보고 청룡은 한숨을 내쉬었다. 어째서 설명하는 건 전부 자신이냔 말이다!!

"그러니까 거두절미하고 요점만 말하자면……."

"말하자면……?"

"우리들은 신수고 저 애는 선인이지. 자, 설명 끝."

정말 간단한 설명이었다. 머리 빼고 꼬리 자르고 정확한 요점만을 꼭 짚어낸 완벽한 설명이라고 은평은 감탄(?)했지만 인은 그다지 납득치 못한 모양이었다.

"자, 잠깐만! 무슨 말인지 이해하지 못하겠소. 시, 신수? 선인?!"

"맞아. 나는 선인인지 뭔지 하는 거고 청룡과 백호 등등은 신수래."

인은 청룡 백호란 이름을 중얼거려 보다가 사신수들을 떠올렸다. 청룡, 백호, 주작, 현무가 모여 사신이라 하지 않던가. 딱 들어맞는다. 처음에는 백호만이 있다가 갑자기 청룡이 나타났고 그 다음엔 현무와 주작이란 자가 등장치 않았는가.

백호를 처음 봤을 때 범상치 않은 영물이라 생각은 했지만 갑자기 신수란 설명을 들었어도 별로 이해가 가진 않았다. 아니, 머리로는 이미 이해하고 있지만 기분은 영 묘하다.

"…그, 그렇다면 전에 보았던 거대한 용의 거체도 환상이 아니라 실제로……?"

"그건 청룡이었어."

인은 젓가락을 내려놓고 머리를 감싸 쥐었다. 그렇다면… 이들이 정녕 신수들이라면 은평은…….

"네가 선인이라고?!"

"응, 잘은 모르겠지만 그렇대."

"절.대. 믿을 수 없어."

인은 딱 잘라 말했다. 저 맹한 구석 어디에 선인의 풍모가 엿보인단 말인가. 아무런 거리낌 없이 사내의 사타구니를 걷어찬다던가 자신에게 태연히 '작아'라는 비수를 날리는 은평의 어디가 선인답단 것인지 더 더욱 납득할 수 없게 되었다.

"네가 선인이면 난 이미 득도(得道)해서 우화등선(羽化登仙)했겠다."

"뭐야, 그렇게 부정해 버릴 것까진 없잖아."

은평이 볼멘소리를 했다. 하지만 인은 진심이었다. 자신이 은평을 좋아하는 것과는 별개로 이건 절대 있을 수 없는 일이었던 것이다.

"자, 내가 말했으니까 인 너도 말해."

"뭘……?"

"너에 대한 것."

아주 오래전 무당파인지 무당벌레파인지 무가당파인지에서 엿보았던 장면을 떠올리며 인에 대한 것을 알고 싶다는 생각을 했었다. 줄곧 기회가 없어 묻지 못했지만 마침 딱 좋은 기회가 생긴 것이다. 하지만 인 본인은 어지간히 싫은 듯 얼굴을 딱딱히 굳혔다. 사신수들은 거의 선인의 경지에까지 다다른 인간의 과거가 어떨지 궁금한 얼굴들이었다. 특히 청룡은 얼굴에 호기심이 가득하다.

"굳이 설명할 것도 없이 난 평범한 사람이야."

인은 머리 속으로 떠오르는 기억을 애써 지웠다. 목소리가 자신도 모르게 떨려 나오고 있었다.

"진짜 이름은 뭐야?"

"…서화린이라고 한다."

"화린?"

"…서화가 성이고 린이 이름이야! 이름만 부를 땐 그냥 인이 된다."

이름 정도는 밝혀두어도 상관없을 듯했다. 한데 계속 둘의 대화를 듣고만 있던 현무가 침임성을 울렸다. 기묘한 희열이 서린 목소리로.

"…서화린이라고 했나……?"

인세로 나오기 전 강한 인간들에 대해서 잠시 조사를 했었다. 대부분 전대의 인물들로 지금 활동하고 있는 자들은 없었다. 강하다고는 해도 인간체로 변한 자신과 대등하게 검을 겨룰 만한 상대는 극소수. 그 극소수 중에 끼어 있었던 이름 중 하나가 서화린이라는 것이었다.

하지만 인세로 나오고 보니 행방이 묘연하거나 이미 세상을 뜬 지 오래인 자들이 많아 어찌 찾아낼까 고민을 하던 중이었다.

"…내가 아는 자와 이름이 같군."

이름이 똑같은 인간은 얼마든지 있을 수 있으니 현무는 일단 마음을 가라앉히고 인의 반응을 떠보기로 했다.

"그게 누군데요?"

인과 똑같은 이름을 쓰는 자를 안다는 현무의 말에 은평이 눈을 빛냈다.

"천무존 서화린이란 자입니다……."

현무의 대답에 인은 얼굴을 딱딱히 굳혔다가 쓴웃음을 흘렸다. 사실 서화린이라는 본명을 아는 자는 자신이 강호를 누비던 시절에도 극히 드물었다. 그저 천무존이란 별호로 행세를 했을 뿐 자신에게 이름이란 중요치 않았다. 한데 그 이름을 현무가 안다고 나선 것이다.

"…신수께서 본인의 이름을 알아주시다니… 영광으로 알아야겠구려. 그 천무존란 별호는 오래전 본인이 사용하던 별호라오."

이미 자신의 이름을 알고 반응을 떠보려고 하는데도 아니라고 정색을 할 수는 없는 노릇, 인은 순순히 그 말에 동의했다. 그 순간 현무의 눈이 반짝하고 빛났다. 아주 짧은 순간이었지만 그 빛을 알아챈 청룡은 인상을 팍 구겼다.

'일났군…….'

청룡이 걱정하고 있는 것과는 달리 은평은 이것저것 집어먹고 있었다. 인이 천무존이든 뭐든 별로 신경 쓰이지 않는 모양이었다. 아마도 그 이름에 담긴 무게를 별로 가늠하지 못하고 있는 것일 테지만……

"후아… 잘 먹었다."

기분 좋은 포만감에 은평은 기지개를 켰다. 역시 배가 고프면 신경이 날카로워지는 것 같았다. 모두들 식사를 마친 듯 젓가락 놀리는 것을 멈추고들 있었다.

인은 자신들이 신수라 주장하는 자들의 얼굴을 다시 한 번 훑어보았다. 아직까지 확신이 서는 것은 아니지만 확증이 가는 몇 가지를 그동안 눈으로 봐온지라 믿지 않을 수 없었다. 그리고 더욱더 놀랐던 것은 현무라는 자가 자신을 알고 있다는 점이었다.

"궁금한 것이 있소. 어떻게 고귀한 신수께오서 본인의 이름을 알고 있었던 것이오……?"

"…인간들 중에 신수를 죽일 만한 자가 얼마나 있나 궁금했을 뿐이다. 나를 죽이려면 보통의 인간으로는 어림도 없을 테니."

현무의 말은 인에게 더욱 아리송하게 들렸다. 자신을 죽일 자가 얼마나 있나 궁금하다니 그럼 죽을 마음이라도 먹고 있단 말인가?

"신수들은 영생을 살아가는 존재들이 아니었소? 신선이든 신수든 영생을 살아가는 존재이고 인간들 역시 바라마지 않는 것이 영생이란 것인데 어찌하여 죽고 싶다고 하는 것이오?"

인의 물음에 대답을 한 것은 현무가 아니라 주작이었다. 싱글벙글거리는 표정이었지만 입가엔 왠지 모를 고소가 묻어났다.

"인간들은 몰라. 자신들이 바라는 영생이 어떤 것인지. 영원히 살아간다는 의미가 얼마나 무거운 족쇄인지 말야. 영원히 살아간다는 것은 인간들의 생각만큼 대단한 게 아냐. 아니, 오히려 지옥이지… 바닥 없는 나락으로 자신을 내던진다는 의미와도 별반 다르지 않아. 하나, 인간들 중에는 그것을 깨닫지 못하고 영생을 추구하는 것들이 꽤 되더군. 아주 오래전의 진(秦)이란 나라의 황제도 그러했고… 너란 인간 역시 그렇고."

주작의 설명에 인은 납득했다. 영생에는 미치지 못해도 나름대로 인간치고는 오랜 세월을 살아온 인이었다. 인간의 나약하기 이를 데 없는 정신으로 지금까지 살아온 세월이 힘겨웠거늘, 영생을 살아가라면 견디기 어려울 터였다. 과연 몇 년이나 버틸 수 있을까.

"선인이나 신수들이 영생에 버티기 위해 인간보다 강한 정신력을 갖고 있다고 해도… 영생이란 건 누려볼 만한 게 아냐. 인간들은 자신들의 손안에 들려 있는 진귀한 보석을 무시한 채, 겉만 번지르르한 돌멩이를 갖고 싶어하는 거라고."

청룡 역시 주작의 말에 동조해 쓴웃음을 지었다.

"담소를 나누던 중이셨나요?"

고운 목소리와 함께 기다랗게 늘어진 장신구들이 서로 부딪치며 짤랑거리는 소리가 조용히 울렸다.

"언제 오셨어요?"

은평이 문 앞에 서 있던 난영을 알아보았다. 지금 막 돌아온 것인지 지친 기색이 얼굴에 조금씩 묻어났다. 그 와중에도 몸을 추스를 시간은 있었는지 장신구도 아까 낮보다 가벼웠고 걸치고 있는 옷도 편안해 보였다.

"아까 돌아왔어. 많이 다친 것 같은데 자리를 지켜야 해서 말야."

미안함을 담아 난영이 은평의 손을 잡아왔다. 오른손이 천으로 친친 감겨 있는 것을 보자 잠시 눈살을 찌푸렸다.

"많이 다친 거야? 총관에게 말해서 상처 치료에 좋은 약을 보내주도록 할게. 그건 그렇고… 저분들은……?"

은평은 그제야 주작과 현무를 알아보고 머리를 긁적였다. 따지고 보면 자신은 난영의 집에 머무는 식객인데 그 집에 아무런 허락도 없이 사람들을 들인 꼴이다.

"먼저 알려 드려야 했는데… 저쪽은 저와 어찌어찌해서 알게 된 자들인데 당분간 같이 머물러도 좋을까요?"

"나야 상관없어."

'어차피 이곳은 자신이 머무는 곳과는 멀리 떨어져 있으니까' 란 말은 생략했지만 말이다. 난영은 생각보다 은평의 상태가 괜찮아 보이자 걱정을 접었다.

"괜찮아 보이니 다행이네. 내일은 하루 푹 쉴 참이야? 아니면 나가볼 참이야?"

"…하루 종일 처박혀 있는 건 지루하니까 나가볼래요. 겨우 손을 다친 건데요, 뭘."

은평이 대수롭지 않게 오른손을 내저어 보이고는 있지만 겨우 손을 다친 걸로 치부하기엔 상처가 꽤 깊었다. 하지만 청룡을 비롯한 백호 등은 별 걱정이 없는 듯 보였다. 저 정도의 가벼운(?) 상처는 보통 아무리 오래 걸려도 오 일 이내에 나아버리는 그들이었기에 당연히도 은평의 상처가 무척 위중(?)해 보일 리 만무.

'그나저나 은평과 저 애가 친밀한 사이라니 왠지 어이없는걸……?'

단상 위에서 자신이 보기엔 죽기 살기로 싸워서 무슨 불공대천의 원수인가 했더니 그것도 아닌 것 같아서 혼란스러웠지만 군이 자신이 신경 쓸 개재는 아니었다. 나름대로의 사정이 있으면 있는 것이고 그것을 굳이 캐서 알려고 들 필요도 자신에겐 없었다. 그저 은평이 내어준 보석이 아주 마음에 들었고 그에 대한 보답은 은평에게 철저히 돌려줄 작정이었다. 그런 귀한 것을 날로 먹을(?) 만큼 염치없진 않으니 말이다.

"그럼 난 그만 돌아갈게. 아, 그리고 보니 남자들이 셋이나 있으니 술 생각이 나겠구나. 그 부분도 총관에게 일러둘 테니까 시중드는 아이들에게 부탁해서 가져다 먹도록 하세요."

난영은 인과 청룡, 그리고 주작을 보며 세세한 부분에까지 신경을 썼다. 여자가 셋이 모이면 접시가 깨진다고들 하지만 남자가 셋이 모이면 술독이 깨지는 법이 아닌가.

"술이라… 좋지~"

가장 반긴 것은 주작이었다. 풍류(?)를 아는 자답게 술이라 하니 군침부터 삼켰다. 은평은 술보다도 현무를 어찌해야 하는지 그것이 더 걱정이었다.

"현무는 어디서 잘 거예요? 이쪽은 남자들만 모여서 자도록 할 생각인데."

"…저는 어디서 자든 상관없습니다……."

"엣?! 그, 그래도……."

"저는 무성입니다."

현무는 성별이 없었다. 왜소한 체구에 가느다란 팔, 다리 덕분에 소녀처럼 보이지만 실제로는 소년도 소녀도 아니었다.

"무, 무성이라면 성별이 없다는 건가?"

인은 아까보다 더한 충격을 받았다. 은평이 선인이라는 것보다도 무성이란 게 존재할 수 있는 것인지가 더 충격적이었다. 원래 실감나지 않는 큰일보다는 피부에 직접적으로 와 닿는 작은 일을 신경 쓰기 마련이 아닌가.

현무는 아무런 말 없이 장포 자락을 벗어 내렸다. 인과 은평은 매우 당황했지만 정작 당사자인 현무나 청룡 주작 등은 태연했다.

매끄럽게 빠진 체형에 잔뜩 말라서 건드리면 부러지지나 않을까 심히 걱정이 되는 몸이었다. 거기다가 이상한 점이라면 겨드랑이 아래 옆구리에 비늘 같은 것이 돋아나 있었다. 약간 푸르스름한 그것은 마치 뱀의 비늘을 연상시켰다. 그리고 그 비늘을 제외하면 몸에 나 있는 것은 전무했다. 음모(陰毛)도 심지어는 겨드랑이 털도 없었고 배꼽조차도 없었다. 여성 같은 가슴이 있는 것도 아니고 남자처럼 유두만 나 있는 것도 아니었다. 그야말로 전무하다고 해야 할까.

"…보시는 바와 같이 저는 무성입니다. 그리고 인간도 아닙니다. 그러므로 여성이냐 남성이냐를 가려 방을 정하는 것도 우스운 일. 어찌 되든 상관없다고 한 것도 그것 때문입니다."

아직까지 굳어 있는 은평과 인을 뒤로하고 현무는 바닥에 떨어져 있던 장포를 다시 들어 올려 몸에 걸쳤다. 그리고선 태연히 옷고름까지 맸다.

"자자, 이것들은 치우고 술이나 한잔하자. 청룡."

주작은 술 생각만 간절한지 앞서서 식기들을 치우고 있었다. 은평은 술을 마실 생각도 없었고 먹어본 적도 없었기 때문에 조용히 백호를 데리고 자신의 방으로 돌아가고 싶었다. 손이 지끈대기도 하고 식곤증이 밀려와 졸리기도 하고 말이다.

"잘들 마셔. 난 가서 잘래."

은평은 백호를 들어 올리고 방을 나섰다. 방에 들어와 어깨에 걸치고 있던 청룡의 장포를 벗어놓고 침상 위에 올라가 앉았다.

'계속 그 꿈을 꾸게 될까……?'

오늘 아침부터 꾸기 시작한 악몽이 떠올랐다. 두 번밖에는 꾸지 않앗지만 꿈에서 나온 아이는 모두 동일 인물이었다. 평생 악몽이니 뭐니 하는 것들과는 연관성없이 살아온 은평이었다. 한데 갑자기 악몽이라니…….

[무얼 그리 골똘히 생각하십니까?]

백호의 소리를 듣고 겨우 생각에서 벗어나 은평은 자리에 누웠다.

"별로, 아무것도."

다친 오른손이 또다시 욱신거렸다. 제대로 굽혔다 폈다 할 수 없을 정도로 천을 친친 동여매 둔지라 굽히진 못하겠고 손목 쪽을 주물럭거리며 아픔을 달랬다.

암흑, 그 속에서 빛나고 있는 커다란 도가 보였다. 피로 젖어 마치 눈물을 흘리듯 새빨간 피를 뚝뚝 흘려내고 있는 도…

'무, 무슨 짓을 하고 있는 거야?!'

아이의 힘이라고는 믿기 힘들 만큼 거셌다. 아이는 자기 몸에 어울리지도 않는 커다란 도를 들고 바닥에 널브러져 있는 사람을 도륙하고 있었다. 이목구비를 알아보지 못할 정도로 심하게 난도질당한 얼굴과 진득한 피를 고여내며 너덜너덜해진 사지는 이미 사람이라고는 부르지 못할 육괴덩어리였다. 차마 눈 뜨고는 보지 못할 참상 아닌가… 피에 젖어 있는 기다란 머리카락과 여러 가지 화려한 장신구가 난도질당한 사람의 성별이 무엇인지 깨닫게 해주었다. 거기다가 아직 피가 묻지 않은 피부는 눈꽃처럼 하얗다.

'…내 어머니를 죽이고 있어……'

아이는 안색 한 번 변하고 않고 태연스레 중얼거렸다. 자신에게 하는지 아니면 본인에게 들려주는 말인지 구분이 가질 않는다.

'자신의 어머니를 죽이다니 그게 말이나 돼?!'

피 묻은 고사리 손에 들린 도를 빼앗기 위해 안간힘을 썼지만 손가락 하나 펴질 못했다. 아이는 느릿느릿 말을 이어갔다.

'어머니가 바랐으니까… 어머니는 육신은 죽어도 영원히 내 옆에 있을 테니까… 나는 어머니 말을 잘 들어야 해. 어머니가 자신을 난도질해 달라 했어… 그러니까 한 거야.'

아이의 입가에 웃음이 지는 것을 보곤 몸서리가 쳐졌다.

눈을 뜨고 보니 역시 자신의 방이었다. 품에 안긴 백호는 자신이 갑자기 눈을 뜨는 기척에 민감하게 반응해 얼굴을 들여다보고 있었다.

"…하아……."

은평은 커다란 한숨을 내쉬었다. 잠깐 잠든 것 같은데 또 그 이름 모를 아이가 나오는 꿈을 꿔버린 것이다. 거기다가 몸은 땀으로 눅눅해져 있었다.

기분상으로는 얼마 되지 않는 것 같지만 시간은 꽤 흐른 듯 밖은 더욱 어두컴컴해져 있었다. 땀으로 눅눅해진 몸도 식힐 겸 은평은 백호를 안아 들고 침상 아래로 내려왔다. 잠시 밖에 나가 있으면 시원해지리라.

술이 돌 만큼 돌았는지 주향(酒香)이 가득 퍼져 있었다. 병 몇 개는 원탁 위에 나뒹굴고 있고 청룡과 주작, 현무 그리고 인은 마주 앉아 주거니 받거니 하며 떠들고 있었다.

"가끔 하는 술도 나쁘진 않구먼."

내력을 끌어올려 술이 들어오는 대로 태워 녹이고 있었기 때문에 취

하진 않았지만 얼굴에는 약간 불그스름한 화색이 돌고 있었다. 청룡이
나 주작, 현무는 술 냄새가 풍긴다는 것만 빼면 얼굴색이 변한 것도 무
엇도 없었다. 이런 인계의 술은 아무리 마셔도 취하지 않는다. 천계의
술이 아닌 이상 말이다.

현무는 술잔을 기울이고 있긴 하나 지금까지 아무런 말도 없었다.
오직 묵묵히 술잔만을 들이킬 뿐. 청룡이나 주작 역시도 그런 현무를
건드리고 싶지 않았기 때문에 그냥 조용히 놔두고 있었다.

"댁들이 신수라니 놀랄 일이지……."

"말은 그렇게 해도 별로 놀란 것 같지는 않소만?"

청룡은 생각보다는 별로 놀란 기색을 보이지 않았던 인의 반응을 떠
올렸다. 마치, 대충은 짐작하고 있었던 듯한 반응이었다… 고 생각했
다.

"설마 신수라고까진 생각지 못했지만 대충 평범한 존재들은 아니라
생각하고 있었소. 본인도 선인이라고는 할 수 없지만 그 문턱까진 넘
나든 사람이오."

안주거리를 우물거리고 있던 주작이 의문점을 제기했다. 보통 인간
이라면 선인이 되길 갈망할 텐데 인의 말투는 선인이 되기를 희망했지
만 그 문턱에서 포기했다는 어투가 숨겨져 있질 않는가.

"한때는 선인이 되길 원했지만 그 문턱에서 전부 부질없는 짓이라는
것을 깨달았소. 선인이 되어 좋을 것이 뭐가 있으며 내 기억을 영원토
록 끌어안고 살아야 한다는 생각이 드니 끔찍하단 생각이 들지 뭐겠소.
그래서 포기했소이다."

인은 빙글빙글 돌리고 있던 술잔의 술을 목으로 털어 넘겼다. 가져
올 때까지만 해도 따뜻하게 데워져 있던 술은 어느새 미적지근해져 있

었다. 술을 넘겨도 목은 칼칼하기만 했다. 그러던 차에 청룡이 한 가지 제안을 했다.

"말 편하게 하십시다. 존대 어투는 영 익숙하지 않아서……."

"동감, 나 역시 말 놓을 테다."

청룡의 말이 떨어지기 무섭게 주작이 찬성해 왔다. 인 역시 고개를 끄덕여 찬성을 표시해 왔다.

"…말을 놓든 말든 상관없다."

현무는 말은 상관없다고 하지만 왠지 말을 놓으면 칼침 맞을 듯한 냉기 어린 음성이었다.

"이런, 술이 떨어졌구먼."

싸늘해진 분위기를 바꾸기 위해 주작이 술병을 흔들며 너스레를 떨었다. 술병이 텅 빈 것을 보고 혀를 차댔다. 별로 몇 잔 마신 것 같지도 않은데 벌써 술이 떨어져 버린 것이다. 아마도 그 대부분은 현무의 뱃속으로 사라졌을 것 같았다. 청룡은 동작 빠르게 일어나 지금까지 마신 술병을 세어보더니 원탁 위를 정리하기 시작했다.

"슬슬 치우지. 꽤 마신 것 같은데."

술병들을 한곳에 모아놓고 안주거리를 담았던 그릇들도 높이 쌓아 올렸다. 청룡은 자청해서 술병들과 식기들을 들고 방을 나섰다. 이것들을 가져다 놓고 은평의 상처에 바를 약도 찾아올 참으로 말이다.

"나도 가지."

현무가 드물게도 따라나섰다. 아마도 청룡에게 할 말이 있는 것 같은 분위기였다. 청룡과 현무가 사라지자 주작은 인에게 눈길을 주었다.

"목욕이나 해야겠네. 넌 안 할 거냐?"

신수도 목욕을 하나 싶었지만 인은 고개를 저었다. 주작이 나오고 난 뒤에 해도 늦진 않을 것 같았다. 게다가 말을 편하게 한다고는 하지만 바로 너란 소리가 나오는 주작을 보니 신기했다. 오랜 세월을 살아온 신수의 입장에선 자신이 어린아이로밖에 보이지 않는 것이리라……

인은 침상에 걸터앉았다. 선인의 경지에 오르는 것을 포기한 뒤 편하게 유람이나 할 작정이었건만, 어느새 정신을 차리고 보니 신수들과 술을 먹으며 어울리고 있다… 라. 역시 세상살이는 자기 맘대로 되는 것이 아닌가 보다.

일 다경 정도는 흐른 듯한데, 청룡과 현무가 돌아오질 않고 있었다.

'꽤 늦어지… 어라?'

인은 물방울이 바닥으로 떨어지는 소리를 감지하고 걸터앉아 있던 침상에서 일어나 고개를 돌렸다. 웬 물소리일까.

"……!!"

고개를 돌린 인은 소스라치게 놀랐다. 아니, 놀랄 수밖에 없었다. 온몸에 실오라기 하나 걸치지 않은 미녀가 서 있는데 어느 사내가 놀라지 않으랴.

허벅지까지 닿는 머리카락은 흠뻑 젖어 몸에 달라붙어 있었다. 아마도 머리카락이 없었더라면 몸이 전부 드러나 버렸을지도 몰랐다. 그나마 머리카락이 몸에 달라붙어 많이(?) 가려주고 있는 것이 인에게는 다행이라면 다행이었다.

"소, 소저는 뉘시오?"

미녀는 요염하기 이를 데 없는 미소를 지으며 인을 바라보았다. 인은 그 미소를 마주 대하는 순간, 알 수 없는 기운이 온몸을 스치고 지나갔다.

'…지금까지 한 번도 미혼공이나 섭혼술에 걸려본 적 없는 내가……!!'

그랬다. 지금까지 중원 이곳저곳 안 가본 곳이 없고 숱한 여인들도 보았다. 하늘에 맹세컨대, 섭혼술이나 미혼술을 써서 자신을 미혹(迷惑)시킨 여인들은 단 한 명도 없었다. 오히려 그런 술을 쓰는 여인들을 보면 구역질이 치밀어 올랐건만 지금 눈앞에 있는 여인은 전혀 달라 보였다.

"후훗, 양기가 강한 술을 먹여놓길 잘했네. 바로 걸리잖아. 봉(鳳) 고마워. 이 은혜는 잊지 않을게."

미녀가 한 발자국씩 거리를 좁혀오는 데도 인은 몸이 말을 듣지 않았다. 다 태워 버린 줄 알았던 주기가 한꺼번에 분탕질쳐 몸을 나른하게 하고 있었다.

'제, 제기랄… 내력도 일으켜지지가 않아!!'

고개를 돌리는 것조차 힘들었다. 자꾸만 다가오는 저 여인을 막아야 하는데 내력도 끌어올려지지가 않고 몸도 말을 듣질 않으니 미칠 노릇이었다.

"소, 소저. 뉘신지는 모르겠으나 우선 옷을 좀 걸치시고 인생과 세상살이에 관한 진지한 논의를 좀 해보시지 않겠소?"

하지만 미녀는 거기에 굴하지 않고 인의 가슴을 밀어 침상에 엎어뜨렸다. 고작 이런 여인 하나에 몸을 뉘이다니 인으로선 통탄할 일이었다.

잠시 밖으로 나왔던 은평은 아직도 불이 켜져 있는 것을 보고 인의 방문을 열었다. 방문을 열자마자 풍겨오는 독한 술 냄새에 절로 양미간이 찌푸려졌다.

'으, 술 냄새. 어지간히도 마셨나 보네.'

대충 술자리는 파한 듯싶지만 아무도 보이질 않았다. 청룡이나 현무, 주작이나 인은 모두 어디로 간 것일까. 설마 술 먹고 취해서 퍼져 자는 것은 아닌가 싶어 은평은 침상이 있는 안쪽으로 걸어 들어갔다.

'얼레……? 누구지?'

침상에는 두 명의 그림자가 아른거리고 있었다.

"소, 소저. 뉘신지는 모르겠으나 우선 옷을 좀 걸치고 인생과 세상살이에 관한 진지한 논의를 좀 해보시지 않겠소?"

인의 다급함이 묻어나는 소리였다. 여기에 소저라고 불릴 만한 사람이 있던가……? 은평은 침상으로 가까이 다가갔다.

"……?!"

"…어라?"

"……."

[주작니이이임……!!]

세 명과 호랑이 한 마리의 눈동자가 직격으로 마주쳐 버리고 말았다. 막 인 위에 올라타고 있었던 황과 그 황을 말려보려던 가련한(?) 인과 은평, 그리고 은평의 품 안에 있던 백호는 잠시간의 정적에 휩싸였다.

거의 벌거벗은 여인의 몸, 그리고 침상에 누운 채 요대가 풀려 반쯤 옷이 벗겨지다시피 한 인. 이런 상황이라면 머리 속에 떠오르는 것이 달리 뭐가 있겠는가 말이다.

"…어머, 방해했네."

먼저 침묵을 깬 것은 은평이었다. 백호는 은평의 품에서 뛰어내려

주작을 향해 으르렁거렸다. 인은 당혹스럽다 못해서 속이 터질 지경이었다. 과연 은평이 이 광경을 보고 무어라 생각을 하고 있을 것인지 생각하니 무덤이라도 파고 스스로 들어가고픈 심정이 되었다.

"방해해서 미안. 계속 놀아."

은평은 그대로 발걸음을 놀려 부리나케 인의 방에서 나가 버렸다.

"으, 은평……!!"

뒤늦게 인이 은평을 불러보지만 이미 나가 버린 뒤였다. 쫓아나가고 싶어도 몸은 딱딱히 굳어져 움직여지질 않았다. 백호는 침상 아래 와서 주작에게 무어라고 으르렁댔다.

[정신이 있으신 겁니까?! 말이나 되는 일이냔 말입니다아아아!!]

"어머, 뭐가?"

왜 자신에게 으르렁대는지 알 수 없다는 표정으로 황이 백호를 향해 싱긋 웃어 보였다. 어떤 의미로는 남성체인 봉보다 더욱 다루기가 힘든 황이었다. 좀 더 강화된 은평을 상대하고 있는 것 같다는 생각은 백호 자신만의 착각일까. 한숨을 내쉬며 자신이 어찌 대처해야 하는지 염두를 굴렸다. 왜 하필이면 이럴 때 청룡님이나 현무님이 없는 것인지 애석했다.

은평이 방 밖으로 나오고 보니 저 멀리서 현무와 청룡이 걸어오고 있었다. 현무는 나와 있는 은평을 보더니 금세 앞까지 달려와 우물쭈물거렸다.

"…무슨 일로 나와 계신 겁니까?"

"잔다고 하지 않았어?"

"…글쎄, 내가 왜 나왔더라……?"

인과 황이 침상 위에서 얽혀 있는 것을 보고 충격을 받아 자신이 왜

밖에 나왔는지 잠시 잊어버린 모양이었다. 생각날 듯 말 듯하면서도 기억이 나질 않아 답답했다.

"아, 그렇지! 악몽을 꿔버려서……."

"악몽?"

은평이 악몽을 꿨다는 말에 청룡이 정색을 했다. 갑자기 은평을 붙들더니 어떤 꿈이었느냐고 채근했다.

"별다른 꿈은 아니었고……."

은평은 아침부터 지금까지 꾸었던 꿈들을 모두 이야기하려고 했으나 현무가 그것을 막아섰다. 차근차근 꿈을 꾼 원인과 꿈의 의미를 해석해야 했기 때문이었다. 그런 것을 이런 곳에 서서 할 수는 없지 않겠는가.

"잠시만… 안에 들어가서 이야기하십시오. 선인이 꿈을 꿨다는 것은 보통 일이 아닙니다."

"에……?"

은평은 자신이 꿈을 꾼다는 게 그렇게나 대단한 일인가 하고 고개를 갸웃거렸다. 이런 류의 악몽을 꿔본 적은 드물지만 그렇다고 지금까지 살면서 꿈을 꾼 적이 한 번도 없었던 것은 아니다. 다만 차이점이라면 예전에 꿨던 꿈들은 막상 꿈에서 깨어나면 머리 속에 안개가 끼인 것마냥 부분적으로 생각이 나던가 꿈을 꿨다는 기억은 있지만 구체적으로 어떤 것이었는지 하나도 생각나지 않을 때가 많았지만 이번의 꿈은 하나도 빠짐없이 생생하게 기억할 수 있다는 점이다.

"현무의 말대로 선인이 꿈을 꿨다는 것은 보통 일이 아냐. 어서 들어가서 자세한 이야기를 해봐."

은평은 청룡에게 손목을 이끌려 방금 전 나왔던 방으로 다시 들어갔다. 청룡과 현무는 은평을 앞세우고 방으로 들어가다가 갑자기 은평이 문 앞에서 문도 열지 않고 머리를 들이박는 것을 보고 황망함을 금치 못했다.

"…아야……."

은평은 이마를 붙잡고 그 자리에 주저앉아 버렸다.

"괜찮냐……? 꽤 큰 소리가 났었는데."

"응… 아우, 아퍼. 나 바본가 봐. 문도 열지 않고서 그냥 들어가려고 했어."

은평이 이마를 문지르며 몸을 일으켰다. 오른손에 이어서 이마까지 욱신대고 있었다. 청룡은 혀를 차며 문을 열어주었다. 은평은 안으로 들어가기 전 왠지 주저하는 기색이었다.

"왜 그래?"

"아냐, 아무것도."

청룡은 안으로 성큼성큼 들어갔다가 기겁해 버렸다. 은평이 들어가기 꺼려했던 것도 왠지 이해가 가는 순간이었다.

"황! 너, 너……!"

황은 거의 벌거벗은 몸이나 다름없는 채로 침상 위에 걸터앉아서 백호가 무어라고 으르렁대는 것을 듣고 있었고 인은 반쯤 옷이 벗겨진 채 침상 위에 누워 있었다. 인은 청룡과 현무를 보자 마치 구세주라도 만난 듯 반겼다.

이 상황만을 보고도 어찌 된 일인지 대번에 파악한 청룡은 황을 향해 고함을 내질렀다.

"너 미쳤냐?! 무슨 짓 하려고 했어?! 거기다가 쟤는 왜 움직임을 봉해놓은 거야?!"

"말했잖아. 저건 이백 년 넘게 묵은 양기라고. 탐이 나는 게 당연한 거 아닌가?"

황은 펄쩍펄쩍 뛰고 있는 청룡을 약올리고 있었다. 물론 약을 올리려 한 말은 아니었고 그저 본심에서 우러난 말이었지만 바짝 약이 오르기엔 충분한 대답이었다.

"말로 타이른다는 것 자체가 바보짓이지……."

청룡이 팔짝팔짝 뛰고 있는 사이 현무는 말없이 벽에 장식용으로 걸려 있던 검을 뽑아 조용히 현무 특유의 검은색 투기를 날렸다.

바람을 가르는 소리와 함께 황의 몸을 덮쳐 간 투기는 황이 재빨리 피한 덕분에 그 옆에 있던 장식장을 대신 덮쳤다. 장식장이 아주 깨끗한 단면을 뽐내며 잘려 나가 바닥으로 쿵 소리와 함께 넘어져 버렸다.

"위험하잖아!"

"…용케도 피했군."

현무는 애석하다는 투로 장식용 검을 다시 한 번 휘두르려 했다. 하나, 청룡이 고개를 저어 제지했다. 기물 파손 정도야 자신이 고쳐 놓으면 그만이니 상관은 없지만 소란을 피우면 달려올 수많은 인간들이 있는 곳이었다.

"선인이나 영수도 아니고 인간을 취하려고 하다니, 미쳤냐?"

"난잡하게 놀아난 것은 너도 마찬가지고, 내가 인간을 취하는 것은 이번이 처음이야. 네가 시공을 뛰어넘어 한동안 잠적해 버렸을 때 인간을 단 한 번도 취하지 않았다고 말할 수 있어?"

청룡의 분노 어린 눈길에도 황은 당당했다. 오히려 너 자신을 되돌아봐라라는 듯 코웃음을 치기까지 했다.

"인간들은 취하는 척만 했을 뿐이지 진정으로 취하진 않았다. 매일

시체 볼 일 있냐?'

"백호, 그게 무슨 의미지? 웬 시체?"

계속 잠자코 있던 은평이 의문을 제시했다. 갑자기 시체가 나오니 의아하지 않는가.

[신수들이나 선인들은 인간과 교접할 수 없습니다. 아니, 없다고 하기보다는 이쪽에서 먼저 꺼립니다. 우리들이 원치 않아도 인간들의 진기를 모두 빨아들여 버리는 데다가 신수들 특유의 기운에 물들어 교접한 인간은 죽게 되기 때문이죠.]

청룡과 주작에게 화를 내는 사이 현무는 침상 위에서 꼴사나운 모습을 하고 있던 인의 몸에 걸린 주술을 풀어주고 있었다. 몸이 자유로워지자 옷매무새를 정리하고 한숨을 내쉬었다. 동자공을 익혔던 것은 무공에 입문했던 초기의 단계이고 동자공은 이미 오래전에 십이 성까지 연성했다. 익힐 때는 여자를 취하지 못했지만 모두 연성하고 나서는 여자를 취하든 어쩌든 별상관이 없었다. 평생 동안 여자를 취할 기회는 여러 번 있었지만 이미 오랫동안 고자마냥(?) 살아온 까닭에 없어도 그만 있어도 그만 이라는 생각이 된 그였다. 한데 다 늙어서(?) 이게 무슨 꼴이란 말인가. 기가 막히고 작금의 처지가 너무도 한심했다.

"인간 하나 건드리는 일이 뭐가 그리 대수라고… 거의 다 된 거였는데……."

황은 백호와 현무, 그리고 청룡의 시선이 모두 자신에게 쏠리자 불리하다고 생각했는지 몸을 변화시키기 시작했다. 어깨가 약간 더 벌어지고 가슴이 판판하게 들어가고 잘록하던 허리가 일자로 변해갔다.

"…황! 넌 불리하면 날 불러내지?!"

어느새 남성체로 돌아온 봉이 인상을 구겼다. 일을 저지른 것은 황

이고 자신은 약간의 협조 외에는 해준 것이 없는데 날아오는 시선들을
피할 수가 없었다.

"황 불러내."

주작은 빙긋이 웃는 은평의 얼굴을 마주했다. 자신의 앞에 다가와서
생글생글 웃으며 한 번도 들어본 적 없는 다정한 목소리로 황을 불러
내라고 말하고 있지만 그 눈은 절대 웃고 있지 않았다. 그 눈과 마주치
는 순간 몸을 굳힌 주작은 머리를 긁적이며 이 상황을 모면해 보려 애
썼다.

"황과 나는 이 몸을 공유해. 움직이는 주체가 누구이냐 하는 것뿐이
지, 느끼는 감각이라든가 보고 듣는 것은 모두 알아. 내가 황이고 황이
나이니……."

"그래? 잘됐네."

은평의 오른손이 주작의 뺨을 후려쳤다. 얼떨결에 뺨을 언어맞은 주
작은 어안이 벙벙해서 아무런 반응도 하지 못했다. 동시에 짝― 하고
울리는 소리를 듣고 굳어버린 현무와 청룡, 백호, 인도 마찬가지였다.

"상처 자리를 겨우 묶어놨더니……."

청룡은 동여맨 끈이 느슨하게 풀어지고 간신히 이어놓았던 상처가
크게 벌어져 바닥에 피를 뚝뚝 흘리고 있는 은평의 오른손을 보고는
기겁했다.

"인간 하나 건드리는 일이 뭐가 대수냐고……?"

이번에는 은평의 왼손이 주작의 뺨을 후려갈겼다. 멀쩡한 손이라서
그런지 아까보다 짝― 소리가 더욱 컸다.

"다시 한 번 지껄여 봐… 네가 신수든 뭐든 간에 혓바닥을 뽑아버릴
테니까."

은평의 왼손이 주작의 팔뚝을 휘어잡았다. 뺨을 한 번 더 후려맞는 통에 겨우 정신을 차린 주작이 발끈해 은평의 왼손을 뿌리쳤다.

"어째서 너에게 맞고 있어야 하는 거냐?"

"어쭈, 반항해?!"

은평의 발이 들어 올려져 주작의 가슴을 강타했다. 앉아 있던 자리에서 뒤로 발라당 넘어져 버릴 정도였다.

"감히 내 걸 건드려 놓는 걸로도 용서가 안 되는데 말야, 간신히 화삭히고 있었는데 뭐가 어쩌고 저째?!"

쓰러진 주작을 발로 마구 짓밟던 은평이 그것으로는 분이 안 풀리는지 급기야는 깔고 앉아서 목을 조르기 시작했다. 켁켁대고 있던 주작을 보다 못해 청룡이 말렸다.

"야야, 애 잡겠다. 그만 좀 해."

"지렁이, 방해하면 너도 똑같이 만들어줄 테다~"

주작의 목을 조르다 말고 은평이 청룡을 돌아보며 생긋 웃었다. 순간 그 자리에서 우뚝 굳어버린 청룡은 주작의 애원 어린 시선을 애써 피했다. 괜히 참견했다가 자신 역시 저 꼴이 나고 싶지 않았기 때문이었다.

청룡도 해내지 못한, 은평을 말리는 일은 뜻밖에도 얌전히 얻어맞고 있던 주작을 바라보고만 있던 현무가 해냈다. 단 한 마디의 말로 말이다. 물론 얻어맞고 있던 주작이 불쌍하다거나 동정이 들어서는 아니었다. 그저 순수한 감상을 입 밖에 냈을 뿐······.

"···팰 땐 패더라도 의복은 입히시지요."

"얼레?"

은평은 현무의 말을 듣고서야 깔고 앉은 주작의 몸 아래를 내려다보았다. 전혀 인간의 따스한 온기가 느껴지지 않는 서늘한 몸인지라 미처 은평이 알아채지 못한 것이었다.

"흠흠……."

은평 역시 모양은 좋지 않다고 여겼는지 헛기침을 하며 순순히 깔아뭉갰던 주작의 몸에서 일어났다. 주작은 이를 부득부득 갈며 은평에게 원망 어린 시선을 보냈다. 아무리 선인이라지만 자신을 이렇게 쥐 잡듯이 패는 선인은 은평이 처음이었다.

"얼레, 이놈 보게? 아직 덜 맞았지?! 어디서 눈을 치켜떠?! 눈 못 깔아?!"

"……."

주작은 황급히 고개를 푹 수그렸다. 청룡은 그러고 있는 주작보다도 방금 은평의 태도가 어쩐지 마음에 걸렸다. 주작에게 삿대질을 하며 눈을 내리깔라고 앙칼지게 외치던 모습이 누군가와 매우 흡사했다.

'설마… 그럴 리가 없겠… 아, 아냐, 저 모습은 그놈과 너무 흡사하단 말야.'

고개를 갸웃거리는 청룡의 눈에 은평의 모습에 자신이 아는 누군가가 투영되고 있었다. 자세히 보니 까만 눈매와 턱 선 등 제법 비슷한 구석이 많았다. 청룡은 은평의 이목구비를 더 찬찬히 뜯어보기 시작했다.

대충 상황이 정리된 후, 원탁을 중심으로 은평과 백호, 청룡과 주작, 그리고 현무가 마주 앉았다. 주작은 턱을 괴고 입 안으로 무언가를 중얼거리고 있었다. 아마도 봉과 황, 이 둘의 인격들끼리 말다툼을 하는 듯했다.

"인이 자리를 비켜줬으니까 본격적으로 이야기해 보자구."

청룡은 손가락으로 원탁을 반복적으로 두들겼다. 은평은 여전히 주작을 노려보며 노기를 불태우고 있었다.

"그쯤 해두고 이야기나 해봐."

"뭘?"

"꿨다는 꿈의 내용."

겨우 자신이 꾼 꿈의 내용을 듣기 위해서 실컷 주작을 패고 있던 자신을 멈추게 하고 이렇게 둘러앉았단 말인가? 은평으로서는 이해가 가지 않는 일이었다. 오늘 꾼 몇 개의 꿈들은 조금 섬뜩하긴 했어도 자신의 주관으로는 개꿈(?)으로밖에 치부되지 않는 것들이었다.

"그런 거 들어서 뭐 하려고?"

은평은 궁시렁거리면서도 기억나는 대로 두서없이 꿈 이야기를 늘어놓았다. 꿈에 나타나는 어린 꼬마 아이의 이야기와 그 아이가 지껄였던 말들도 뒤죽박죽이긴 했지만 대략 종합해서 알아들을 순 있었다.

"개꿈이라니까. 왜 굳이 이걸 듣고 싶어하는지 모르겠네."

청룡은 양미간을 손가락으로 꾹꾹 눌러대며 한숨을 내쉬었다. 어디서부터 말해 줘야 은평이 선인다워질까 하는 고민이 들었다. 하긴 기본적인 지식도 없는 상태에서 모든 걸 이해하기란 힘이 드니 조금(?)이라도 더 나이 먹은 자신이 이해해야 할 듯싶었다.

"일반적인 사람들이 꾸는 꿈과 선인의 꿈은 엄연히 달라. 선인의 꿈은 딱 두 가지야. 앞일을 예견하는 것과 인간의 사념에 영향을 받아서 꾸게 되는 꿈. 그 어떤 꿈이라도 범인들의 꿈과는 비교도 할 수 없지."

"…내 꿈은 어떤 꿈인데?"

"오늘… 부터 꾼 꿈이라고 했지?"

청룡은 한숨을 내쉬었다. 예지몽의 특징이라면 똑같은 내용을 반복적으로 계속해서 꾸게 된다는 것이고 사념의 영향을 받아서 꾸는 꿈이라면 두서없이 불규칙적으로 나타나게 되는 꿈이었다. 예지몽이라 해도 문제였고 누군가의 사념이라 해도 문제였다. 단지 사념의 영향만으로 선인에게 악몽에 가까운 꿈을 꾸게 하는 자가 과연 누구일까.

"으으, 끔찍해. 그곳에 가까이 가지 않기를 잘했어. 그런 사념을 지닌 자가 그 사이에 껴 있었다니."

주작은 가슴을 쓸어 내리며 현무를 힐끔힐끔거렸다.

"어째서 나를 바라보는 거지?"

"아, 아니, 그냥."

주작은 다만 그런 사념들을 직격으로 받고도 멀쩡할 수 있다니 현무는 진정한 괴물이라는 생각이 머리를 스쳤을 따름이었다.

"현무가 영향을 받은 사념 속에도… 그자의 사념이 들어가 있었을지도 몰라. 그래서 너에게 그렇게까지 덤볐는지도 모르지."

[하지만 저는 거의 영향을 받지 않았는데요.]

"본체의 몸을 최대한 축소화시킨 것과 기를 매개체로 해서 인간의 모습을 하고 있는 것과는 주변의 기를 쓰는 이용도가 다르다고, 이용도가!"

주작이 원탁을 탕탕 내려치며 백호의 말을 반박했다. 그리고 단상 위에서 어지간하면 멀리 떨어져 있었던 청룡과 주작이 사념의 영향이 그나마 덜했고 자연히 인간의 틈바구니 중심에 있었던 은평과 현무만이 사념에 극도로 노출되어 있었던 셈이다.

"수많은 사념들 중에서 꿈이 되어 나타날 정도면 보통이 아냐. 원념(怨念)이 뼈에 사무친 모양이구만. 너 무슨 원한진 거 있냐?"

"…무슨 원한? 난 별로 진 거 없는데."

은평은 짐작 가는 곳이 없다는 얼굴로 고개를 갸웃거렸다. 네가 하고 다니는 짓을 보면 품고도 남아라는 표정이 백호, 주작, 청룡의 얼굴에 거의 동시에 떠올랐지만 그 누구도 입 밖으로 내는 자는 없었다.

"특별한 원한을 가진 게 없다면 원한을 가진 대상은 네가 아니라 다른 자란 소린데… 하지만 꿈에서는 널 죽이려고 했다면서?"

"나에게 칼을 휘둘렀어. 목을 조르거나."

은평이 짐짓 흉내까지 내가며 설명했다.

"…원한을 가진 대상은 네가 아닌데 어째서 널 죽이려고 할까……? 보통 이런 류의 사념이라면 원한을 가진 자가 그 대상을 죽이는 광경을 보는 꿈이 태반인데."

계속 침묵을 지키고 있던 현무가 의외로 입을 열어서 자신의 의견을 내놓았다. 이런 일은 극히 없던, 무척이나 드문 일이라 주작도 놀랐고 청룡도 놀랐다.

"사념의 영향만이 아니라 예지몽일 수도 있지."

"일리있군. 오늘부터 계속해서 꾸게 될 꿈이라면… 예지몽의 시작일지도. 꿈의 의미는 거의 같잖아. 은평을 죽이려고 한다는 것."

백호가 은평의 눈치를 봐가며 조심스럽게 입을 열었다.

[언젠가 은평님께 자객이 찾아온 적이 있었습니다. 별일없이 끝났지만… 지금에 와서는 그 일이 마음에 걸립니다.]

*   *   *

푸르스름한 월광이 지상을 내려 덮고 있는 호젓한 밤이었다. 백의를 비춘 달빛이 깨끗한 흰 천에 푸른빛을 덧입힐 정도로 짙은 달빛은 땅 밑을 기어다니는 작은 미물들까지도 낱낱이 비춰내었다.

"허어… 달이 밝구려."

가사를 걸친 노인이 염주를 굴리며 껄껄댔다. 일견 노회해 보이는 몸이지만 빳빳이 펴진 등줄기와 생생한 안광이 노인을 범상치 않은 인물로 만들고 있었다.

"중추절이 다가올수록 달이 점점 밝아지는 것 같습니다."

노인의 말 뒤로 청년의 청량한 음성이 따랐다. 달빛을 받아 푸르스름해 보이는 백의를 걸친 청년은 단아한 생김새를 자랑했다.

"몸은 어떠시오?"

"대단치 않습니다. 공우 대사께오서 걱정해 주시다니 몸둘 바를 모르겠습니다."

공우 대사라면 소림사의 방장이 아닌가. 공우 대사라 불린 노인은 자신과 나란히 걷고 있는 청년에게 인자한 웃음을 지었다.

"내일 행사에 지장이 없으시겠소?"

"걱정 마십시오."

여러 날에 걸쳐서 진행될 행사의 차질을 염려한 공우 대사는 청년이 더없이 믿음직스러웠다. 아직 어린 나이에 자신의 부모를 잃고 헌원가의 가주가 되었을 때는 험한 세파를 어찌 헤쳐 갈까 걱정스러웠지만 지금에 와서는 무림의 기둥이 되어 있는 청년이었다. 공우 대사에게 있어서는 더없이 자랑스러웠다. 그 스스로도 이 청년에게 무공을 전수한 과거가 있었다. 면밀히 따지자면 스승과 제자였던 것이다.

"마교의 교주와 검을 겨뤄본 소감은 어떠시오?"

"제가 생각하던 것과는 상당히 차이가 있는 인물이었습니다. 좀 더 나이가 있을 줄 알았건만 저와 비슷한 연배라는 것에 조금……."

약간 쑥스러운 듯 뒷머리를 긁적이는, 아직은 치기 어린 모습에 공우 대사는 다시 한 번 웃었다. 이런 청년이 자신을 능가하는 고수라니… 어쩐지 괴리감이 있었다. 아직은 호승심에 사로잡혀 다른 사람들과 검도 맞대어보고 친우들과 어울려 유랑도 해볼 그런 나이지만 책임이라는 무게에 짓눌려 있는 것 같아 한편으로는 마음이 무거웠다.

"아까 비무 때 뵈니 그것을 고치지 못하신 듯하오이다……?"

비무할 때 오른손이 아닌 왼손으로 검을 쥔 것을 염두에 둔 말이었다. 무공을 가르칠 때부터 왼손을 쓰는 버릇이 있어 오른손으로 버릇을 들였지만 가끔은 왼손으로 무공을 펼치곤 했다.

"영 고쳐지질 않습니다……."

"괜찮소이다. 그것을 고치기 위해 맹주께서 어떤 노력을 했었는지 이 늙은이도 잘 아는 바이니."

공우 대사는 달을 한 번 올려다보더니 염주를 굴렸다.

"밤이 깊었소이다. 빈승은 이만 돌아가 봐야겠구려."

"평안히 주무십시오. 저 역시 물러가 보겠습니다."

공우 대사의 신형이 흐릿해지는가 싶더니 어느새 저 멀리 이동하고 있었다. 청년은 그 모습이 사라질 때까지 목석처럼 서 있다가 어딘가로 발길을 돌렸다. 두 사람이 사라진 자리에는 푸르스름한 달빛만이 맴돌았다.

비슷한 시각, 괜히 방에서 쫓겨나(?) 지붕 위에 올라가 있는 불쌍한 인간이 하나 있었으니… 바로 인이었다.

"우라질, 잠이나 청하려 했더니 저놈의 달빛은 오늘따라 밝구먼."

오늘은 여러모로 운수가 나쁜 날이었다. 은평이 선인이라는 도저히 믿지 못할 소리를 들은 것도 모자라서—여자 주작의 또 다른 모습인 것 같았다—에게 덮쳐지는 꼴사나운 광경을 은평에게 보이질 않나, 자기들끼리 나눌 말이 있다고 빨리 나가라는 무언의 압박을 받고 슬그머니 방에서 기어나와 지붕 위에 올라앉아 있는 자신이 무척 처량했다. 처량하다뿐인가, 한심스러웠다.

하나, 수확도 있었다. 좋아해야 할 일인지 아닌지는 아직 모르겠지만 말이다. 하지만 그 일을 떠올리면 자신도 모르게 웃음이 치미는 것은 어쩔 수 없었다. 누가 보면 미친놈으로 볼지도 모를 일이었다.

어차피 인간들처럼 잠을 이루는 것도 아니지만 그렇다고 오밤중에 마땅히 할 일도 없던 청룡은 눈을 감고 깊은 명상에 잠겨 있었다. 명상이라기보단 그의 신체 감각이 이야기하는 바가 맞다면 곧 동이 틀 무렵이리라.

사실, 어제 현무가 한 이야기를 곱씹어보느라 신경을 곤두세운 탓도 있었다. 그 탓에 오감이 극도로 예민해져 작은 소리 하나에도 일일이 반응하게 되는 것이다. 더군다나 저런 큰 소리라면…….

우당탕탕!

벽을 넘어서까지 들려오는 요란한 소리에 청룡은 귀를 쫑긋쫑긋 해가며 눈을 떴다. 눈을 뜨는 순간 청룡은 정말 소스라치게 놀랐다. 누워서 바라보고 있던 천장에 서까래가 보이는 것이 아니라 칠흑같이 검은 실들이 자신을 향해 흔들거리고 있었으니 말이다.

"우아악!!"

청룡이 아무리 신수라지만 이런 식으로 놀래는 데는 재간이 없었다.

자세히 보니 검은 실(?)들의 주인은 현무 같았다. 자신의 고함 소리를 듣고 고개를 위로 움직여 자신을 바라보는 눈빛은 지극히 평온했다. 아니, 좀 더 정확히는 아무런 의미도 담겨져 있지 않은 무감동한 유리알 같은 눈이다.

"식전 댓바람부터 간 떨어지게 할 일 있냐?! 왜 박쥐마냥 서까래 위에 매달려 있어?!"

"…너에게도 간이란 것이 존재했던가?"

도통 농담이 통하질 않자 오히려 거는 쪽이 민망해지는 것이 바로 현무였다. 그나마 대답이라도 해주면 다행이고 콧방귀를 끼며 무시하는 게 고작이었으니…….

"지가 무슨 박쥐야. 서까래에 새벽부터 매달려 있게……."

라는 청룡의 말이 채 끝나기도 전에 현무가 지면으로 몸을 착지시켰다.

"…야야, 농담이야!"

지면으로 가볍게 착지한 현무가 손을 뻗어 벽에 걸린 장식용 검을 들려는 태도에 청룡은 재빨리 만류했다. 무조건 폭력으로 해결하고 보려는 저 태도는 정말 마음에 들지 않는 것들 중 하나였다.

"에이씨, 좀 더 누워서 뒹굴어보려고 했는데."

일찍 떠져 버린 눈을 탓하며 청룡은 자리에서 몸을 일으켰다. 바닥에서 뒹굴고 잤지만 몸이 피곤하다던가 하는 기운은 없었다.

"그나저나, 쟤는 왜 아침부터 저 소란을 떠는 건지……."

스르릉―

검이 검집에서 꺼내지자 검명이 울렸다. 그저 평범한 다른 검들에 비해서 쓸데없는 장식이 많이 붙고 붉은 수술이 검의 손잡이 끝에 달린 것뿐인 장식용 검인데도 현무의 손에 들려 있으면 천하에 없을 보검으로 보이는지 도통 모를 일이었다.

"야!! 왜 또⋯⋯."

청룡이 채 말을 끝맺기도 전에 현무의 검은 청룡의 목을 향해 있었다. 싸늘한 냉기가 느껴짐으로 보아 어느 틈에 미약하지만 자신의 기운을 불어넣은 듯싶었다.

"존대를 해라, '쟤'가 아니시다."

저런 애를 보고도 선인으로서 존경심이 우러나 참 퍽도 존대를 하겠다라는 말이 목구멍까지 치밀어 오르다 못해서 입 안에서 맴돌았지만 눈앞에서 시퍼렇게 번뜩이는 검날을 보고 있자니 다시 스멀스멀 기어들어가 버렸다.

"어제 하루 동안 쭉 지켜보았다. 너와 주작은 제대로 된 존칭을 쓰지 않더군."

현무의 검은 실낱같은 머리카락 사이로 흐릿한 눈줄기가 청룡을 비추고 있었다.

"⋯그러문입쇼. 해야 하고 말굽쇼. 그나저나 이 검을 치우는 것이⋯⋯."

비꼬는 기색이 어렴풋이 섞여 있는 비굴한 말투였지만 그런 것에 연연해할 현무가 아니었다. 검집에 검을 꽂아 넣고 허공에 두둥실 띄워 제자리에 다시 걸어두는 동작을 취하며 현무가 한마디 덧붙였다.

"그런 불경한 호칭으로 대했다가는 내 투기가 날아갈지도 모른다."

'어련하시겠수⋯⋯.'

차마 입 밖으로는 나오지 못할 말이 속에서 쌓여 깊은 늪(?)을 이루고 있었다.

그리고 이어진 어색한 침묵, 현무는 기둥에 기대 몸을 쭈그렸다. 청룡은 어색한 분위기를 견디기 힘들어 애써 화제를 찾기 위해 머리를 굴렸으나, 별달리 떠오르는 것은 없었다. 다만 어젯밤에 현무가 이야기했던 것이 유일했다.

"…생각은 해봤나?"

뜻밖에도 현무 쪽이 먼저 말을 걸어와 청룡은 눈을 가늘게 떴다. 좀처럼 드문 일이 아니었던가.

"……"

청룡의 얼굴이 딱딱히 굳었다. 애써 잊으려 했던 말들이 떠올랐다. 현무가 살짝 귀띔해 준 말들은 다시 한 번, 아니, 몇 번이고 곱씹어보아도 전혀 납득할 수 없는 문제였다. 속뜻이 숨어 있는 암호와도 같은 것이었지만 풀어내지 못할 청룡이 아니었다. 뜻은 얼마 지나지 않아서 전부 파악할 수 있었으니…….

"명령이다. 따르든 따르지 않든 그것은 네가 선택할 문제지만……."

현무 역시 청룡이 이미 풀어낸 것을 알고 있는 눈치. 모르는 척하고서 넘어가려던 청룡은 뒷머리를 긁적였다.

"봉이나 황 역시 알고 있는 건가?"

"글쎄… 아직 봉 쪽은 눈치 채지 못한 듯하나, 후에 그가 알게 되더라도 끌어들이진 않을 거다."

한 치의 물러섬도 없었다. 어쩌면 진정한 두 얼굴을 지닌 자는 주작이 아니라 현무가 아닐까 싶을 정도로…….

"너도 참 어지간하군. 방금 전까지 존칭 어쩌고 하던 상대에게 비수를 겨눌 맘이 그리도 쉽게 나다냐?"

뜻을 풀이해 보곤 자신도 믿어지지 않아서 몇 번이고 다시 풀어보았다. 하지만 나오는 답은 한결같이 하나의 대상자를 정하고 있는 것들이었다.

"…비수를 겨누는 것이 아니다. 일단은 위치에선 내 상위자니까. 하지만 더 높은 절대자의 명령이 내린다면 그것을 따라야 한다. 더구나… 인계에 내려와서 깨달았다. 인간 중에서라면 날 죽여줄 인물이 없다. 이걸 성공시키면 난……."

"신조 한번 투철하구만. 사지로 몰아넣는 것을 알면서도 비수를 겨누는 것이 아니라면 무엇이란 말이지?"

비아냥거림이 청룡의 입에서 튀어나왔다. 그저 단지… 목숨을 끊어버리는 것이 목적이라면 주작과 현무가 한데 나올 리가 없었음을 알아채야 했었는데 너무 안일했다. 차라리 이럴 땐 속을 짐작할 수 없는 현무보단 파악하기 쉬운 주작이 백배는 나았다.

"택해라, 동참할 것인지 아닌지를."

"빌어먹을. 나더러 배반을 종용하라는 것이냐? 이미 다 빠져나갈 구멍은 막아놓고서 선택을 해라? 어쩐지 이런 음모로 결속되어 있었군. 한동안 머리 위가 시끄럽다 했더니……."

"음모가 아니다. 힘든 결정이었던 것으로 안다."

청룡의 손이 현무의 어깨를 움켜쥐었다. 가히 신속의 동작, 평소에는 술에 술 탄 듯 물에 물 탄 듯 그저 능글맞은 태도와 푼수 같은 태도로 유연성있게 행동하지만 사실 순수한 능력만으로는 현무는 죽었다 깨어나도 청룡을 따라잡을 수 없었다. 청룡이 본 능력을 드러낸 적이 단 한 번도 없었지만 간간이 드러나는 힘은 그 자신으로서도 억누를 수 없는 모양이었다.

"힘든 결정? 아무것도 모르는 어린 영혼 하나를 다시 부활시켜 선인의 지위에 앉혀놓고 다시 사지로 몰아넣는 짓이 힘든 결정이란 말인가?! 제물과 다를 바가 하나도 없다. 직접 죽이는 짓과 그 무엇이 다르단 말이냐?!'

청룡의 외침은 나직했지만 현무의 내부를 온통 진탕해 놓고 있었다. 목소리에 실린 청룡의 기운은 매우 거셌다. 주변의 기들 역시 그것을 감응하고 부글부글 끓어오르고 있음이 여실히 느껴졌다.

"나는 전할 것은 전했다. 택하고 아니 택하고는 너의 의사지만 최소한 방해는 하지 마라."

"백호에게도 전했나?"

"이 일의 전말을 사신수 모두가 알아서 좋을 게 없다."

"…좋다, 참견하진 않겠다. 하나, 그냥 묵과하고 넘어갈 수도 없다. 나설 때는 나선다."

청룡은 이 말을 끝으로 방을 나섰다. 이렇듯 껄끄러운 채로 한 방에 있는다는 것도 우습고 기분 전환이 필요하기도 했다.

덜떨어지고 무식(!)한 데다 도무지 무슨 생각을 머리 속에 집어넣고 사는지 알 수 없고 행동 예측 불가는 덤이었다. 어째서 이런 애에게 붙어 있는지 자신도 참 알 수 없는 노릇이었다. 하지만… 현무가 말한 것은 용납할 수도 납득할 수도 없는 문제.

머리 속을 뜨거운 꼬챙이로 들쑤시고 있는, 생각하고 싶지 않은 화제를 애써 집어넣고 다른 화제를 떠올렸다. 청룡은 쿵쾅거리고 있는 은평의 방문을 조심스럽게 열었다.

"아침부터 무슨 소란이야?"

"앗, 일어났어? 이거 봐!"

은평은 문을 열고 들어온 청룡의 면상에 자신의 손바닥을 들이댔다.

언제 동여매 둔 천 자락을 풀어냈는지 새살이 더듬더듬 돋아난 맨살이 눈앞에 들어왔다.

"왜 손은 들이대고 그러냐?"

"봐봐, 벌써 살이 돋아났어. 그냥 살짝 껍질이 벗겨진 수준처럼 보이지?"

청룡은 그제야 은평이 아침부터 소란을 떨어댄 까닭을 알아차릴 수 있었다. 남의 심정도 모르고 소란을 피우는 은평에게 짜증이 나 청룡은 버럭 소리를 질렀다. 별로 그럴 생각은 아니었지만 철이 없는 것도 정도가 있었다.

"겨우 그것 때문에 호들갑 떨었냐?! 그건 당연한 거라고!"

"……?"

들떠 있던 은평의 표정이 눈에 띌 만큼 급격히 굳어지고 있었다. 자신은 그저 신기했을 뿐인데 어째서 지렁이가 화를 내는지 이해할 수 없었다. 그것이 화를 낼 만한 일이었던가.

"하룻밤 새에 회복된 건 놀라운 일이 아니라 덜떨어진 거라고 하는 거다. 알겠냐? 선인이 돼서 겨우 그 정도의 치유력을 가지고 거기다가 주술이라고는 눈곱만큼도 부릴 수도 없잖아, 넌! 그런 상처는 사실 본인이 주위의 기를 동원해서 그 회복력을 더 빠르게 할 수도 있는 거란 말이……"

말을 하다 말고 청룡은 가슴 한구석이 싸늘해졌다. 원래 이런 소리를 하려던 게 아닌데 어째서 이렇게… 하늘 위에서 자신을 놓고 무어라고 생각하는지 어째서 자신이 이러고 있는지, 이용당하는 것인지 아닌지 그런 것은 짐작도 못한 채 유아처럼 굴고 있는 것을 보니 자기도 모르게 답답함과 화가 치민 탓이었다.

"…아, 미안하다. 나도 모르……."

자신도 모르게 입 밖으로 튀어 나간 소리를 뒤늦게 사과했지만 은평의 표정은 이미 딱딱히 굳어진 뒤였다. 은평은 입가를 움직여 히죽 웃었다. 딱딱한 표정에 냉기 서린 눈가는 그대로인데 입매만 웃음을 짓고 있으니 청룡은 순간 등 뒤에 서늘한 식은땀이 주르륵 흐르는 듯한 기분에 사로잡혔다. 물론 자신은 인간이 아니니 땀을 흘릴 리는 없겠지만.

"덜. 떨. 어. 져. 서. 미. 안. 해."

은평이 자리에서 벌떡 일어나더니 밖으로 뛰어나가 버렸다.

"야야!!"

애를 잡아야 한다는 생각보다도 알 수 없는 불안감이 들었다. 은평이 절.대. 이렇게 넘어갈 리가 없다는 생각이 강하게 들었기 때문이다. 청룡은 은평이 나가 버린 방에서 후닥닥 튀어나왔다. 무슨 일을 당할지 알 수 없었다.

재빨리 방으로 돌아와 안에서 문을 걸어 잠궜다. 현무는 기둥에 몸을 기대고 앉아 청룡이 들어오든 말든 관심조차 없지만 한참 달게 자고 있던 인이나 허공에 몸을 띄운 채 자고 있던 주작은 가늘게 눈을 뜨며 무슨 일인가 어리벙벙했다.

"무슨 일이야?"

주작이 허공에 띄웠던 몸을 바닥에 내려놓으며 기지개를 켰다. 인간이 아니니 숙면을 취할 일도 없겠지만 주작이 내는 흉내(?)는 완벽했다.

"…제 무덤을 파버린 느낌이야……."

인은 휘장을 걷어내고 침대 쪽으로 헤쳐 나왔다. 사색이 되어서 벌

벌 떠는 청룡의 모습은 처음 보는 광경이었다.

그리고 얼마나 지났을까, 슬슬 동이 터와 해가 뜰 무렵 잠겨져 있던 방문이 거칠게 흔들거리기 시작했다.

"…문 열어! 문 못 열어?!"

상기되어 있긴 했지만 분명 은평의 목소리였다.

"이야~ 무슨 짓을 하면 저런 목소리가 나오게 만들 수 있지?"

인이 동정과 감탄(?)이 뒤죽박죽된 목소리로 중얼거렸다. 후환(後患)이 두려워서라도 문을 열어주긴 열어줘야겠지만 새파랗게 질린 청룡을 보니 왠지 애처로워(?) 갈등이 생겼다. 열어주자니 청룡이 죽어 나갈 것 같고 안 열어주자니 무시 죄로 은평에게 죽어 나갈 것 같다. 인과 주작의 이런 고민을 해결한 것은 현무였다.

"……"

현무는 말없이 자리에서 일어나 문 쪽으로 다가갔다. 청룡은 숨넘어가는 경악성을 지르며 현무의 어깨를 뒤에서 잡아챘다

"뭐 하는 짓이야?!"

"…열라고 하시니까."

"열지 마, 안 열어도 돼. 그, 그나저나 어디로 도망가지?!"

덜컹거리던 문 한쪽이 우지끈 하는 소리와 함께 방 안으로 무너져 내렸다. 철로 된 경첩이 힘없이 뜯겨 나간 모양이었다. 그리고 그 앞에 막 떠오르기 시작한 아침 해를 등지고 은평이 서 있었다. 검은 음영과 역광이 드리워지고 머리 뒤는 빛나는 해의 여운으로 눈부시게 빛이 났다. 여기까진 좋았다. 문제라면 은평의 손에 들린 어떤 '무언가' 랄까.

그것은 어육(魚肉)의 포를 뜨거나 회(膾)를 뜰 때나 쓰이는 길고 날카로운 칼이었다. 생선의 피와 내장덩어리들이 군데군데 달라붙어 있

어 주방(廚房)에서 막 가지고 나온 것임을 짐작케 했다. 거기다가 그 칼에는 푸릇푸릇한 기운이 희미하나마 뻗어 있었다. 그렇게 가르쳐 줘도 못하던, 평범한 사물에 자신의 기운을 동화시키는 것을 이런 상황에서 보게 되다니 청룡은 기가 막혔다. 어떻게 두각(?)을 발휘해도 이런 때에만 발휘하냔 말이다!!

저것이 아무리 평범한 칼이라 하더라도 은평의 기운과 동화된 이상 상처 하나 없이 끝나지는 못할 터였다. 물론 죽을 리도 없고 상처가 난다 해도 한 시진 이내에 모든 회복이 가능하겠지만 상처가 날 때 아픈 것은 마찬가지였다. 감각이 예민해 범인들의 모든 감각적인 범위보다 우위에 있는 것이 자신이었다. 통각(痛覺) 역시 범인들의 배 이상으로 발달되어 있으니…….

"쯧쯧……." X2

주작과 인의 입에서 동시에 혀 차는 소리가 흘러나왔다. 은평이 저런 칼을 들고 쫓아올 정도가 되니 도대체 무슨 짓을 벌인 것인지 궁금해지기까지 했다.

"……."

그때였다. 웅성거리는 소리와 함께 금황성 식구들의 모든 식사를 담당하는 요리장의 애절한 목소리가 울려 퍼졌다. 은평을 뒤쫓아온 듯 뚱뚱한 거구는 연신 숨을 들이쉬며 기복을 반복했다.

"아이고, 이걸 가져가시면 어쩝니까."

"이것 말고도 널려 있는 게 칼이잖아! 다른 칼로 요리해!"

역시 짐작대로 주방으로 뛰어가 저 칼을 집어온 듯했다.

"안 됩니다요. 돌려주십쇼. 오늘은 숙회(熟膾:회를 떠 살짝 데치는 요리)를 할 작정이었습니다요……."

요리장의 목소리는 애절하기까지 했다. 무슨 젊은 처자가 힘이 그리도 센지 회를 뜨고 있던 칼을 주방에 난입해서 빼앗아 드는데 제대로 빼앗아볼 생각도 못한 요리장이었다. 자신의 손목을 붙잡고 칼을 되돌려받으려던 요리장이 귀찮았는지 은평은 손을 거칠게 뿌리쳤다. 그리고 옆에 아직 달랑달랑 달려 있던 문을 향해 칼을 대각선으로 그었다.

그리고… 꽤 두껍던 문짝이 얇고 낭창한 회칼에 의해 반쪽으로 잘려 나가는 것을 목도한 요리장과 그 휘하 조수들은 안색이 딱딱하게 굳었다.

"안 된다고……? 정말? 이래도 안 돼?"

명랑한 목소리로 은평이 요리장을 향해 히죽 웃었다. 화난 얼굴도 아름다웠지만 자신을 향해 배시시 웃어 보이기까지 하니 더 더욱 아름다웠다. 하나, 요리장은 아름답다는 생각보다는 무섭다라는 느낌이 더욱 컸다.

"아, 아닙니다, 맘껏 쓰시다 돌려주십쇼."

고개를 내흔든 요리장이 꽁지가 빠져라 도망가 버렸다. 칼보단 목숨이 더 귀중한 요리장이었다.

"…자, 이제 지렁이의 포를 떠볼까."

음영 속에서 확연히 느껴질 만큼 은평의 입 꼬리가 치켜 올라가 있었다.

"우리 이러지 말자구. 우리 대화로 하자, 대화로."

목소리의 떨림이 확연이 느껴지는 목소리로 청룡이 손을 내저었다. 어떻게든 이 상황을 모면해 보려는 마지막 발버둥인지라 어떤 면으로는 처절해 보이기까지 했다.

"네가 화내는 이유는 다 알아. 내가 잘못했다니까……!!"

"뭐가~? 무슨 소릴 하고 있는 거야. 나 화 하나도 안 났어~"

은평이 성큼성큼 다가오기 시작했다. 청룡은 고양이를 바로 앞에서 맞닥뜨린 쥐새끼마냥 제대로 도망쳐 볼 생각도 못하고 뒤로 한 발자국씩 이동했다. 주변에 구조 요청을 보내보지만 호응해 주는 이가 하나도 없었다. 누구에게나 목숨은 귀했으니까 말이다.

"어디를 도망치려고?"

주작이 청룡의 한 팔을 붙들었다. 주작이 붙들자 현무 역시 다른쪽 팔을 붙들고 인은 도망치지 못하도록 뒤에서 목을 잡았다.

"이… 배신자드ㅇㅇㅇ을!!"

청룡이 부득부득 이를 갈아붙였지만 되돌아오는 대답은 지극히 냉담했다.

"재밌잖아."

"뒤에 협조하지 않았다고 닥쳐올 후환이 두려운 것뿐……."

"…은평님이 원하신다."

모두가 자신을 배신하자 청룡은 이제 믿을 것은 뛰어난 언변(?)으로 은평을 설득시키는 일뿐이라고 생각했다. 청룡은 최대한 나긋나긋 은평에게 이유를 물었다.

"화가 안 났다면서 왜 이러는 건데?"

"난 상처가 나도 하룻밤 만에 재생하는 덜.떨.어.진. 애.라며? 너는 잘.났.으.니.까. 온몸을 포 뜨면 과연 얼마 만에 재생할까 궁금할 뿐이야."

그리고 잠시 뒤, 청룡의 처절한 비명이 금황성을 울렸다.

23

맹주와의 밀약(密約)

맹주와의 밀약(密約)

건장하다고도, 그렇다고 호리호리한 체격이라고도 말할 수 없는 평범한 청년의 상체가 달빛 아래 드러나 있었다. 제법 근육은 잡혀 있었지만 기이한 점이라면 몸통 전체에 뱀이 기어가는 듯한 채찍 자국이 남아 있었다. 꽤 오래전의 것인 듯 희미한 흉터였지만 절로 눈살이 찌푸려질 만큼 흉했다.

청년이 고소하며 가부좌를 틀고 있던 다리를 내렸다. 막 운기 조식을 끝낸 탓인지 몸은 땀으로 젖어 축축했다. 바닥에 떨어져 있던 옷가지를 주워 들어 대충 몸에 걸치자 차가운 기운이 피부 위를 덮어왔다.

"연학림주를 만나봐야겠다."

아무것도 없는 허공에서 목소리가 울렸다.

"전서구로 이미 연락은 취해놓았습니다."

어느새 의관을 정제한 청년은 아무런 거리낌 없이 눈앞에 펼쳐진 인공적인 연못으로 향했다. 연못이라기엔 조금 크고 호수라기엔 작은 아담한 크기, 더운 절기라 해도 새벽녘의 물 안은 추웠다.

"그 능구렁이를 만나봐야 하다니… 속이 뒤틀리는군."

청년이 못에서 걸어나왔다. 머리부터 발끝까지 흠뻑 젖어 뚝뚝 물이 흐르는 가운데 청년의 몸에서 모락모락 수증기가 일기 시작했다. 순수한 진기만으로 온몸의 수분을 증발시키고 있다는 현상이었다.

"장소는 어디로 하시겠습니까."

"그쪽이 원하는 곳으로. 그나저나 연락은 없었나?"

"이번 수행에는 참가치 않은 것으로 보입니다."

귀찮다는 몸짓으로 청년이 손을 내저었다. 그리고 목소리는 더 이상 들리지 않았다. 주위의 인기척을 파악해 그가 사라졌다는 것을 확인한 청년은 어스름한 새벽 안개 사이로 손을 뻗었다. 흐릿한 안개가 잡힐 듯 잡히지 않고 자꾸만 청년의 손을 빠져나갔다.

"…이제부터 시작인 것을… 하나씩 천천히 맛보거라… 네 친 혈육이, 믿었던 가신이, 친우가 너를 배반하고 등 뒤를 노려오는 비참함을, 은애하는 이가 눈앞에서 죽어 나가는 그 절망을 말이다. 나는 그때까지 곁에서 네놈을 지켜보마……."

허공을 헤집던 손이 잔잔하던 물결을 건드렸다. 물결에 이는 파동은 이내 점점 그 주위로 퍼져 나갔다.

그리고 그와 비슷한 시각, 어렴풋이 새벽이 밝아옴에 따라 눈을 뜬 화우는 온몸이 흠뻑 젖었음을 깨닫고 혀를 찼다. 눅눅함은 침상과 침의에도 배어 끈적댔다.

"묘하군."

깨어나기 직전 꾼 꿈을 떠올렸다. 꿈을 꿀 당시엔 그리도 선명하던 꿈이 깨어나자마자 생각을 해내려 하면 안개에 휩싸인 듯 아른거린다는 점이 모순(矛盾)이라면 모순이었다. 아른대는 기억으로나마 뚜렷이 기억할 수 있는 것은 한 번도 꾼 적 없었던 자신의 유년기였다는 것과 귓전을 쟁쟁히 울리는 어린 소녀의 앳된 음성뿐이다.

'와아, 너무 쪼그매요. 어린데도 제 손가락을 잡아당기는 악력이 무척 세네요. 역시 사부의 손자다워요.'
'화우라… 좋은 이름이에요. 그런데 아명(兒名)으로 부르기엔 어감이 별로… 전 단이라 부르겠어요. 사부님은 어떠세요? 단이 훨씬 더 좋지 않으세요?'

누구일까, 저 소녀는……. 아직 여인에는 미치지 못했을 앳되고 앳된 소녀의 목소리. 천진난만함과 생기가 고대로 녹아 있는 저 목소리는 대체 누구란 말인가…….
'제일 처음… 단이라고 불렀던 것은 조부님이 아니셨단 말인가?'
자신의 어렸을 적 아명은 단이었다. 듣기로는 자신이 아직 갓난아기였을 무렵, 돌아가신 조부님이 처음 부르기 시작한 아명이라 하였다. 하지만 귓가에 이리도 생생한 이 음성은 도대체 무어란 말인가.

＊　　　＊　　　＊

은평은 자신의 손을 흰 천으로 동여맸다. 아무리 회복이 빨라도 하룻밤 만에 뼈까지 드러났던 상처가 나아버렸다면 의심스런 눈초리를 사는 것은 당연한 이치. 얼마간은 손에 흰 천을 감고 살아야 할 듯 보였다.

"에이씨."

은평은 자꾸만 헐렁하게 풀려 버리는 천 때문에 짜증이 났다. 자신은 열심히 묶는다고 묶었는데 어째서 자꾸 풀리는 것인지 도통 모를 일이었다.

"백호야, 묶어봐."

은평은 품 안에 있던 백호에게 자신의 손을 내밀었다. 백호는 오늘 아침 청룡이 처참(?)하게 당한 것을 보았기에 전전긍긍하며 성심을 다해 천을 동여맸다.

"입으로 물어서 묶는데도 나보다 잘 메네. 어쩐지 기분 나빠!"

자신이 한쪽 손으로 묶었을 때는 헐렁거려서 자꾸만 풀어지던 천이 백호가 앞발과 입을 이용해 묶었을 때는 꽉 동여매지는 것이 눈에 거슬렸다. 자존심이 상했다. 자신이 백호보다 천을 동여매는 것도 제대로 못한다는 의미인 것 같아서 말이다.

"준비는 대충 끝났고 슬슬 나가볼까나."

난영이 시간에 맞추어 마차를 대기시킨다 했지만 은평은 극구 사양하고 아침 일찍 금황성을 나서는 참이었다. 떠들썩한 곳은 영 내키지 않아 틀어박혀 있고 싶지만 약간은 떠들썩한 자리가 지루한 것보단 나았다.

그리고 단화우인지 뭐시긴지를 찾긴 했지만 다시 마주한 지금은 영 껄끄러웠다. 백호처럼 편한 상대라면 좋을 텐데 말이다.

'하긴, 나한테 마음 편한 상대가 백호 말고 또 누가 있을까.'

확신이랄까, 느낌이랄까. 지금 주위에 있는 자들 중에서 가장 마음 편하게 다가오는 것은 백호뿐. 그 외는 마음속 한구석에 한 가닥 앙금이 깊숙이 가라앉아 있었다.

이제 무엇을 어찌해야 할까. 자신은 이곳에서 나고 자란 사람은 아니지만 저간의 상황이 어쨌든 간에 지금은 이곳에 존재하고 있었다. 언제 다시 죽게 될지 기약할 순 없지만 특이한 변수가 생기지 않는 한 계속 이곳에 머물러야 한다. 그러니 이제 어찌해야 할지 또 앞으로 어떻게 살아가야 할지 그 방향성을 잡기 위해서라도 자신의 생각을 조금 정리해 줘야 할 필요가 있었다. 도저히 파헤쳐 볼 엄두가 나지 않아 깊숙이 묻어두고 있었던 자신의 미래를… 그리고 주변을……

허공에 붕 떠 있는 부유감이란 것이 이런 것인가? 자신 혼자 외딴 곳에 동떨어진 채 고립무원(孤立無援)의 지경에 놓인 것만 같다.

자신의 주변을 맴돌고 있는 자들의 얼굴을 하나하나 떠올렸다. 백호와 청룡, 주작, 현무, 인, 화우, 그리고 두 남매들……

자신이 유일하게 마음 편해하는 백호라 하더라도 언제까지 자신의 곁에 붙어 있으리란 생각은 들지 않았다. 그저 일종의 느낌일 뿐이고 막연히 그런 느낌이 와닿았다는 것뿐이지만… 알 수 없는 장벽이 턱하니 가로막고 있다. 저들과 나의 사이에서… 그래서 자신은 외로웠다.

투명한 장벽 사이로 비춰지게 되는 자신의 모습은 과연 어떨까. 엉뚱하고 멍하고 맹하기만 한 모습일까. 그저 장난이 조금 심하고 철없는 어린 꼬마애일지도 모른다. 자신이 만들어낸 허상의 모습을 저들은 장벽 사이로 보고 있을 뿐인 것이다. 자신이 장벽 뒤로 내면을 감추고 있는 것만큼이나 저들 역시 자신의 내면을 감추고 있을 것이다. 그 누구에게서도 자신에게 내면을 보여주었다는 느낌은 받지 못했으니.

서로가 속고 속임을 당하는 그 속에서 자신이 만들어낸 허상은 어느 새인가 저들에겐 내 본 모습으로 자리 잡아 버린 듯했다. 맹하고 생각 없을 뿐인 철없는 계집아이로.

꾸며낸 모습은 어느 틈인가 깊숙이 달라붙어 떼어내려 해도 이제는 떼어지질 않는 가면이 된 채 지금도 깊숙이 뿌리를 박고 있었다.

자신이 다치거나, 혹은 죽는다면 슬퍼해 줄 이들이 있는 세상에서 떠나왔다. 일종의 확신을 받고 싶었던 것이리라 지금에 와서는 담담히 생각하게 됐지만 그 당시엔 심각했다. 분명 내가 다치면 저들이 걱정 해 주리란 것은 알고 있었다. 막연히 내가 죽게 된다면 슬퍼해 주리란 것 역시 알고 있었다.

하지만 확신은 서질 않았다. 단지 그것을 확인받고 싶었다. 자신이 사랑받고 있다는 확신을 받길 원했지만 정작 자신은 남에게 베풀 줄 몰랐던 것 같다. 그건 자신과는 멀리 동떨어져 있는 별개의 무엇같이 여겼다.

최악이 아닌가. 애정 결핍증에 걸려 있으면서도 지독한 이기주의자 로 남을 아껴줄 줄 몰랐던 욕심쟁이. 응석받이 아이와도 다름없었다… 자신은. 그런 면을 깨달아 버리자 비참했다. 흉측한 모습인 것마냥 지 워 버리고 싶었다. 지워 버릴 수 없다면 마음속 깊은 곳에 감추어두고 또 다른 허상을 만들어내기로 결심했다. 죽기 전에도, 그리고 지금도 별다를 바가 없는 상황이었다. 그땐 깨닫지 못해서, 깨닫고 난 뒤로는 추악한 모습을 숨기기 위한 허상 때문에…….

주변에서 그 예를 찾자면… 가장 마음 편한 상대가 백호라곤 하지만 그것은 애완 동물의 범주에서 벗어나질 못했고 인 역시 소유욕의 범주에서 벗어나지 못했을 거라고 생각한다. 내 것이란 의미는 아껴준다는 의미와는 상당한 거리가 있으니까 말이다.

청룡은 아직 그 느낌이 모호했다. 옆에서 자상히 챙겨주고 있다는 것은 여실히 느껴져 오지만 '은평'을 아껴주는 것인지 '선인'을 아껴 주는 것인지 구분이 가질 않기 때문이다.

주작은 역시 싫었다. 동류끼리는 서로 알아본다고 했던가. 주작과 자신은 같은 부류로 그 역시 내면을 숨기고 자신을 드러내지 않는 자였다. 자신이 싫어하면서도 행하고 있는 모습을 바로 옆에서 지켜보고 있는 느낌은 그다지 좋지 못했다. 어쩌면 주작 역시 자신과 비슷한 느낌을 받았을지도 모른다.

현무도 주작과 마찬가지로 그 존재 자체가 싫은 것이 아니라 현무의 모습에서 때때로 비춰지는 과거 자신의 모습과 흡사한 잔재가 싫었다. 애정을 확인받고 싶어서 안달복달했던, 기억을 지울 수만 있다면 그때 의 기억만 지워 버리길 바라는 그 모습이 현무를 보면 떠오른다. 그랬 기에 현무는 가만히 신경 끄고 내버려 둘 수도 없는 존재였고 그렇다 고 손놓고 모르는 채 눈과 귀를 막아버릴 수도 없는 존재였다.

인, 혹은 화우, 혹은 두 남매가 자신을 좋아해 주고 있다는 것은 알 고 있다. 알고도 모른 척했다. 사랑받고 있어도 난 그들에게 베풀 수 있는 것이 없기 때문인 것도 있지만 저들은 내 내면을 좋아하고 있는 것이 아닌 자신들이 만들어낸 허상만을 좋아하고 있으니까. 그렇기에 거부하는 것이다. 자신이 언젠가 내면을 드러내게 되었을 때 버림받을 지도 모른다는 일종의 두려움일지도…….

물론 누군가가 자신에게 애정을 쏟아 부어주고 있다는 것은 썩 기분 좋은 일이라 할 수 있었다. 좋은 선물을 받고 그것을 자랑하고 싶어 안

달복달하는 철부지의 심정과도 조금은 비슷했다. 하지만 그런 것들을 모른 척하고 내면을 더욱 깊숙이 숨기려는 나를 두 가지의 상반된 마음이 양쪽에서 끌어당긴다. 그것은 '네 자신을 드러내'라는 마음과 '상처입고 싶지 않아. 이대로 있는다면 적어도 아픔은 없어'라는 마음이었다.

'역시 이 문제는 생각하면 할수록 머리 속만 어지럽다니까.'

백호가 너무 꽉 동여매 둔 탓에 혈액 순환이 고르지 못해 손끝이 저리고 차가웠다. 어쩐지 손이 푸르딩딩해진 느낌이 들었다.

"후우……."

저도 모르게 내쉰 한숨에 놀란 것은 백호였다.

[어디가 아프십니까?!]

백호는 자기가 물어놓고도 물은 말에 놀라 붉은 눈을 치켜떴다. 바늘로 찔러도 피 한 방울 나지 않을 것 같은 은평이 아프다니 그거야말로 불가사의(不可思議) 중의 불가사의가 아니고 뭐겠는가.

"아픈 곳 없는데? 왜 그런 걸 묻지?"

[심각한 표정으로 한숨을 쉬시기에…….]

"난 한숨도 제대로 못 쉬냐?!"

은평의 발끈함에 백호는 기가 죽어 고개를 수그렸다. 은평은 그런 백호의 미간을 콩 쥐어박았다. 의외로 관대히(?) 끝난 처분에 백호는 은평이 정말 어디가 아픈 게 아닐까 하는 생각이 들었다. 물론 입 밖으로 꺼내 매를 벌 만큼 어리석은 백호는 아니지만.

"어서 나가자."

인이 문을 열고 고개를 내밀었다. 은평은 손을 내저어 알았다는 표시를 한 뒤 앉아 있던 자리에서 몸을 일으켰다.

은평의 옷은 어제와는 달리 오늘은 단아한 연녹색 경장이었다. 해괴망측한 옷을 가져다 준 난영을 설득해 그나마 인간다운(?) 옷이라 생각해 고른 것이었다. 치렁, 헐렁, 하늘. 이 세 박자를 갖춘 옷이 아니라 몸에 그나마 달라붙고 활동하기 가장 편하다는 이유로 은평은 이런 옷이 마음에 들었다.

밖에는 인과 주작, 현무와 청룡이 대기 중이었다. 청룡은 아까의 여파가 아직 가시지 않았는지 항상 입던 장포의 길이가 퍽 길고 헐렁하다.

"헤에, 벌써 다 나았나 보네."

"아직 재생 중이다, 왜?!"

겉으로는 멀쩡해 보여도 회칼로 은평이 난도질(?)한 덕에 장포 안으로 감추어진 부분은 아직 시간이 좀 더 필요했다. 그러니 나오는 목소리가 당연히 고울 리 만무하고 도끼눈이 떠지는 것 역시 당연했다.

"웃지 마! 네놈들도 모두 똑같은 놈들이야. 날 궁지로 몰아넣고 즐거워하다니."

청룡이 독기를 담아 일동을 노려보았지만 되돌아오는 것은 즐겁다는 웃음소리뿐이었다.

은평 일행은 평소보다 배는 더 통행량이 많은 것 같은 대로로 들어섰다. 평소보다 사람이 배는 더 많을뿐더러 그 늘어난 수의 대부분이 강호인이었다. 워낙에 특이한 차림을 한 사람도 많고 기병을 훈장처럼 들고 다니는 자들도 상당수, 덕분에 현무의 괴이함 역시 많이 희석된 듯 보이지만 사람들의 시선이 이쪽을 힐끔대는 것으로 보아 이미 현무라는 존재가 입소문을 통해 멀리 퍼진 듯싶다.

"우와~ 시선 만땅이네."

은평은 TV 뉴스에서 간혹 보여지는 피해자나 검거 용의자들이 재킷이나 손으로 얼굴을 가리는 장면을 떠올리며 자신 역시 그렇게 해야 하는 것이 아닌가라는 생각이 들 정도였다. 이건 쳐다봐도 보통 쳐다보는 게 아니었다. 현무나 주작, 청룡은 태연했지만 은평은 영 안정이 되질 않았다.

'현무만 쳐다보면 될 일이지, 어째서 날 힐끔대는 걸까?'

자신 역시 현무와 같이 소문났다는 것은 까맣게 모른 채 멋쩍은 기분에 사로잡혔다. 이럴 줄 알았으면 난영과 같이 마차를 타고 오는 것인데 하고 후회해 봤자 이미 지난 일이다.

이런저런 생각에 고개를 폭 수그린 은평과는 달리 하늘은 그 어느 때보다도 쾌청해 구름 한 점 없이 맑았다.

*　　　　*　　　　*

"무리입니다, 어머님."

당약윤의 얼굴에는 낭패한 기색이 역력했다. 낭패하다뿐인가, 당혹스럽기까지 했다. 자신의 어머니가 말한 것들은 자신으로서는 받들기 어려운 분부뿐이질 않는가.

"무리라니, 반드시 해내야 한다. 당문의 자존심이 걸린 일이야."

"하, 하오나……."

가주의 서찰을 전한 후 야심한 밤에 잔월비선으로부터 회답이 왔다. 서찰을 가지고 온 것은 창백한 안색의 여인으로 무어라고 물어도 '서찰을 전하시라는 분부입니다'라는 말뿐, 그 이상의 말은 들을 수 없었다.

당약윤은 서찰의 내용을 머리 속에서 다시 끄집어 올렸다.

당신들의 가전 무공을 외부 사람인 내가 지니고 있는 것이 당연히 궁금하기도 할 터, 해명을 해줘야 할 필요성을 본인 역시 느끼고 있소. 하나, 무공의 비급을 받아가겠다는 생각은 버리시오. 해명해야 할 필요성은 느끼지만 돌려줄 필요성은 느끼지 못하고 있으니. 설사 가져간다 해도 이 무공을 대성해 펼칠 수 있을 만한 인재가 지금 당문에 존재하오이까? 존재한다는 증명을 내게 보인다면 해명과 더불어 비급 역시 전해주겠소. 더불어 그대들이 겁화 때 소실한 다른 비급들과 용독술마저도 전해 드리리다. 아마도 당문의 세력을 일으키는 데 상당 부분 도움이 될 것이라 여겨지오. 그럼 내일 보도록 하십시다.

간단명료하면서도 오만한 문장들이었다. 필체 역시 나무랄 데 없었고 좋은 교육을 받고 자랐다는 느낌이 서찰에서도 전해져 왔다. 하지만 문제는… 이 증명해야 할 인재의 역할이 자신에게 주어졌다는 것이었다.

"윤아, 이 어미는 널 믿는다."

항상 엄격하던 자신의 모친마저 기대의 시선을 저리 보내고 있고, 자신의 동생들 역시 이 소식을 이미 전해 들었을 터였다. 오늘 아침에는 외숙인 가주마저 자신의 거처로 건너와 어깨를 두들기며 '널 믿겠다'라는 말을 던지고 갔던 것이다. 이쯤 되자 자신의 어깨에 주어진 짐의 무게를 실감한 약윤은 더욱더 의기소침해졌다. 이제 겨우 어머니의 진전을 이어가고 있는 자신이 아니던가. 자신의 능력에 대한 확신조차 서질 않았고 어떻게 해야 증명할 수 있는지 뾰족한 묘안 역시 떠오르지 않았다.

'…휴~ 해보자. 해보는 수밖에 없다. 어머님의 추측에 따르자면 그들은 나와는 사촌간이 되는 게 아닌가.'

약윤은 나오는 한숨을 속 깊이 몰아쉬며 창밖을 내다보았다. 어느새 아침이 밝아 해가 중천에 걸려 있었다.

*   *   *

사람이 많은 곳은 으레 불순한 기운이 감돌기 마련인지라 청룡과 주작, 그리고 현무는 단상 가까이에 마련된 좌석으로 가길 꺼려했다. 단상 바로 앞이든 조금 떨어져 있든 간에 보는 것에 장애가 있을 리야 만무하지만 염려스러운 점이라면 특이한, 이를테면 주작이나 현무의 차림새가 용모 덕분에 시선을 끌기엔 적합한 요소를 고루 갖췄다는 점이었다. 거기다가 이제 막 기를 느끼기 시작한 은평에게도 사람이 많은 곳은 어쩐지 거북스럽고 불편하게 느껴지는 것은 청룡, 주작, 현무와 매한가지였다.

"이럴 줄 알았으면 아예 나오지 말 걸 그랬어. 괜히 심심할 것 같아서 나온 건데 안 나오느니만 못하게 됐잖아."

은평은 좌석에 있기보단 청룡이나 현무, 주작을 따라가는 편을 택했다. 어차피 좌석에 있으면 함성 소리 때문에 너무 시끄러웠다. 아직 조절이 미숙해 고막이 터져 버릴 듯한 소리로 증폭되어 들릴 때도 종종 있었다.

"그래도 최소한 심심하진 않잖아."

인은 좌석 쪽으로 가서 비무를 관전하고 싶은 눈치지만 은평은 좌석으로 가기 싫어하니 이럴 수도 저럴 수도 없이 갈팡질팡하는 게 눈에

선히 보였다. 하지만 물론 안다고 해도 별로 신경 써줄 은평이나 다른 사람들이 아니다.

"싸움질이 뭐가 재미있어?"

은평은 입을 삐죽이며 청룡의 뒤를 쫄래쫄래 따라나섰다. 인은 잠시 생각하던 눈치더니 의외로 좌석 쪽으로 가는 쪽을 택했다.

"잠시… 보고 오지."

"그렇게 해."

인은 은평도 없는 마당에 금황성의 자리로 마련된 좌석에 앉아 있기도 뭣해서 하는 수 없이 일반 관중들 틈으로 껴 들어갔다. 물론 잘 보이는 자리는 아니었지만 안력을 이용하면 가까이 있으나 멀리 있으나 별반 차이가 없었다.

사람들의 찌푸려지는 시선을 애써 무시하고 인파 속으로 끼어 들어갔다. 사람들이 워낙 많은 탓에 흙먼지가 일으켜져 주변의 공기는 탁했다. 인파에 끼어 있어도 차림새가 워낙 평범해 눈에 띤다거나 하진 않았다.

"어허, 밀지 마시게."

"누군 밀고 싶어 미는가?!"

인파 사이에서 서로를 책망하는 대화가 오갔다. 그저 사소한 시비겠거니 했는데 인의 귓전으로 꽤나 낯익은 이름들이 들려왔다.

"저 노괴들을 어찌 상대하라고!"

"백염광노와 파랑군이 와 있단 말인가?!"

자신의 머리 속에 그 이름이 대략 남아 있으니 아마 강호에서는 꽤 오래 굴러먹은 자들임엔 분명했다. 회의를 느끼고 중원을 유람한 끝에 조용히 살고 싶다는 마음을 품고 은거를 시작할 무렵이었던가, 분명 들은 기억이 났다. 적어도 자신이 살아온 세월의 반절 이상은 살아왔음이 분명하다.

오래된 자로서의 동질감(?)이랄까, 왠지 모를 호감이 인의 마음속에 조심스럽게 어리고 있었다.

"에잉~ 웬 날파리들이 이리 많이 모였을꼬. 제깟 놈들이 아무리 모여봤자 이름을 드날릴 성싶은가?"

"흙먼지만 날려 소란스럽기만 하구먼."

간밤에 어디서 뒹굴었는지 두 노인의 주변에는 악취가 잔뜩 고여 있었다. 이러니 사람들이 안 피하고 배기겠는가.

"냄새가 나긴 나는 것 같군. 어디 우물에라도 가서 물이라도 끼얹고 올 것을 그랬나?"

파랑군이 옷깃을 코에 가져다 대며 코를 벌름거렸다. 자신에게서 나는 냄새니 후각이 둔화되긴 했지만 역한 냄새가 풍기긴 풍기고 있었던 것이다.

"네놈하고 내가 언제 그런 거에 신경 쓰고 살았더냐?"

두 노인은 이젠 코 대신 눈을 번뜩이며 단상 위로 시선을 고정시켰다.

인은 두 노인의 뒤로 접근했다. 가자마자 역한 냄새가 바람결을 따라 타고 흘렀지만 눈살을 찌푸리며 황급히 피할 정도는 아니었다. 물론 그것은 인이 특별한 것이고 주변에 있는 사람들은 아주 죽을 맛이었지만.

두 노인은 기운을 깊숙이 낮춘 채 감춰두고 있었지만 단순히 오래 산 괴팍한 노괴로 치부될 만한 것은 아니었다. 둘이 만일 자신에게 합공(合攻)을 가한다면 전력을 다해 막아야 할 것이라 여겨졌다.

'…무시인가.'

자신이 바로 뒤까지 접근했음에도 불구하고 아는지 모르는지 반응을 보이지 않는 두 노인의 태도는 불쾌하다기보다도 오히려 그 의도가 궁금해져 왔다. 모를 리 없음에도 굳이 무시하려는 저들의 속뜻이 알고 싶었다.

"노인장, 노환(老患)으로 몸도 편치 않아 보이는데 어찌 이곳까지 오시었소?"

물론… 연치로 비교해 보면 저들과 자신의 나이는 천지 차이지만 외양의 차이를 고려해 우선은 말을 높였다. 약올림 섞인 말투는 바로 두 노인의 반응을 유발시켰다.

"네놈은 누구냐……?"

백염광노와 파랑군이 눈살을 한껏 찌푸렸다. 분명 눈이 안 보여서 초점을 맞추기 위해 찌푸린 것은 아닐 터… 오래된 자의 직감이랄까. 아마도 인에게서 풍겨오는 무언의 기운을 느꼈으리라. 젊은 외양 뒤에 숨겨져 있는 깊고도 짙은 세월의 풍파를.

인은 알 듯 모를 듯한 웃음을 띠었다. 이들이 자신을 어렴풋이나마 알아차리고 있다는 것에 연유해서 나오는 것이었다.

'이래서, 오래된 자가 좋다는 게지.'

동류는 동류를 알아본다 하질 않았던가. 괴팍하게 굴고 있어도 인이 두 노인의 무공의 깊이와 능력을 알아봤듯이 저들도 다는 아니라 해도 느끼고는 있을 터, 괜스레 기분이 들뜨는 인이었다.

*   *   *

안력을 있는 대로 돋구어 보아도 찾는 이의 모습은 보이지 않고 쓸데없는 군중들만 눈에 들어왔다. 간신히 잠을 이루었으나 괴이한 꿈을 꾸어 새벽녘 깨버린 후 다시 잠을 이루지 못해 눈이 쑤셔왔다. 물론 조금 잠을 못 잤다고 피곤해할 자신도 아니었지만 몸보다는 정신이 피곤했다.

잠을 깬 뒤 계속 뒤척이다가 사 경(四更) 중간 무렵부터는 의관을 갖춰입고 안절부절못하며 방 안을 서성거렸다. 급기야 자제할 수 없는 지경에까지 이르자 본래라면 오 경(五更)이 조금 지나서야 일어나던 유희신과 밀랍아들을 깨웠고 평소라면 한 시진을 공들여 했을 운기조식조차 하질 않았다. 마음이 불안해 운기조식이 이루어지질 않은 탓이었다.

뭐가 그리 더디냐고 재촉해 아직 졸음에서 벗어나지 못한 자신의 동생과 냉옥화는 따로 오라고 내버려 두고 희신과 밀랍아들만을 깨워서 무려 해가 뜰 무렵 이곳에 당도했다. 아마 여기 모인 군중들 가운데 가장 일찍 왔으리라.

자신이 왔다는 소식에 운기조식을 막 끝낸 참인 백의맹의 맹주가 허겁지겁 달려와 어이없다는 표정을 했어도 신경 쓰이지 않았다. 지금 자신의 머리 속에 있는 것은 오직 하나, 은평의 안위를 확인하는 것이었다.

많이 다치지는 않았을까, 달려가 보고도 싶었지만 한사코 만류하는 손들을 뿌리치지 못해 그대로 주저앉은 것이 한이라면 한이었다. 무림의 세력은 아니지만 정도의 편에 서서 그쪽을 표방하고 나선 금황성에 마교의 교주인 자신이 함부로 난입(亂入)할 수도 없는 노릇이니… 그저 안력을 있는 대로 돋구어 찾는 수밖에.

많이 다친 겐지 영 보이질 않았다. 마련된 의자에서 일어났다 앉았다 다시 주변을 빙글빙글 돌았다가 침착함을 되찾지 못하는 화우를 보며 백발문사는 고개를 내저었다. 제발 사석(私席)과 공석(公席)은 구분해 줬으면 좋겠다는 마음뿐이었다. 지금 주변의 시선이 모두 이쪽으로 고정되어 있질 않는가. 명색의 마교 교주씩이나 되는 인물이 뭐 마려운 건공마냥 이리저리 왔다 갔다 하는 모습은 썩 보기 좋은 모습이 못 되었다.

"제발 좌정하시지요. 주변의 이목이 따갑습니다."

언제나 침착하던 자신의 주군에게 이런 말을 하게 될지는 꿈에도 상상치 못했다. 언제나 당당하던 섭능파가 안쓰럽게 보이는 것은 그렇다 치더라도 주군마저 저리 변할 수 있는 건지…….

"태평하게 앉아 있을 수가 없네. 아직 모습조차 보이질 않으니…….

"…부상이시긴 하오나 죽을 만큼의 치명상은 아니니 며칠 이내로 그 모습이 보이시리라 여겨집니다. 그러니 제발 앉아주십시오…….

보통 백발분사의 충고를 거의 따르던 화우였다. 백발문사가 간언(諫言)하는 바는 틀리는 일이 거의 없었기 때문이지만… 지금의 화우는 판단력이 흐려질 대로 흐려진 상태다.

"지금 무슨 소리를 하는 것인가?!"

"제발 자중해 주십시오."

"직접 상태를 보진 못했으나 만일 내상이라도 입었으면 어찌 치명상이 아니라 할 수 있겠는가?!"

"큭…….

백발문사는 화우의 말이 끝나기가 무섭게 무형의 기운에 의해 자신의 몸이 뒤로 떠밀려 가고 있음을 느꼈다. 뒤에 마련되어 있던 의자들 사이에 굴러떨어지고 척추를 쾅쾅 내리찍는 듯한 충격이 등을 내리누름과 동시에 목구멍으로 비릿함이 꾸역꾸역 피어올랐다. 무인들의 몸에 비하면 허약한 편인 그의 신체가 화우의 내력을 견뎌낼 리 만무했다.

역류한 핏물을 토해낼 정도도 아니고 속이 요동치는 것 역시 참을 만한 것을 보니 심각한 것은 아닐 터이지만 그것보다도 자신을 쳐낸 자신의 주군에게 더 충격이었다.

고통스러워하는 백발문사를 보고서야 자신이 일을 쳤음을 깨달은 화우의 안색이 살짝 질렸다. 어지간해서는 화를 안 내는 편이고 저런 식으로 희신을 대한 적이 없었던 자신이 오늘에 이르러 이런 짓을 저질러 버린 것이다.

"…미안하네. 감정 자제를 못했구먼. 이날까지 살아오면서 한 것은 정신력 수양밖엔 없는데 아직 멀었는가……"

자신도 모르게 화를 내 공력을 일으켜 버린 것이 못내 미안해 화우는 괜한 헛기침과 볼멘소리를 했다.

"별말씀을… 제가 실언(失言)을 한 탓이지요."

백발문사가 휘청이는 몸을 일으켰다. 보통의 문사들보다도 훨씬 약한 체력으로 화우의 내력을 받아내다 보니 온몸이 덜덜거리며 저려왔다. 애써 내색 않고 혼자 힘으로 일어난 백발문사는 진탕된 내부를 추슬렀다.

"…괜찮은가?"

그는 화우의 물음에 답하는 대신 손짓으로 옆쪽을 가리켰다. 거기엔 몇 마리 벌들이 허공을 휘저으며 날아다니고 있었다. 그저 평범한 벌들이지만 둘의 눈엔 절대로 평범하게 보이지 않았다.

"밀랍아가 부리는 벌인가."

"그런 듯싶습니다. 곧 당도한다는 신호 같습니다."

겉모습만으로도 특이한 자들이 많은 강호에서 단연 눈에 띄는 겉모습 덕에 밀랍아는 멀리 떨어져 있어도 군중들 사이에서도 한눈에 알아볼 수 있었다. 담이 약한 자는 슬금슬금 몸을 피하기도 하고 무공을 어느 정도 지닌 자라도 한번 시선을 주기 마련인 밀랍아였다. 정작 그 시선의 당사자는 시선을 받거나 말거나 담담했다.

밀랍아가 곁으로 다가오자마자 화우가 황급히 물었다.

"어찌 되었는가?"

"…당부하신 대로 그분의 행방을 찾고 있습니다만… 벌들이 제 말을 듣지 않습니다."

"말을 듣지 않다니?"

밀랍아가 부리는 벌은 남만사독봉에 한정되어 있는 것이 아니라 경우에 따라서는 그 힘을 빌어 일반적인 보통의 벌들까지도 부릴 수 있었다. 벌들을 이용하면 못 갈 곳이 없었고 인기척을 들키기 쉬운 첩자를 보내는 것 배 이상의 효과를 거두어 밀랍아의 벌들로 하여금 중요한 정보를 캐기도 하는 것이다. 물론 인간이 아닌 벌인 만큼 간단한 상황 설명만으로도 모든 것을 추론해 내야 한다는 것은 논외로 두고서라도. 어쨌거나 그런 그녀가 벌들로 하여금 은평을 찾을 수 없다고 말하고 있었다.

"어찌 된 연유인지는 짐작키 어려우나 찾을 수 없다고 거부하고 있습니다. 남만사독봉 역시도 마찬가지입니다."

"그 무슨……?!"

밀랍아의 벌을 부리는 능력을 알고 있는 백발문사의 눈에 불신감이 어렸다. 이런 적은 단 한 번도 없던 일이다.

"면목없습니다."

최소한의 인원 외엔 따로 명령을 내릴 만한 자를 데리고 오지 않은 화우는 한숨을 쉬며 주저앉았다. 능파에게 청해볼까 했지만 능파의 천안이라 해도 금황성의 소성주와 다름없는 금난영에까지 힘이 미치는 것은 아니었다. 누가 뭐라 해도 천안의 주요 정보 수집은 기루의 기녀들에게 한정된 부분이 많았으니.

이렇듯이 한쪽에서 애가 닳아 발을 동동 구르고 있을 무렵, 화우를 애간장이 타도록 만든 인물은 태평하게 나무 그늘에 앉아 있었다.

"안 부러지고 용케도 버티고 앉아 있네."

얇은 가지는 아니었지만 사람 둘의 무게를 동시에 받치기에는 조금 무리가 있다 싶은 가지에 용케도 앉아 있는 청룡과 주작의 모습이 은평의 눈에는 신기하게만 비춰졌다. 아니, 은평이 아니더라도 무공을 아는 이가 아니라면 누구나 다 신기해할 것이다.

"선인이 돼가지고 그걸 신기해하다니, 아직 멀었구먼."

주작이 혼잣말로 빈정대는 소리를 들은 은평이 위를 올려다보며 생긋 웃었다. 일부러 주작을 바라보는 게 아니라 청룡 쪽으로 시선을 주며 말을 건넸다.

"이상하네? 지금 웬 참새 놈이 쨱쨱 귀.엽.게. 지저귀는 소리를 들은 것 같은데……? 청룡, 넌 안 들렸어? 그렇게 귀.엽.게. 지저귀는 참새 소리는 처음이었는데 꼭 잡아서 박제를 만들어놔야지."

'…하여간 괜히 시비 거는 이놈이나, 그렇다고 저렇게 나오는 은평

이나 똑같지……'

청룡은 둘의 모습이 참으로 한심스러웠다. 명색이 신수와 선인이라는 것들이 이렇게 '수준 낮은' 말다툼을 하고 있다니 말이다.

"무, 무슨 소리가 났다고 그래. 새가 감히 내가 있는 곳에서 짹짹댈리가 없지. 으하하하."

주작은 괜히 은평의 시선을 회피하며 단상 쪽으로만 고개를 돌리고 있었다. 그 모습이 청룡은 한심했는지 혀를 찼다. 제대로 덤비지도 못할 녀석이 괜히 덤벼서 왜 제 무덤 파기를 자청하는지…….

그때, 은평 옆에 앉아 있던 현무가 갑작스레 일어났다. 경계 어린 기색으로 앞을 향해 나서는 것을 보니 누군가 접근하고 있음이 틀림없었다. 그리고 곧 얼마 지나지 않아 웬 여인의 모습이 보였다.

느릿느릿한 걸음으로 은평의 앞으로 다가오고자 하였으나 현무에 의해서 제지되었다. 현무는 여인의 앞길을 막고 서 더 이상의 전진을 막았다.

"비켜주시지요. 제 주군의 명을 받들어온 길입니다."

"…누군지부터 밝혀라."

현무와 여인이 마주 선 모습을 은평은 가만히 바라보고 있다가 갑자기 실소를 터뜨렸다. 둘 다 똑같이 조용하고 무뚝뚝한 감정없는 말투에 특별한 표정을 얼굴에 나타내는 것도 아니다 보니 어쩐지 웃음이 나왔다. 당사자들이야 별 느낌이 없어 보이지만 은평의 입장에선 무척이나 우스웠다.

"푸훗… 뭔가 웃겨. 현무랑 비등비등할 정도로 무표정에 무감동한 목소리 내는 사람은 처음 봤어."

여인은 더 이상 현무에게 신경 쓰지 않고 은평을 향해 조용히 고개를 숙였다. 용무가 있는 사람은 은평이라는 태도였다.

"처음 뵈옵니다. 주군의 명을 받들어 말을 전하러 왔습니다."

"뭘 전하려구요?"

은평이 관심을 보이자 현무는 더 이상 앞을 막지 않고 뒤로 물러섰다. 여인은 좀 더 은평에게 가까이 다가서서 머리를 조아렸다.

"우선, 건강한 모습을 확인하고 오시라 하셨습니다. 미천한 제 눈으로 보기엔 건강에 큰 무리가 없으실 듯 보이오니 다행입니다. 두 번째는… 주군께오서 강호에 나오신 목적은 두 가지가 있는데 그 한 가지 목적은 오늘 달성하실지도 모른다 하십니다. 나머지 한 가지 목적 역시 달성하겠다 하시며 뵙기를 바라셨사옵니다."

"주군인지 주간인지가 도대체 누군데요?"

"한 분의 함자는 주향이시옵고 또 다른 한 분의 함자는 주옥이십니다."

은평의 인상이 단숨에 팍 구겨졌다. 어쩐지 잠잠하다 싶었다. 하여간 징글징글하게 질긴 남매들이었다.

"…알았으니까 가서 전해주실래요? 웃기고 자빠졌네라고요."

"무슨 뜻이옵니까? 미천한 천첩은 이해할 수 없습니다."

"못 알아들어도 되니까 전해주기나 해주세요."

은평은 한국어 발음을 내어 자신의 뜻을 전했다. 이곳의 어휘로는 이럴 때 뭐라고 욕 해주면 좋은지 알 수가 없었기 때문에 일부러 그렇게 말했다. 알아듣고 못 알아듣고는 자기들이 알아서 할 일이다.

교언명은 비장감 어린 표정으로 딱딱히 굳어 단상 위로 올라오는 젊은 청년을 향해 딱하다는 시선을 보냈다. 입고 있는 의복으로 보아 오랜만에 그 모습을 보였다는 당문의 자손임은 확실한데 너무 긴장해 있는 것이 자칫하면 상대방에게 크게 당할 듯싶었다. 물론 가문을 다시 일으켜야 한다는 책임과 처음 무림에 나와 이름을 떨치는 일인 만큼 여러모로 중압감이 작용한다는 것은 알고 있었지만 저렇게 겉으로 다 드러나서야 상대에게 허점을 보이는 일인 것을 청년은 아직 깨닫지 못했으리라.

"…겨루고 싶은 자를 지목하시오."

규칙에 따라 지목할 자를 선택하도록 두었다. 그리고 청년이 짐작한 상대는 전혀 뜻밖의 인물로 교언명뿐만이 아니라 단상 주변의 모든 인물들이 의외라는 듯 눈을 치켜떴다.

"잔월비선 대협께 한 수 청하오이다."

아무리 당가의 후계라 하지만 기도로 보아선 실력을 겨눌 수 있을 것 같지 않은 상대를 지목하다니 누가 보아도 자살 행위나 다를 바가 없었다. 듣기로는 백의맹의 맹주와도 능히 겨룬다는 자, 물론 이미 당가에서조차 절전된 절기를 능수 능란하게 다룬다는 이야기는 들었건만 설마 그 일 때문에 이 젊은 청년이 저자를 택한 것인가 생각한 교언명의 마음속에서 침음성이 울렸다.

'하기사… 도전을 청할 만도 하겠지. 당가의 멸문은 그들의 손에서 이루어졌고 그때 실전된 절기를 정검수호단주가 지니고 있으니……'

그와는 공석에서 얼굴을 몇 번 마주치고 인사를 하기는 했으나 제대로 말을 나눠본 적은 없었다. 맹 내의 대다수가 맹주와 마주 대하면 그 기도에 눌려 제대로 눈을 마주치지도 못하는 데 반해서 유일하게 눈을 마주칠 수 있는 자가 그였다. 아무리 당가의 자존심이 걸려 있는 문제라 하더라도 저렇게 무모한 상대와 겨뤄서야……

"지목당한 상대는 단상 위로 올라오시오."

속의 복잡한 생각과는 달리 교언명의 입에서는 절차를 진행하는 소리가 척척 흘러나왔다(투철한 직업 정신이 아닐 수 없었다).

지목당한 잔월비선은 별다른 기색 없이 조용히 단상 위로 올라왔다. 예상이라도 했다는 듯 여유만만한 미소를 띤 채.

"…규칙은 알고 있으리라 여겨지오. 시작하시오."

교언명이 단상을 내려가자마자 둘 다 기수식을 취했다. 잔월비선의 무기는 그 이름대로 섭선이었고 당가의 청년, 즉 당약윤의 무기는 기형도를 쓰리란 예상을 보기 좋게 깨고 평범한 검이었다. 한 사람은 당가의 사람, 또 한 사람은 당가의 사람은 아닌 듯 보이지만 당가의 절기를 지니고 있는 사람이라는 점이 묘했다.

"겨루기 전에 귀하께 여쭈고 싶은 것이 있소. 당설요라는 함자를 지니신 분과 혹 관계가 있으시오?"

목의 울대가 떨릴 만큼 긴장한 채로 당약윤이 조심스레 쭉 묻고 싶었던 것을 물었다. 어머니의 추측이 있긴 했지만 본인에게 확인하고 싶었다.

"그것은 그대가 본인을 이긴다면 자연스레 알게 될 일이오."

긍정하지도 않았지만 딱 잘라 부정하지도 않았다. 그의 태도에서 약윤은 확신이 섰다. 저들은 자신과 피를 나눴다는…….

"특이하군. 당문의 사람으로서 검이라……."

잔월비선의 중얼거림에 당약윤은 별 대꾸가 없었다. 자신이 검을 쓰는 이유는 당가의 절기가 실전된 것을 메우려는 이유도 있지만 다른 이유도 존재했다. 기병을 쓰는 무림인들도 존재했지만 대다수가 백병지왕(百兵之王)이라는 검을 쓰는 자들이 대부분이었다. 지피지기(知彼

知己)면 백전백승(百戰百勝). 검을 몰라서야 어찌 검을 쓰는 자들을 상대할 수 있겠는가. 그래서 자신은 검을 익혔다.

"당신은 당가의 절기를 지니고 있습니다. 다른 무림인들을 상대할 때와는 달리 암기나 독을 쓰더라도 비겁하다는 소린 듣지 않겠군요."

당약윤의 소매 사이에서 검은 조각들이 튀어나와 잔월비선에게로 흩어져 나갔다. 잔월비선은 코웃음 치며 자신의 섭선을 휘둘렀다. 섭선이 휘둘러질 때마다 타격음과 함께 발치께로 작은 표창이 떨어져 내렸다.

"감히 어딜."

공기를 가르는 소리가 귀에 잡히자마자 암기를 막던 섭선으로 자신의 옆구리를 가로막았다.

"암기로 시선을 빼앗은 다음에 기습 공격하는 건 너무 뻔한 수법 아닌가."

옆구리를 찔러오던 당약윤의 검을 막은 잔월비선이 비웃었다. 당약윤이 검을 거두고 황급히 뒤로 물러나지만 잔월비선은 순순히 내버려두지 않았다. 왼쪽 무릎을 세워 거두려는 검날을 올려치며 섭선을 횡자로 베어 들어갔다. 허리를 뒤로 꺾어 섭선의 날은 피했지만 섭선 사이에 숨겨져 있던 흰 가루들이 당약윤의 시야 사이로 날렸다. 그 흰 가루를 자신이 들이킨 것을 알아챈 순간, 기도와 코가 화주(火酒)를 들이켰을 때처럼 화끈거렸다. 하나, 그 외의 별다른 증상은 없었으므로 아마 자신이 내성을 갖고 있던 독인 듯했다.

한편 이 둘이 대결을 치르고 있을 무렵, 은평은 편안한 자세로 멀리 있는 단상 위를 주시 중이었다.

"차라리 여기 오지 말고 잠이나 잘 걸 그랬어. 더럽게 재미없네."

단상 위를 보던 은평은 흰 옷자락을 휘날리며 단상 위로 올라오는 잔월비선이 눈에 띄었다. 상대는 자못 비장하기까지 했고 서로 상대에게 꾸벅꾸벅 수그리는 것으로 봐선 곧 치고 박고 싸움질(?)을 시작할 듯 보였다.

두 사람이 싸움질을 시작하자 관중들이 환호성을 울렸다. 은평은 얼른 귀를 막으며 투덜댔다.

"이해할 수가 없다니까. 왜 저런 걸 보면서 저리들 좋아하지?"

자신과 저들의 인식이 다른 것도 알고 있다. 상대적인 차이인 것도 알고 있지만… 마치 색깔 나누기하듯 백도 혹은 마도라는 이름 하에 나뉘어 앉아 피를 보는 싸움을 즐기고 있는 것 같은 느낌은 지울 수가 없다.

"은평님……."

옆에서 현무가 자신의 소맷자락을 붙들고 저 편을 가리켰다. 은평은 잠시 단상 위에서 눈을 떼고 현무의 가느다란 손가락이 가리키는 방향으로 얼굴을 돌렸다. 눈에 띄는 것은 잘 정돈된 나무들과 곱게 뻗은 길, 그리고 무공을 익힌 자라고는 믿을 수 없을 만큼 기도가 약하고 평범한 장년인 하나였다. 꽤 먼 거리였지만 장년인이 주변을 두리번거리는 것은 똑똑히 보였다.

그쪽 역시 은평을 발견한 듯 은평 쪽으로 시선을 멈췄다. 일견 평범했던 기도는 역시 거짓이었던 듯 순식간에 거리를 좁혀와 상당한 경신법 역시 익히고 있음을 짐작케 했다. 현무가 움찔거리며 아까 한 여인이 찾아왔을 때와 마찬가지로 은평의 앞을 가로막으려 들었지만 은평이 조그맣게 고개를 저었다. 현무가 보기에 은평의 눈은 '나한테 맡겨' 라는 의미가 담겨 있었다.

"소저도 따분한 모양이구려. 분명 무림대전을 찾아온 듯 보이는데 경기가 잘 보이지도 않는 외진 구석에 있으니 말이오."

"따분한 것보다도 저곳에 있으면 무엇보다도 기분이 나쁘고 너무 시끄럽거든요."

은평은 뜻밖에도 사내의 말에 응수해 주었다. 사내는 불쑥 말을 건 것으로도 모자라 양해를 구하지도 않고 은평의 옆쪽에 주저앉았다. 은평은 사내가 하는 양을 가만히 내버려 둔 채 무심한 눈으로 사내의 모양새까지 하나하나 관찰했다.

안면 가득 사람 좋은 웃음을 짓고 있었는데 한껏 웃는 눈으로 인해 눈빛은 가려져 있었다. 약간 건장한 체구에 거칠거칠한 손, 허리춤에 덜렁 매단 검인지 도인지 구분이 안 가게 생긴 목검 한 자루만 제외하면 무림인다운 기색은 전혀 느껴지지 않았다.

수염을 기른 얼굴은 무척이나 평범한 데다 허름한 옷도 그렇고 무기가 없는 것도 그렇고 게다가 풍겨오는 기운도 미약해 심하게 경계심이 일어나진 않았다. 은평이 별 반응이 없으니 옆에 있던 백호나 현무도 나서지 않고 사내가 하는 양을 예의 주시할 뿐이었다. 다만 사내의 모습을 강호인들이 발견했다면 심히 놀랐으리라. 헌원세가의 충직한 가신(家臣) 중 하나이며 전대 가주 시절부터 그 이름을 떨쳤다던 두 형제 중 하나인 목괴도공(牧魁刀工) 하수관(河輸貫)의 모습과 흡사했기 때문이었다.

현 가주인 헌원가진이 가주의 위에 오르는 것과 동시에 두 형제가 칩거를 시작했다는 소문이 떠돌았는데, 그가 어째서 이런 곳에 모습을 보였는지 궁금해할 것이었다.

"여기까지 나와 있는 것을 보니 댁들도 어지간히 무료한 게로구려. 허허허……."

사내는 고개를 위로 해 나무 위에 올라앉아 있던 주작과 청룡에게도 말을 건넸다. 빙긋이 웃는 얼굴을 마주하는 순간 청룡과 주작은 잠시 움찔하는 반응을 보였다. 평범한 기도를 가진 자가 자신들을 똑바로 마주 볼 수 있다는 것은 범상치 않은 자일 터.

"…조심해라. 저자 보통이 아냐."

청룡은 조심스럽게 은평에게 걱정의 말을 건넸다. 은평은 그것을 들 었는지 못 들었는지 별반 내색하지 않는다.

"어이구, 좋다. 그늘이 시원하구먼. 이 자리가 아주 명당일세그려."

사내는 팔자 좋게 기지개까지 켠 뒤 어깨며 등허리께를 두툼한 주먹 으로 팡팡 두들겨 댔다. 옷이 두들겨질 때마다 먼지가 피어올랐지만 사내는 별 신경을 쓰지 않았다. 다만 은평은 그 먼지가 시야로 날려 입 을 삐죽거렸다. 사내는 이리저리 몸을 굽혔다 폈다 하며 자연스레 은 평 쪽으로 고개를 돌렸다. 은평의 얼굴을 잠시 뜯어보던 그가 갑자기 너털웃음을 터뜨렸다.

"허허… 이제 보아 하니 마교의 교주와 꽃다운 풍문이 있는 소저셨 구려."

"…꽃다운 풍문?"

은평이 눈살을 찌푸렸다. 분명 귀로는 들리는 데 이 아저씨가 지금 무슨 소리를 하고 있는 것인지 머리가 납득하지 못했다.

"어라, 아니라고 발뺌하실 참이오? 생김새와 하고 다니는 모습이 소 문과 딱 들어맞는데… 새끼 백호 한 마리를 항상 품에 안고 다니고 긴 머리에 흰 능라의를 입고 있으며 한눈에 혹할 만큼 미소녀라던데."

"내가 얘를 항상 데리고 다니는 것도 맞고 요 며칠 간 계속 흰옷을 입고 있었던 것도 사실이지만 난 능라의가 뭔지도 모르고 내가 미녀라고 불릴 만큼 예쁘지 않다는 자각도 가지고 있어요. 놀림이 심하시네요. 할.아.버.지!"

"예끼! 할아버지라니! 소저야말로 놀림이 지나치시오. 아직 팔팔한 청춘에게 할아버지라니 누구 혼삿길을 막을 일 있소?!"

말투는 화난 듯했지만 얼굴에는 싱글거리는 웃음이 거둬지지 않아 장난을 하고 있다는 것을 여실히 드러내고 있었다. 사실 본인의 입으로 청춘이란 말을 거론해 놓고서도 멋쩍었는지 뒷머리를 긁적였다.

"할아버지, 그건 그렇고 꽃다운 풍문이라니 그게 무슨 소리인지 여쭤봐도 될까요?"

"소저는 자신에 대한 소문도 모르고 계셨소? 마교의 젊은 교주와 이미 소문이 파다하게 퍼졌는데."

[…(백호)!!!

'……(현무).'

'아, 뒷골 당겨. 본인에겐 숨기려고 했는데 끝내 귀에 들어가 버렸잖아(청룡).'

'저 괴물, 노발대발 난리 치겠군(주작).'

사신수의 반응은 제각각이었지만 청룡과 주작은 이미 알고 있었던 눈치였고 현무는 원래 주변 일에 별 관심이 없었고 백호는 항상 은평 옆에 붙어 다니느라 몰랐던 듯했다. 분명 은평이 알면 노발대발할 일이라 생각해서 감춰놓았던 일인데 의외로 은평은 화를 낸다거나 얼굴색이 새파랗게 질린다던가 하지 않고 평온한 안색 그대로였다.

"음… 역시 그 일 때문인가……?"

은평이 입을 앞으로 삐죽 내밀었다. 자신 역시 짐작 가는 바가 없는 것은 아니었고 그런 소문이 나리라 예상도 했었다.

"그럼 소저는 마도의 사람이오?"

사내의 질문에 은평은 펄쩍 뛰었다.

"무슨 소리예요? 전 마도인지 백도인지 하는 것들과 아무런 관련 없어요. 어느 한쪽에 끼일 생각도 물론 없고."

"강호의 사람들이라면 거의 마도로든 백도로든 자신을 규정짓기 마련이오. 물론 정사 중간의 입장에 있는 자들도 소수 있긴 하오만은……."

"정사 중간이든 뭐든 어느 한곳에 끼일 생각 자체가 없다구요. 애초에 그런 걸로 자신의 성향을 구분 짓는 것 자체가 웃긴 발상 아닌가요?"

은평의 대꾸에 사내가 몸을 들썩이며 웃어댔다. 비웃음의 기색은 느껴지지 않았고 다만 재미있어 견딜 수 없다는 그런 태도였다.

"재미있는 생각을 가진 소저시구려."

사내가 문득 손을 뻗어왔다. 느릿느릿하고 미력한 손짓인 듯 보였으나 분명 공격의 의사를 품고 있는 동작이었다. 은평의 품 안에 있던 백호가 움찔거리고 현무 역시 여차하면 사내에게 수도를 날릴 기세였으나 은평이 등 뒤로 손을 뻗어 휘휘 내저어 만류의 의사를 나타냈기에 관두었다.

'…쟤가 갑자기 불안하게시리 왜 저래. 너무 진지하게 나와도 무섭다니까.'

은평이 진지하면 오히려 등골이 오싹해지면서 괜스레 불안에 떠는, 이 웃기지도 못할 사태에 직면하게 된 청룡과 주작은 동시에 한숨을 내쉬었다. 평소에는 제발 진지하게 굴어주길 바라지만 정작 진지하게 나올 땐 또다시 옆길로 새지나 않을까 혹은 무슨 꿍꿍이속이 있는 것일까 자신도 모르게 불안스러웠다.

사내가 조심스러운 동작으로 은평의 얼굴 가까이까지 손을 접근시켰다가 잠시 멈칫하는 눈치더니 휘날리는 머리카락을 잡아 귀 뒤로 넘겨주었다. 은평은 꼼짝하지 않고 사내가 하는 그대로 내버려 두었다.

"대단한 소저구려. 분명 내 손에는 공격할 의사가 있었음에도 불구하고 눈 깜짝하지 않다니."

"진짜로 공격하진 않을 것 같다는 느낌을 받았거든요. 절 시험하는 건 그만두시고 하실 말씀… 해보시죠."

"무슨 소리요?"

"날 일부러 찾아온 용건 말입니다. 웃음을 지어 눈빛을 가렸지만 그냥 이런 느낌이 들었어요. '내심을 감추고 있는 사람이다'라고."

은평의 입가에도 미소가 걸렸다. 사내는 한 방 먹었다는 듯 이마를 툭툭 건드리며 껄껄거렸다. 자신의 주군이 당부한 대로 역시 보통내기는 아닌 모양이었다.

"역시 보통은 넘는구먼. 게다가 데리고 다니는 자들 역시 만만치 않고……."

뭐가 그리 유쾌한지 그 뒤로도 한참을 더 웃은 사내는 겨우 진정을 하고 자신의 용건을 털어놓았다.

"…소저, 본인의 주군께서 소저를 만나보고자 하시오."

'이씨, 오늘따라 날 찾는 주군들이 뭐 이리 많아! 지들은 발이 없어 뭐가 없어! 왜 지가 직접 못 오고 이상한 사람들을 보내서 날 찾느냐 말야!!'

은평은 속으로 씩씩댔다. 이번에는 또 어떤 주군인지(?) 말이나 들어보기로 하고 별 시답잖은 놈이면 뭐라 따질 참이었다.

"할아버지 주군이 대체 누군데 절 찾는 거죠?"

"본인의 주군은 헌원가의 가주이시자 백의맹의 맹주이신 헌원가진 님이시오."

사내의 목소리에는 자랑스러워하는 기색이 역력했다. 모두들 놀랐으리라 생각한 사내는 '자 어떠냐?' 라는 눈초리로 좌중들을 둘러보았으나 사내의 생각을 여실히 무너뜨려 버리는 은평이었다.

"걔가 누군데요?"

사내는 순간 휘청할 뻔했으나 애써 추스르고 다른 사람들에게 기대를 걸어보기로 했다. 분명 이 겁없는 소저에게 자신이 모시고 있는 주군의 위대함(?)을 가르쳐 줄 터였다. 하나, 그런 작은 기대마저도 산산이 부수어 버리는 소리가 이번엔 나무 위에서 흘러나왔다.

"음… 기억에 없는데. 뭐 하는 작잔지 주작, 넌 아냐?"

"알 리가 없잖아. 어디서 들어본 것 같긴 한데… 누구지?"

이쯤 되자 사내는 이들이 짜고 자신을 놀리는 것이라 여겨졌다. 자신의 모습으로 보아 자신이 목괴도공 하수관이란 것도 알아봤을 테고 더군다나 주군의 함자를 모르는 무식쟁이(?)들이 이 강호에 존재치 않으리라 생각했는데 지금 그 생각을 완전히 뭉개 버리는 자들이 눈앞에 있으니 당연히 그리 생각할 것이었다.

"…들어보았다. 속세로 나오기 전 강한 인간들에 관해서는 전부 조사했으니까……."

하수관의 기대를 그나마 망치지 않은 것은 헐렁하고 검은 장포를 두른 괴녀, 즉 현무였다. 현무가 조사한 것은 의외로(?) 상세했다.

"백의맹의 맹주로… 강한 축에 드는 듯싶다. 인간들 사이에선 꽤 추앙을 받고 있는 것 같지만 그 외엔 나도 모른다."

하수관은 화가 부글부글 끓어올랐지만 간신히 자제했다. 여기서 화를 내면 그동안 강호에 알려진 자신의 명성이 아깝지 않은가.

"어쩌시겠소? 저희 주군을 만나러 본인을 따라가 보시겠소?"

"…만나서 뭐 해요? 아니, 이게 아니지. 나더러 오라 가라 하지 말고 그쪽이 직접 찾아오라 하세요. 뭐가 잘났다고 사람더러 오라 가라야. 용건이 있으면 있는 사람이 만나러 오는 게 예의라고요. 그런 기본적인 예의도 모르는 사람하곤 상대하고 싶지 않아요."

하수관은 은평의 말에 기가 막혔다. 자신의 가주이자 주군이 언제 그런 취급을 받아보았겠는가. 헌원가진이라는 이름을 듣고도 저리 뻗대는 것은 아마 이 소녀가 최초이자 최후일 것이다.

그리고 잠시 뒤, 백도의 제일 상석(上席)에서는 헌원가진의 유쾌한 웃음소리가 울려 퍼지고 있었다. 그렇게 웃는 모습을 한 번도 본 적 없는 주변 사람들은 놀란 눈으로 그를 올려다보았다. 자신을 향해 쏟아지는 시선을 느꼈음인지 헌원가진은 손을 내저었다.

"아, 실례하였소이다. 너무 유쾌한 일이 있어서……."

자신을 보는 시선들이 조금씩 거두어지자 헌원가진은 잠시 웃음을 멈추고 자신의 뒤에 시립해 있던 하수관에게 전음을 건넸다.

—정말 특이한 소저시군.

—어찌하오리까요.

—본인이 그렇다는데 어찌하겠소. 어차피 내 용건은 그녀를 백도 사람으로 만드는 것이니 말이오.

―마도의 교주와 그런 풍문까지 있는데 순순히 이쪽의 뜻대로 따라 줄지 의문이오이다.

―그것은 내 쪽에서 해결해야 할 문제. 무엇보다도 지금 시급한 것은 비밀에 쌓인 마교 교주를 캐고 앞으로 있을 백도와 마도의 세력 싸움에서 우위를 점하는 것이오.

헌원가진은 단상 쪽으로 주고 있던 시선을 조금 들어 마도 쪽으로 향했다. 안력을 돋구지 않았음인지 흐릿한 모습이 시야로 투영되어 들어왔다.

'마교가 봉문을 꼈으니 잠시 억눌려 있던 마도가 다시 창궐(猖獗)할 것이고… 그것을 두고 볼 수야 없지 않은가.'

입가로 새어 나오는 엷은 미소는 자신만만해 보였다. 헌원가진의 손가락이 좌석 옆 손걸이를 반복적으로 두드려 댔다.

'그래… 이제부터… 진짜 세력 다툼은 시작되는 거겠지.'

"안. 간. 다. 구. 요!"

은평이 앉아 있던 자리에서 벌떡 일어났다. 하수관은 목소리를 낮게 낮추며 으르렁거렸다. 계속되는 그녀의 행동은 자신의 주군을 얕보고 있다는 느낌밖에 들지 않았던 것이다.

"더 이상의 무례는 용서치 않겠소. 나에게는 주군이시고 백도의 맹주이시며……."

"그 사람이 맹주든 뭐든 나하고는 하등 상관이 없다니까요! 정 용건 있으면 그 사람이 오던지 하라고 말했잖아요!"

은평은 하수관의 말을 자르고 급기야 소리까지 질러 버렸다. 얼굴도 모르는 사람이 부른다고 해서 쫄레쫄레 따라갈 순 없었다. 아무리 무료하고 따분하더라도 그것은 기분상의 문제였다. 오라면 오고 가라면 가라니 자신이 시종도 아니고 말이다.

적반하장도 유분수지, 이 할아버지는 그것도 모자라서 자신에게 화를 내고 있었다. 그것도 무례하다는 이유로. 도대체 누가 더 무례한 건지 지나가는 사람을 붙잡아 묻고 싶었다.

'참아야 하느니라… 정중히 모셔오라 했으니… 참아야 하느니라.'

아무리 아리따운 소녀라 할지라도 자신의 주군에게 이렇게까지 무례하게 구는데도 참고 있는 자신이 용했다. 하긴 참을 인이 셋이면 살인도 면한다 하지 않았던가. 만약 정중히 대하라는 주군의 명이 없었더라면 진작에 손이 올라갔어도 올라갔을 터였다. 무공을 지니고 있는지 어쩐지는 모르지만 설마 자신이 당할 거라고는 생각지 않았다.

"사람들의 이목이 있으니 조용히 모셔오라 하셨소."

'우웃, 짜증나. 얼마나 잘났기에 사람더러 오라 가라야.'

늙수그레한 사람이 자신이 안 가겠다고 버티는데도 저렇게까지 나오니 별 도리가 없었다. 짜증이야 치밀었지만 이 사람하고 상대를 하느니 그 주군인지 뭔지 하는 작자하고 이야기를 하는 수밖에.

"알았어요. 할아버지만 따라가면 되는 거죠?"

"단, 저 뒤에 있는 자들과 그 백호는 내려놓으시오."

"…어째서요?"

애써 핀 은평의 인상이 갑자기 확 구겨졌다.

"단둘이서만 보고 싶다 하시었소."

'에이씨, 바라는 것도 무지 많네.'

더럽고 치사해서라도 얼른 만나보고 와버리겠다는 생각을 갖게 된 은평은 백호를 내려놓고 하수관을 따라나섰다. 현무나 주작, 청룡에게 손짓을 해서 다녀오겠다는 수인사를 하는 것 역시 잊지 않았다.

"잠시 무례를 범하겠소."

'참내, 무례도 예고하고 하나.'

하수관의 말에 은평은 속으로만 대꾸해 주었다. 뭐라고 입 밖으로 냈다가는 또 눈을 부라릴지도 모를 일이 아닌가. 은평이 속으로 투덜 댈 때 하수관은 품 안에서 검은 천 자락을 꺼내 은평의 눈을 묶어 가렸다.

"눈은 왜 가려요?"

은평이 물었지만 하수관은 별다른 응대가 없었다. 은평이 뭐라 하든 말든 하수관은 은평의 몸을 붙잡고 신법을 시전했다.

'에이, 몰라. 될 대로 되라지.'

은평은 자신의 몸을 감싸 안은 부유감에 몸을 내맡겼다. 가겠다 했으니 그 주군인지 주사인지의 면상이나 보고 따지면 될 일이었다.

"…재미없군. 일일이 봐줘가면서 무슨 승부를 보겠다고."

단상 위를 지켜보던 인의 투덜거림에 백염광노가 반응했다. 호탕한 성품의 그에게도 지금의 이 싸움이 어지간히도 재미없었던 탓이리라. 하지만 어쩐지 눈앞의 이 젊은 놈은 떠돌이 하류로 보이는데도 다가가기가 어려웠다. 하지만 저런 놈에게 괜히 기가 죽는 데서야 백염광노가 아니다. 백염광노는 뱃심을 두둑이 주고 점잖게 물어보았다.

"자네가 보기엔 어떠한가?"

"아마도, 저 심약해 보이는 청년이 이길 것이오. 일부러 져주기 위해 올라온 것처럼 보이는데……."

심약한 당가의 청년과 싸우고 있는 백의미남자에 대한 기억이 문득 떠올랐다. 하나, 그 기억이 떠오른 것은 인뿐이 아닌 듯했다.

"저, 저놈!!"

"저놈이렷다!!"

두 노인 역시 좌석에서 벌떡 일어날 만큼 흥분했다. 순천부의 홍등가에서 자신들의 주군을 데리고 있던 자였다. 그 당시에는 몰랐지만 후에 곰곰이 생각해 보니 황궁 안으로 잠입했을 때 싸웠던 여인과도 동일인인…….

"어째서 저… 놈이 여기 있는 것이냐?!"

놈이라 칭해야 할지 년이라 칭해야 할지 헷갈리는지 백염광노가 호칭을 정하기엔 약간의 시간 차가 있었다.

"그걸 나에게 물어보면 어찌 아누!"

두 노인은 분명 저자라면 자신들이 찾는 분의 행방을 알고 있으리라는데 생각이 미쳤는지 얼른 염두를 굴렸다.

'얘네들이 갑자기 왜이래.'

인의 입장에서는 백염광노와 파랑군이 어린애들로 비치는 모양이었다. 물론 그의 겉모양을 생각하면 도저히 납득할 수 없는 생각이지만 말이다.

"하지만 저놈도 마교 쪽에 그분을 빼앗기지 않았던가……."

"그건 그렇지. 그때 마교의……."

이제는 찾을 수 있으리라 잔뜩 기대했다가 실망이 컸는지 다시 자리에 주저앉는 모습들이 왠지 처량해 보였다. 인은 두 노인이 더 이상의 반응을 보이지 않자 다시 단상 쪽으로 고개를 돌렸다.

"당가의 자손이 겨우 이 정도인가?"

명백한 도발의 비웃음이 실려 있었다. 분명 뻔하디뻔한 도발이었고 겨우 이 정도에 넘어갈 자신도 아니건만 이자는 이죽거리기에 대한 전문적인 기술(?)이라도 익혔는지 하는 말마다 가슴에 와 닿아 콕콕 박혔다.

'이 섭선… 분명 파황선이다.'

당약윤은 잔월비선이 쓰고 있는 섭선이 평범치 않은 물건임을 겨우 알아차렸다. 아무리 철로 된 섭선이라 해도 암기를 쉽게 막아내지 못할 것이라 생각은 했지만 설마 파황선일 줄이야. 하나, 생각에 빠져 있을 틈도 없이 섭선의 날카로운 날은 약윤의 목 언저리를 파고들었다. 보법을 운용해 뒤로 몇 보 물러나며 작은 철공을 바닥에 내던졌다.

매캐한 연기가 반경으로 퍼져 나가며 잔월비선이 주춤대는 틈을 이용해 비황선을 던졌다. 어렸을 때부터 훈련받아 온 익숙한 냄새와 연기이기에 자신이야 별 무리가 없지만 잔월비선의 경우는 조금 다른 모양이었다.

약윤의 생각이 적중한 듯 연기가 걷히자 오른쪽 허벅지에 비황선이 박혀 있는 잔월비선의 모습이 드러났다. 붉은 피가 백의를 물들여 가고 있었다.

"…비황선이라……."

연기가 빠지자마자 잔월비선은 거침없이 비황선을 뽑아냈다. 비황선에는 움직임을 둔화시키는 약품이 발라져 있었으니 섬광과도 같던 움직임이 조금은 둔해지리라 생각했건만 별 영향을 주지 못한 듯했다.

"천천히 봐줘가며 대했더니… 감히 내 몸에 상처를 냈겠다……?"

웃음을 짓고 있는 것은 똑같았지만 아까와는 분위기가 달랐다. 눈빛이 차갑게 가라앉아 있었다.

'역시… 봐주고 있었던 건가……?

조금 더 노력하면 이길 수 있겠다는 기대를 품은 자신이 한심스러웠다.

＊　　　＊　　　＊

"드시오. 주군께선 곧 오실 것이니."

은평의 눈을 가렸던 검은 천 자락이 풀려지고 약간 눈부신 시야로 건물 하나가 눈에 들어왔다. 붉은 기둥하며 문 하나하나 칠해진 옻 칠로 인해 건물은 화려해 보였다. 하나, 안으로 들어서자 밖에서 본 건물의 화려한 외양과는 달리 안은 소박함을 자랑했다. 방 안의 거의 대부분을 차지하고 있는 서책들과 죽간(竹簡)들이 방 안주인의 성품을 고스란히 드러내고 유일하게 장식품이라 할 만한 것은 창문가에 걸어둔 투박한 풍경(風磬)이 전부였다. 창을 열어둔 탓에 풍경과 더불어 얇고 투명한 휘장이 흔들리고 방 안으로 서늘한 기운을 전해 밖과는 달리 안은 선선한 편이었다.

"앉으시오."

하수관의 안내에 따라 자리에 앉았다.

'사람을 오라 가라 해놓고서 정작 본인은 어디에서 뭘 하고 있담.'

은평이 기분 나빠하고 있는 사이 하수관은 어디론가 사라져 버렸다. 은평은 하수관도 사라졌겠다, 멀뚱멀뚱 앉아 있기도 뭐해 방 안을 좀 구경해 보기로 마음먹었다.

어차피 방 안에 있는 것은 전부 낡은 서책이나 오래되어 변색된 죽편 등, 이런 종류이다 보니 은평이 관심을 갖은 것은 투박한 모양새의

풍경이었다. 하지만 그 모양새와는 달리 바람따라 흔들리며 내는 소리
는 곱고도 맑았다. 은평은 자신도 모르게 풍경을 건드려 보고 싶은 마
음이 들었다. 그리고 손끝을 가져다 대려는 순간,

"그것이 마음에 드십니까?"

바로 등 뒤에서 울리는 낮은 목소리에 은평은 소스라치게 놀랐다.

'아우, 깜짝이야.'

은평은 아직도 놀라 있는 몸을 추스르고 자신을 놀라게 한 장본인
쪽으로 몸을 돌렸다. 언제 들어왔음일까, 단아한 청년이 서 있었다. 은
평의 시각으로도 청년은 충분히 미청년이라 불릴 만한 생김새였다. 잘
생겼다는 느낌보다는 선이 얇아 무척 아름답다라는 느낌이 든다는 점
이 흠이긴 해도 어디 하나 흠 잡을 데 없는 미남이란 것만은 확실했다.

기품이 넘친다고 해야 할까. 척 봐도 귀한 태생 출신임을 암시하듯
예의 바르고 고아한 품위가 흐르고 있었다. 입고 있던 옷도 항상 주변
에서 보아온 청룡이나 인의 옷과는 달리 백의에 소맷자락의 끝단과 목
부분에 검은 흑룡을 수놓아 고풍스럽고 예스러워 보였다.

"…소생이 소저를 놀라게 해드린 듯하군요. 무례를 범했습니다."

불만스럽긴 하나 자신의 잘못을 인정하며 고개까지 숙여 보이는 상
대에게 뭐라 따지기도 민망한 노릇이었다.

"괜찮습니다. 그것보다도 절 보자고 하셨……."

"우선은 앉으시지요."

은평의 말을 가로막은 청년은 미색의 비단을 깔아 장식한 의자 중
하나를 손짓으로 가리켰다. 의자에 은평이 앉자 바로 앞 원탁 위에 놓
여진 다기에서 아직 김이 배어 나오는 이름 모를 차를 따라주었다. 푸
르스름한 찻물과 새하얀 김에서 풋풋한 향기가 고스란히 배어 나와 꽤

나 고급스런 차란 사실을 말해 주고 있었지만 차가 어떻든 은평에겐 관심사 밖의 일이다.

"드시지요."

자신의 앞에도 다기를 내려놓은 청년은 은평과 마주 보게 되는 자리에 앉았다. 은평은 못마땅한 표정을 숨김없이 드러내며 뜨거운 찻잔에서 눈을 떼지 않았다.

"소저의 방명(芳名)을 여쭤도 되겠습니까?"

"이보세요, 상대방의 이름을 물을 땐 자기 이름부터 밝히는 게 예의 아닌가요?"

은평의 말에 한 방 먹었다는 표정을 짓던 청년이 갑자기 실소를 터뜨렸다. 사실 그녀의 이름은 대략 알고 있었기에 물을 필요는 없었지만 어쨌든 절차와 예의라는 게 있으니 말이다.

"이거야 원, 제가 또다시 무례를 범한 꼴이로군요. 송구스럽습니다. 소생은 현원가진이라 합니다. 이젠 소저의 방명을 여쭈어도 되겠습니까?"

"한은평이라고 해요."

자신의 이름을 말하는 은평의 말투엔 가시가 돋쳐 있었다. 자신을 오라 가라 한 데다가 깜짝 놀라게까지 했으니 짜증이 나는 것은 어쩌면 당연한지도 몰랐다. 거기다가 왠지 모르게 유들유들한 태도가 마음에 들지 않았다. 사실 자신을 오라 가라 하지 않았다면 꽤 호감을 가졌을지도 모를 일이었다.

'변태 남매서부터 이놈까지 주군이라는 놈들은 어째서 전부 이렇게 유들유들한 걸까?'

생각을 하다 보니 그 남매들까지 떠올라 버린 은평은 속에서 성질이 치밀어 올랐다. 홧김에 자신의 손 가까이 있던 찻잔을 들어 뜨거운 차를 냉수 마시듯이 벌컥벌컥 들이켜 마셨다.

"…안 뜨겁습니까……?"

"에……?"

헌원가진이란 청년의 어이없는 목소리에 은평은 자신이 방금 무슨 짓을 했는지 깨달았다. 뜨거운 차를 아무런 거리낌 없이 들이켜 버린 것이다. 보통이라면 입천장과 혓바닥, 그리고 기도가 전부 데어버릴 정도로 뜨거운 차를 말이다.

"괘, 괜찮으십니까?"

황당해하는 그에게 은평은 퉁명스럽게 대꾸했다.

"괜찮으니 마셨겠죠."

그러고 보니 신기한 일이었다. 분명 뜨거운 차일 텐데 별로 뜨겁다는 느낌도 받지 못했고 그걸 냉수 마시듯 들이켰는데도 어디 데인 것도 아니니 말이다.

헌원가진은 헌원가대로 신기해하고 있었다. 아무리 무인이라 해도 목구멍과 입 안까지 단련시킬 수는 없는 노릇일 텐데 눈앞의 소녀는 그게 아닌 모양이었다.

"절 부른 용건이나 말씀해 보세요."

"거두절미하고 말씀드리자면… 저는 백의맹의 맹주입니다. 백의맹의 창시 과정에 대해서는 아시고 있겠지요?"

"모르겠는데요."

은평은 단칼에 잘라 말했다. 그 딴 것을 자기가 왜 알고 있어야 하냐는 투가 역력했다. 잠시 헌원가진의 얼굴에 황당하다는 표정이 스며들었지만 애써 진정시키고 차근차근 설명해 가기 시작했다.

"정확히는 50년 전의 이야기입니다. 명 건국 초의 일이니 상당히 오랜 세월이 흘렀군요. 맨 처음에는 배교를 세외로 몰아내기 위해서 잠시 창립되었다가 평화가 찾아옴과 동시에 사라졌고 20년 전, 세외의 여러 세력들이 배교의 사주를 받음에 따라 중원으로 침공해 왔고 그 과정에서 다시 부활시킨 것이 지금의 백의맹입니다."

헌원가진의 입가에서 잠시 자조적인 웃음이 흘러나왔다. 쓴웃음이랄까, 책임감 섞인 그런 느낌을 풍겼는지라 은평의 눈에 호기심이 떠올랐다.

"그래서요?"

"…배교가 마교에서 떨어져 나간 세력이란 것은 알고 계시겠지요? 솔직히 마교가 배교를 세외로 몰아내는 데 앞장을 섰지만… 전 마교나 배교나 그 속이 똑같은 자들이라 여기고 있습니다. 그래서 이번 무림대전 때 모습을 보인 마교의 교주께는 송구스런 말이나 뒤를 캐고 싶습니다."

처음의 유들유들했던 모습과는 달리 그의 눈빛은 진지하기 이를 데 없었다. 은평은 무뚝뚝한 태도를 풀고 처음과는 달리 잠자코 그의 말을 들어보기로 마음먹었다.

"소저께서 소생을 좀 도와주십사 하는 것입니다."

헌원가진이 깊숙이 고개까지 숙여 보이며 부탁을 청하고 있었다. 그가 고개를 숙였다는 것이 어떤 의미를 갖는지 은평이 알 리 없었지만 정중하게 부탁하며 고개까지 숙이는 데야 계속 뻗대고 무뚝뚝하게 굴기 민망했다.

"저한테 바라는 게 대체 뭐죠?"

"소생의 소견으로 보기에 마교의 교주는 소저께 빠져 있는 듯 보입니다."

"…전 물이 아닌데요."

은평의 대답에 헌원가진이 실소를 터뜨렸다. 진지했던 와중에 터져 나온 웃음이라서 그런지 헌원가진은 그 뒤로도 잠시 동안 말을 잇지 못했다.

"죄, 죄송합니다. 소저의 답이… 푸훗……."

'…보통은 다들 썰렁하다고 하는데 웃어주는 사람도 있네?'

자신의 말에 황당하다는 반응을 보이지 않고 웃어주는 사람은 꽤 오랜만에 만난 것 같았다. 첫인상에서 받았던 '유들유들한 놈'이란 평가에서 '꽤 진지하고 속 깊으며 나름대로 예의 바른 놈'이란 인상이 되어가는 헌원가진이었다. 물론 그런 것을 알 리 없는 그는 계속 말을 이어 나갔다.

"어쨌거나 처음에는 소저께 정도를 표방해 주시길 바랐습니다만… 지금에 와서는 소저께서 마교 교주의 신변에 대한 것을 캐주시는 편이 나을 것 같습니다."

"저보고 스파이 짓을 하란 거네요?"

"…스파? 그게 뭡니까?"

"아뇨, 아무것도 아니에요."

은평은 쓴웃음을 지으며 고개를 내저었다. 스파이란 단어를 이 시대 사람들이 알아들을 리가 없지 않은가.

"제가 하는 짓이 정도(正道)에서 어긋난, 정도인답지 않은 파렴치한 짓임은 자각하고 있습니다. 소저의 눈에도 그리 보이시겠지요."

헌원가진은 그것이 마음에 걸리는 듯 못내 한숨을 내쉬었다. 무림명가에서 태어나 정도인으로 교육받고 자란 그였기에 더욱더 지금 쓰러는 일종의 미인계(美人計)가 정도가 아니라는 생각이 드는 듯싶었다.

"제가 이상적인 강호의 세력 판도로 여기는 것은 정도로도 마도로도 치우치지 않은 백중지세입니다. 오랫동안 강호에서 활동하고 있었던 백의맹의 전력은 일부 은밀한 부분을 빼고는 겉으로 거의 드러났습니다만, 오랫동안 봉문하고 있었던 마교는 그렇지 않습니다. 기본적으로 강(強)과 마(魔)를 추구하는 그들과 정(正)을 따르는 정도는 세력을 비교해 봤을 때 마교 쪽이 우세한 것이 사실입니다. 물론 마교가 봉문하고 있었던 그동안은 마도의 세력이 잠시 주춤했지만 앞으로는 우후죽순(雨後竹筍)처럼 일어나겠지요. 그 세력의 균형을 맞추고 대등하게 세력의 균형을 이루고 싶습니다. 그것이 혹시 있을지도 모를 배교의 준동을 막는 방법이라는 생각이 듭니다. 중원에서 강호인들끼리 밥그릇 싸움에 치중해 있을 때가 배교가 노리는 때겠지요. 오십 년 전이나 이십 년 전, 마교가 배교를 치는 데 거의 모든 전력을 쏟았던 것처럼 어느 한쪽만의 희생이 강요되어 물리치는 것은 바라지 않습니다. 정도이고 마도이기 전에 우리는 중원이란 넓은 땅덩어리에서 살고 있는 중원인들입니다. 모두가 힘을 합해 어느 한쪽에만 피해가 가는 일 없도록 물리쳐 내는 것이 최상책 아니겠습니까?"

그가 담담하게 토로한 것들을 만약 누군가 들었다면 진정한 백도 맹주다운 자세라 칭송했을 만한 것이었다. 솔직히 은평 역시 첫인상의 느낌은 완전히 지워 버리고 꽤 괜찮은 사람이라 여길 정도였으니 말이다. 어차피 할 일이 없기도 했고 어쩌면 꽤 재미있는 일이 될 것 같다는 느낌도 들었다.

"제가 어쩌면 되죠?"

무뚝뚝한 표정을 풀고 조용히 미소 짓는 은평의 얼굴을 보며 헌원가진 역시 안도의 한숨과 함께 작은 미소를 지었다. 은평은 알지 못했지만 만약 이 자리에 평범한 시각을 지닌 자가 한 명이라도 있었다면 선남선녀(善男善女) 사이에 오가는 조용한 정(情)이라 표현했을지도 모를 일이었다. 이렇게 둘 사이에 맺어진 밀약이 어떤 결과로 다가올지 은평은 짐작치 못했으리라……

외 전

은욱의 이야기

　요란스런 자명종 소리에 이불 속에서 웅크리고 있던 몸을 일으켰다.
시계를 보니 어느덧 여섯 시, 슬슬 준비를 해야 할 시간이었다. 헝클어
진 머리를 쓸어 올리며 나른한 몸을 일으켰다.

　"하암……."

　하품과 동시에 눈가에 맺히는 눈물을 잠옷 자락으로 쓱쓱 몇 번 닦
아내고 침대에서 내려와 방문을 열고 거실로 나갔다. 닫힌 화장실 문
사이로 물소리가 들리는 것으로 보아 이미 안에 누군가 들어가 있는
듯했고 부엌에서는 싱크대를 분주히 오가며 어머니가 식사를 차려놓고
있었다. 며칠째 밑반찬이 바뀔 생각을 하지 않은 걸로 보아 또 산더미
처럼 만들어놓은 게 틀림없다.

　"안녕히 주무셨어요?"

"그래, 잘 잤니?"

뭐가 그리 바쁜지 엄마는 이쪽은 쳐다볼 생각조차 하지 않고 대충대충 대답했다. 뭐 어차피 형식적인 인사였으니까라는 생각에 머리를 긁적였다.

화장실 문이 달카닥 하는 소리와 함께 열리고 누군가 나왔다. 고개를 돌려보니 흰 수건을 목에 건 여동생이었다.

"일찍 일어났네?"

"…응."

여동생은 별말없이 방 안으로 쑥 들어가 버렸다. 요 며칠 새 쌀쌀맞아졌다. 역시 이유는 주말의 그 일 때문일까.

무슨 일인고 하니… 학교에서 아는 체하지 말자고 그렇게 일러놓았는데 아는 체를 해왔다. 아아… 정말 곤란해. 곤란하다구. 나야 상관없지만… 귀엽고 사랑스러운 여동생이 아는 체해준다면야 얼마나 좋겠어. 그렇지만 그 일 때문에 저 애가 '표적'이 돼버리면 그건 또 그것대로 곤란하니까……

침통한 표정으로 입도 열지 않는 동생에게 다시는 아는 체하지 말라고 엄포를 놓았다. 그 이후로는 쭉 이 상태. 역시 기분이 상하기라도 한 걸까……? 아니면 혹시 학교 내에서 꼰대들이 나랑 남매라고 비교라도 하는 건가? 내가 그게 싫어서 일부러 쟤가 나와 같은 고등학교에 진학하는 거 반대했는데… 저 아인 저 아일 뿐이고 난 나일 뿐이니까.

여동생의 기분이 요즘 들어 저조한 이유에 대해 이것저것 생각해 보고 있을때…

"학교 갈 준비 안 하니?"

부엌에서 음식을 준비하던 어머니가 날 향해 말했다. 덕분에 깊게 잠겨 있던 생각에서 깨어날 수 있었다.

"지금 해요."

나는 심각했던 표정을 싹 지우고 언제 그랬냐는 듯 산뜻한 미소를 지어 보였다.

"다녀오겠습니다."

굳게 닫힌 화장실의 문틈으로 들린 여동생의 목소리에 난 세수를 하다 말고 흠칫했다. 왠지 모를 오한이 등줄기를 스멀스멀 기어올라 오고 있었다. 아마도 '불안'이라고 하는 감각과 비슷한 느낌.

늦었다는 생각에 아침을 거르고 곧바로 교복을 차려입고 밖으로 뛰쳐나갔다. 운이 좋으면 여동생을 버스 정류장에서 만날 수 있지 않을까 해서 서둘러 버스 정류장까지 뛰어가 봤지만 간발의 차이로 여동생이 오른 버스를 놓치고 말았다.

'…에이, 씨발.'

속으로야 욕이 흘러넘치고 있었지만 겉으로 드러낼 만큼 나는 바보가 아니었다. 기분이 아무리 저조하다 해도 표정으로야 드러내지 않았다. 그것이 내가 살아온 인생이니까. 겉으로야 어디까지나 공부 잘하고 장래가 촉망되는 모범생. '불량'이라는 것과는 도통 거리가 멀 것 같은 존재니까 말이다.

물론 실제의 나는 정반대. 담배 없이는 못 사는 골초에 이 일대에서 소문난 날라리… 랄까. 언제부터 이랬는지 모범생의 모습이 나인지 아니면 날라리의 모습이 나인지 기억조차 나지 않는다.

뭐, 등교는 같이 하지 않는 편이 좋으려나. 저번에 그 니기미쌍쌍바

같은 애새끼들이 동생을 노리려고 한 적도 있었으니까 말이다. 사전에 알게 돼서 미리 조져 놨지만… 아… 그나저나 다음 버스는 언제 오지?

"얌마, 한은욱!"
어디 보자, 이 목소리가 누구였더라……?
"이 새끼, 웬일이냐? 네가 이 시간에 등교를 다하고? 항상 일찍 오더니."
또 다른 목소리, 아 기억났다. 윤민과 경현이다. 모른 척할 수야 없으니까 상대는 해줘야 할까?
"뭐야, 같이 등교하는 거야?"
자못 다정한 목소리로 그 둘에게 되물었다. 내 앞에서 웃고 있는 그들은 날 친구라 생각하는 듯했으나 내 입장에서는 글쎄올시다였다. 그들을 그다지 친구라 생각하고 대한 적도 없거니와 전혀 상반된 내 모습을 모두 보여준 적도 없었다. 그저… 얼굴만 아는 사이 정도가 될까나. 내 머리 속에서의 저 둘은 모범생의 가면을 쓰고 있었을 때의 나를 '아는' 사람들 정도로 치부해 두었다. 인간 관계라는 건 아무리 해도 골치 아프다니까.
"야, 나 그 소문 자자한 네 여동생 봤다. 저번에 복도에서 마주쳤어. 명찰에 한은평이라고 되어 있길래, 아 네 동생이구나 싶었지."
"그래?"
윤민이 놈이 재잘거렸다. 살짝 내려앉은 무테 안경을 다시 들어 올리며 난 어디까지나 미소로 일관했다.
"너희들 한 배에서 태어난 남매 맞냐? 왜 그렇게 다르냐? 키도 그다지 큰 거 같지 않고 얼굴도 평범 그 자체인 데다 듣자 하니 공부도 그럭저럭 하는 정도라 하고. 너하고는 공통점이 하나도 없잖냐."

그 말에 조금 울컥했다. 키는 서서 끌어안으면 내 가슴 위께에 오는 사이즈로 딱 좋은 데다가, 게다가 얼굴이 뭐가 어때서? 눈은 까맣고 콧망울도 예쁘게 진 게 얼마나 귀엽다고! 공부도 학원 같은 곳 한 번도 다녀본 적 없이 그냥 예습, 복습만 하는 애란 말이다. 내가 보기엔 남하고 비교해서 전혀 떨어질 게 없다구!!

"난 나름대로 귀엽게 봤는데? 조금 보면 은욱이 닮은 구석도 있고."

옆에서 경현이 놈이 말했다. 그 말에 울컥했던 기분이 조금 풀렸다. 그 녀석이 어렸을 적엔 날 얼마나 따랐는데. 내가 어디라도 갈라치면 쪼르르 따라붙어서 같이 갈래~ 하고 떼를 쓴 적도 많고 오빠, 오빠 부르면서 내 손을 꼭 붙잡을 땐 눈에 넣어도 안 아플 거 같았다고!

끼이이익—!

어디선가 듣기 싫은, 타이어와 도로의 마찰 소리가 들렸다. 등줄기에 소름이 돋았다. 또 다… 아침에 느꼈던 기묘한 감각.

"얼레? 뭐지?"

윤민이 고개를 갸웃했다. 눈이 좋은 경현이 저 끝을 가리키며 외쳤다.

"야야, 사고났다! 저기 우리 학교 바로 앞 갓길에서 교통사고 났나봐! 가보자!"

교통 사고라는 말에 눈살이 찌푸려졌다. 갑자기 심장이 두근두근거렸다. 금방이라도 터질 듯이 고막을 가득 채워 쿵쿵— 울렸다.

"야, 뭐 해? 멍하니 서서?"

"아무것도 아냐. 가보자."

교복을 입은 아이들이 웅성웅성 몰려 있는 곳으로 나 역시 발걸음을 떼어놓았다. 사람들 틈을 비집고 들어가려던 찰나, 다급한 목소리에 몸을 뻣뻣하게 굳혔다.

"은평아, 눈 좀 떠봐! 은평아!"

낯익은 목소리, 낯익은 이름. 그리고 그 이름을 듣는 순간 정신을 차릴 수가 없었다. 지금 뭐라고 지껄인 거야……? 귓가에서 벌이 윙윙거려…….

"야, 은욱아… 쟤 니 동생……."

옆에서 걱정스런 목소리가 들렸다. 귓가에 벌이 날아든 것처럼 주변이 온통 윙윙대는 소리로 가득하다. 움직일 수가 없었다. 무슨 소리들을 하고 있는 거냐고! 내 동생일 리가… 내 동생일 리가 없잖아. 은평일 리가 없잖아!!

"야, 이 새끼들아! 좀 비켜봐!!"

사람으로 둘러져 있던 장벽이 거둬지고 내 눈앞에 피에 젖은 검은 아스팔트 도로가 나타났다. 흘러내린 핏줄기를 떨리는 눈으로 훑어 올라가자 이내 익숙한 교복 자락이 보였다. 그리고 익숙한 얼굴이… 멍하니 눈을 뜬 채, 허공을 바라보고 있었다.

눈앞이 갑자기 새빨개졌다. 뜨겁고 아프다. 온몸이 덜덜 떨렸다. 아 그래, 이건 감기다. 아하하하하… 아 그래. 오한은 감기의 증상이지… 온몸이 부들부들 떨리고 소리가 점점 멀어져 가는 걸 보니 난 틀림없이 감기… 아 그래, 감기야.

"은평아……."

소리 내어 이름을 불렀다. 주변에 흥건한 피, 터져 나온 허연 뇌수.

뇌수와 섞여가는 뇌의 조각.

"은평아……?"

넌 착한 여동생이었잖아. 언제나 내 뒤만 졸졸 좇아오는 착한 여동생이었잖아… 왜 여기에 누워 있어. 언제나처럼 내 옷을 붙들고 날 좇아와야 하잖아.

안경을 벗었다. 안경을 벗으면 눈을 덮친 이 시뻘건 것들이 사라질까. 아니면 희미해지기라도 할까 싶어서…….

*　　　　*　　　　*

이 일대에서 가장 세력이 큰 무리는 이청(李靑)이 이끄는 무리였다. 아마 그를 당해낼 사람은 별로 없을 거라고 말들이 많지만 세력을 만드는 것에는 관심이 없는 듯 조용히 지내고 있었다. 특별한 세력을 만든다든가 다른 놈들마냥 소란을 일으키기도 싫어하는 이청이 우두머리 역할을 하고 있는 까닭은 정의웅(鄭義雄)의 덕분이었다. 이인자로 통하긴 했지만 실질적인 우두머리와 다름없었다.

이청이 어느 날 갑자기 나타나 유명해졌다면 의웅은 착실히 단계를 밟아가며(?) 양아치 노릇을 하던 터줏대감이었다고나 할까. 그런 둘 사이에 어떤 이야기가 오고 갔는지는 몰라도 의웅은 어느 날 갑자기 자신의 무리를 이끌고 이청의 밑으로 들어갔다. 모두들 그 이유를 궁금해했지만 정확한 이유를 아는 자는 아무도 없었다.

어둑한 폐공장 터, 공장을 짓다가 완성도 되지 않고 오랫동안 중단된 탓에 이곳은 불량 학생이나 양아치 등등의 소굴이 된 지 오래였다. 공사장 터에서도 가장 외진 곳은 의웅의 무리가 항상 점거하고 있는 탓에 언제나 바이크의 소음이 그치질 않았다. 아지트에서 가장 상석이라 알려진 낡은 소파에 앉아 있던 그는 아연한 표정으로 눈앞에 서 있는 이청을 바라보았다.

"아까부터 거기 서서 뭐 하는 지랄이냐?"

아까 한 시간 전부터 한 자리에 서서 눈을 감고 서 있던 놈이었기에 의웅은 이청이 걱정스러웠다. 망부석도 아니고 꼼짝도 않고 서 있으니 그럴 수밖에.

"…보다시피 잔다."

"미친놈, 인간이 어떻게 서서 자냐?!"

"…난 인간이 아니니까."

그의 대답에 의웅은 너털웃음을 터뜨렸다. 맞는 소리였다. 확실히 이놈은 인간이 아니었다. 몸의 움직임이라던가 감은 거의 짐승의 수준이었으니까.

"그래그래, 확실히 넌 인간이 아니긴 하지. 네가 인간이냐, 짐승이지."

"…드러누울까?"

아무런 주저 없이 바이크에서 떨어져 나온 검은 기름이 덕지덕지 묻어 있는 바닥에 태연하게 드러누울 수 있는 이청의 털털함이 무섭다고 해야 할까, 아니면 속 편한 놈이라고 웃어넘겨야 할까. 의웅은 진지한 고민을 시작했다.

이청이 눈을 가늘게 뜨더니 이내 다시 감아버렸다.

"그림자 치워라. 달빛을 받을 수가 없잖아."

이청의 생김새는… 뭐라 해야 할까. 폭주족이라는 단어에서 쉽게 연상되는 불량스러움을 찾아볼 수 없었다. 머리를 물들였지만 그에게서 느껴지는 것은 불량스러움보다는 뭔가 알 수 없는 신비함이 감돌았다. 차림새는 양아치 그 자체였지만 일단 옷만 갈아입고 머리만 좀 정리한다면 말쑥하니 나무랄 데 없어 보일 놈이다. 특이한 점이라면 머리가 꽤 길어 어깨를 넘어서는데도 자를 생각도 하지 않고 다닌다는 것 정도. 패싸움을 하는 도중에도 상대방에게 한 번도 머리카락을 잡히지 않는 것은 그의 실력을 입증해 주는 일이었다(혹은 머리카락을 굉장히 소중히 여길지도 모를 일이지만).

"달빛이라니 무슨 헛소리냐? 네놈이 달맞이꽃이냐?!"

의웅이 이청의 허리를 발끝으로 툭툭 건들이자 그것이 귀찮았던 듯 이청은 벌떡 일어나 낡고 허름한 소파 뒤로 가 벌러덩 드러누워 버렸다.

"야야, 드러누우려면 소파에 드러눕지 바닥에서 그게 뭐냐?!"

"씨발, 좀 닥쳐. 넌들처럼 떽떽거리긴."

한마디로 의웅의 입을 다물게 한 이청은 낡아 구멍이 뚫린 천장을 멍하니 바라보았다. 공장 터였던 곳이라 조금 높은 천장은 달과 별빛을 그대로 비춰주고 있었다.

"요 며칠 사이 그 새끼가 안 보이네. 뭔 일 있냐?"

"개새끼, 만나기만 하면 서로 씹어대면서 찾기는 왜 찾아?"

의웅과 이청이 노닥거리고 있을 무렵, 입구 쪽에서 소란스런 소리가 울렸다. 여러 목소리들 사이로 간간이 들리는 조용한 음색은 분명히 그놈이었다.

"저 새끼도 양반은 아닌 모양이구먼."

어서 나가보라는 듯 손을 흔드는 이청을 뒤로하고 의웅은 입구를 향해 서둘러 걸어나갔다. 오랜만에 보게 될 놈의 얼굴을 그려보며.

"야, 동태눈깔? 아 씨발. 야, 이걸 어떻게 조져 놔야 잘 조져 놨단 소리 들지?"

입에 담배를 꼬나 물고 교복 재킷은 이미 한쪽에 벗어젖혀져 있었다. 셔츠는 팔꿈치까지 접혀져 있고 넥타이는 반쯤 풀어져서 목에 덜렁덜렁 걸려 있는 것이 고작이었다. 은테 안경이 코에 보기 좋게 걸려 있었지만 모범적인 분위기보단 오히려 묘하게 맞물려져 불량스러움을 더욱 강조한 듯이 보였다.

"이게 오랜만에 왔더니 웬 개새끼가 다 나대서 아마 돌게 만드네. 곰탱이 새끼가 교육 안 시켜놨냐? 안경 쓴 사람 치는 건 살인미수라고… 아냐, 모르냐?! 이 씹새꺄!"

감히 자신을 알아보지 못하고 아지트 입구에서부터 막아 세운 채 멋모르고 죽빵부터 날린—물론 자신에겐 손끝 하나 닿지 못했다 하더라도 기분이 나빴다—쫄다구 하나를 어찌 혼내줄지 고심하던 그는 문득 입에서 질겅거리고 있던 담배를 발견했다. 반 정도밖에는 타 들어가지 않았지만 이만하면 응당한 처분이 내려지리라.

오랜만에 담배빵을 시도해 본다는 생각에 그는 입술을 움직여 미소를 지었다. 물론 자기 딴에는 기분이 좋아서 지은 것이지만 그것을 마주 대하고 있는 사람들은 소름이 오싹 돋을 만한 미소였다.

"모르면 배워야지… 좋게 말할 때 아가리 까라. 아마 이렇게 하고 나면 평생 안 잃어버릴 거야. 그렇지……?"

새파랗게 질린 쫄다구는 그가 무엇을 하려는지 눈치 채고 주위의 동료들에게 도움을 청하는 눈길을 보내봤지만 모두 그 시선을 외면하며 먼 산 바라보기에 바빴다. 괜히 말려들어 그 불똥이 자신에게까지 튀기는 것이 두려웠던 탓이다. 소름 끼치는 미소의 주인공이 얼마나 성질이 개차반 같고 더러운지 옆에서 항상 보고 있고 실제로 겪어본 놈들마저 있는 지금 그를 도와줄 사람은 아무도 없었다.

"어쭈? 씹어? 야, 이 새끼 사지 붙들어."

움찔움찔하던 주위 놈들은 하는 수 없이 자신의 동료에게 혀를 차며 그의 사지를 붙들었다. 자신이 자초한 꼴이니 어쩌겠는가, 그냥 명복을 비는 수밖에.

왼손으로 고개를 내젓는 놈의 턱을 붙들어 입을 강제로 벌린 그는 입에 물고 있던 담배를 오른손으로 가볍게 들어 입 안으로 집어넣으려는 움직임을 보였다.

"…어이! 거기까지. 그쯤 해둬. 이 미친새끼야, 애 잡을 일 있냐?!"

처음에는 장난으로 여겼던 의웅은 미소 짓는 그를 본 순간 진심이란 것을 깨닫고 서둘러 말렸다. 한다면 하는 놈인지라 괜히 내버려 뒀다가는 괜한 사람 잡기 십상이었다.

입 안에 담배빵을 당할 위기에 직면해 있던 쫄다구에게는 의웅의 만류 어린 목소리가 천상의 소리였으며 구세주의 울림이었다. 하지만 자신의 눈앞에 있는 악마(?)는 별로 그럴 생각이 없는 모양인 듯했다.

"싫다, 곰탱이. 기껏 시작한 일이니 끝을 봐야지."

씩 웃으며 거의 입 주위까지 다가서던 담배의 방향을 바꾸더니 대신 쫄다구의 팔뚝에 가져다가 비볐다.

"…결국 애 하나 잡았군."

제대로 비명도 못 지르고 데굴데굴 구르는 놈을 안쓰럽게 바라보며 의웅은 혀를 찼다. 관자놀이가 지끈거리고 있었다. 자신의 눈앞에서 싱글거리고 있는 그 면상이 정말 얄미워서 한 대 갈기고도 싶었지만 그랬다가는 자신마저 병원으로 실려갈 위험이 있으므로… 감히 실행에 옮기지는 못했다.

"아! 그러고 보니 아까 그거 돗대였는데!! 아악, 저 빌어먹을 동태눈깔 때문에 버렸잖아!"

뒤늦게 그 담배가 마지막 담배였다는 사실을 깨달았는지 발까지 동동 구르면서 애석해했다. 하지만 '니가 한 짓이지, 저놈이 괜히 네놈 돗대 가져다가 지 팔뚝에 비볐겠냐'라고 의웅의 눈은 말하고 있었다. 하긴, 저 골초 앞에서 담배의 담 자도 꺼내지 말아야 함은 불문율 중의 불문율. 교복 차림으로도 대로변에서 아무런 거리낌 없이 담배를 꺼내 들고 불을 지피는 놈한테 무얼 바랄까만은.

"무슨 바람이 불어 행차하셨냐? 요즘 한동안 소식도 없더니."

담배 때문에 지랄 피우는 꼴을 보기 싫어 의웅은 서둘러 화제를 바꿨다. 한동안 그가 보이지 않았기에 그동안의 근황이 궁금하기도 했고 말이다.

"씨발, 말 마라. 꼰대가 잔소리하는 거 듣기 싫어서 독서실 간다고 구라까고 집 나오는 길이다."

콧등에 걸쳤던 안경을 곱게 벗어 셔츠 가슴에 달린 주머니에 끼워 넣으며 씨익 웃었다. 곱상한 얼굴에 안 어울리게 욕설을 내뱉는 그의 이름은 한은욱(翰誾旭), 착실하게 학교를 다니고 있으며 현재 개도 안 물어간다는 고3이었다. 전교까지라곤 할 수 없고 반에서는 꽤 한다고 항상 입버릇처럼 말하는 놈이지만 의웅은 그가 전교에서 날린다는 걸 알고 있었다. 단정히 차려입은 교복하며 무테 안경하며 척 보기에도 범생의 표준 같지만 요 일대 무리들 사이에서는 소문이 자자

했다.

　범생인 데다가 선생들 사이에서 애교 떠는 꼴 보기 싫다고 그 학교에서 일진 다섯 정도가 조져 놓겠다고 덤볐다가 개박살난 일, 개박살난 놈들이 지들 짱한테 일러바치는 바람에 그 짱이 기세등등 찾아왔다가 혓바닥에 담배빵당한 일이라던가 그의 두 살 터울인 여동생이 같은 학교에 입학했을 때 그에게 당한 분풀이를 하려고 여동생을 노렸던 놈들을 한 발 앞서 반조져 놨던 일 등은 그의 주변에서 떠도는 전설 아닌 전설들이었다.

　의웅이 생각에 빠져 있는 사이 은욱은 그의 품을 뒤져서 담뱃갑을 꺼내고 있었다.

　"씹새, 허구한 날 타임이냐?!"

　"타임이 어디가 어때서?!"

　은욱은 혀를 차더니 지갑에서 천 원짜리 한 장을 꺼내 내밀었다.

　"말보로든 마일드든 하나 사와. 요 앞에 편의점 하나 있지?"

　"…미친놈, 말보로랑 마일드가 얼만데 천 원을 달랑 디밀어?!"

　"새끼, 사오라면 사오지 더럽게 쨉쨉대네."

　은욱은 자신의 가죽 지갑을 의웅에게 뒤집어 보였다. 과연 그의 말대로 지폐는 단 한 장도 보이지 않았다. 아니, 지폐보다도 의웅의 시선을 끄는 것은 여자 애 사진 한 장. 알기로는 은욱의 여동생이라나…….

　사실 은욱은 지독한 시스콤이었다. 자신의 동생에게 별로 내색은 안하는 것 같았지만 여동생이 가장 귀엽게 찍힌 사진이라며 지갑에 꽂아놓고 다니는 것만 봐도 알 수 있지 않는가.

　의웅이 기억하는 그의 일화 중 간 크게도 감히 그의 지갑을 훔쳐 간

소매치기가 있었는데 한 시간 동안 그놈을 쫓아서 지갑을 되찾아왔다. 어차피 그 지갑에는 돈 몇 푼 없었는데 왜 그렇게 날뛰었느냐고 물었더니 여동생 사진 때문에 그랬단다. 게다가 그 지갑은 자기 여동생이 몇 년 전에 생일 선물로 준 거라나. 어쨌거나 의웅은 그 일로 인해서 그의 시스콤 지수가 대단히 높다는 걸 깨달을 수 있었다.

"근데 그 새낀 왜 코빼기도 안 비치냐? …씹질 뜨러 갔나?"

준수하다란 말보단 곱상하다는 표현이 맞을 만한 은욱의 얼굴이었다. 의웅은 그런 그의 입에서 저런 엄한 소리가 터져 나올 때마다 귀를 틀어막고 싶은 기분에 사로잡혔다.

"씹질은 무슨."

낡은 소파 밑에서 이청의 목소리가 흘러나왔다.

"미친새끼, 내가 발정 난 수캐냐? 맨날 년들이랑 씹질 뜨게?"

이청이 상체를 일으키자 제법 큰 키 덕분에 낡은 소파가 들썩거렸다.

"좆만아, 너 발정 난 수캐 맞잖아!"

"시스콤 주제에 어디서 지랄이야?!"

서로 가시 돋친 말만 골라서 해대는 두 사람을 바라보며 의웅은 한숨을 내쉬었다. 이 일대 폭주족들을 모두 아우르는 이청과 겉은 범생 속은 톡 까진 개날라리인 한은욱, 이 둘은 언제나 만나면 으르렁이다. 사이가 특별히 나쁜 것도 아니고 어울릴 때는 잘 어울리면서 얼굴을 마주치게 되면 언제나 저렇게 서로를 비꼬아대는 것이다.

"…1절만 해라, 씹새들아. 서로 간만에 봐놓고 왜 또 으르렁대?"

"저 새끼가 사람 성질을 건드려 놓잖아!" X2

동시에 서로에게 삿대질을 해가며 외치는 그 모습에서 의웅은 고개를 절레절레 내저었다. 속이 답답해져 오는 것이 어디 가서 시원한 맥주라도 들이키고 싶은 심정이었다.

"둘 다 거기까지. 술이나 퍼먹자."

"네가 쏘는 거냐?"

라며 눈을 빛내는 이청, 그리고 한술 더 떠 눈까지 반짝반짝 빛내는 은욱. 방금 전까지 으르렁대는 것들이 맞나 싶었다.

"얼큰한 부대찌개랑 참이슬!"

"…생긴 건 곱상한 놈이 어째 취향은 아저씨 취향이냐?"

"뭐야, 그럼 네놈 취향대로 호프집 가서 흑맥주에 소시지 먹자고?"

의웅과 은욱이 술 취향을 놓고 티격태격하는 사이 이청이 한마디 내뱉었다.

"야, 시스콤. 너 곧 시험 아니냐? 내신으로 특차 들어간다며? 술 먹고 공부가 되냐?"

은욱이 갑자기 히죽히죽 웃더니 이청의 어깨에 왼손을 짚었다. 그러더니 오른손 주먹을 불끈 쥐고 한다는 소리가,

"…남자는…….

"남자는 뭐?"

"남자는… 정시다!"

이청과 의웅 둘 다 아연해져서 할 말을 잊은 듯한 분위기였다.

"야, 애가 오늘 조금 이상하다. 얼른 부대찌개 사다 먹어라."

"그래, 동감한다. 야, 거기 너."

의웅은 주위에서 시시덕거리고 있던 쫄다구 하나를 부르더니 지갑에서 배춧잎 두 장을 꺼내 디밀었다.

"주변 식당 중에서 부대찌개 배달시키고 알아서 소주랑 맥주 적당히 섞어서 사와."

잠시 뒤, 펑퍼짐한 아줌마가 가스버너와 함께 큼직한 전골 냄비를 가지고 배달을 왔다. 주변 쫄다구들의 부러움 어린 시선은 아랑곳하지 않은 채 셋은 묵묵히 냄비의 뚜껑을 열었다. 모락모락 피어오르는 김과 함께 송송 썰어 넣은 김치와 라면 면발, 그리고 송송 잘라 넣은 소시지가 보였다.

"이 곰탱아, 소시지만 골라 먹지 마! 김치도 먹어!"

"싫다, 난 소시지가 맛있어! 김치는 네놈이나 실컷 처먹어라."

의웅과 은욱이 부대찌개의 내용물을 갖고 티격태격하는 사이 이청은 소주병을 앞뒤로 흔들었다. 대충 흔들더니 병 뚜껑을 따고 소주잔에 소주를 넘치도록 부었다. 그리고 은욱과 의웅의 앞에 놓아주었다.

"얼레, 니 잔은?"

"잔이 부족하다. 대충 마시고 잔 돌려."

이청은 입고 있던 재킷 안에서 담뱃갑을 꺼내 한 개를 꼬나 물었다. 불을 붙이지 않고 필터 부분만을 질겅질겅 씹으며 은욱과 의웅이 하는 양을 가만히 바라보았다.

"크으⋯ 역시 술은 쭈그리고 앉아서 얼큰한 부대찌개에 친구들하고 돌려가며 먹어야 하는 거라니까!"

소주가 목을 넘어가 식도 가득히 알싸하면서도 텁텁한 기운이 길게 퍼지는 것이 느껴졌다. 은욱은 잔을 거꾸로 들어 자신의 머리에 탈탈 털어댄 뒤, 잔을 이청에게 휙 던졌다.

"받아라. 그리고 그 담배 안 피울 거면 내놔."

이청은 피식 웃으며 담뱃갑 채로 그에게 들이밀었다. 은욱은 좋아라 담배 한 대를 꺼내서 입에 물고 라이터로 불을 붙였다. 회색 빛의 연기가 피어오르고 담배 끝에서 불그스름한 불이 일렁였다.

은욱이 담배를 한 모금씩 빨아들일 때마다 새빨갛게 타 들어가며 담배 연기가 셋의 주변으로 퍼져 나갔다. 계속 질겅거리고만 있던 담배에 이청 역시 불을 붙였다. 그러더니 불쑥 한다는 소리가,

"너, 무슨 일 있냐?"

"…뭐?"

은욱이 의미를 짐작할 수 없는 기묘한 표정을 지으며 반문했다.

"아니, 그냥. 그래 보였다. 오늘따라 오버하는 짓 하는 것도 그렇고. 게다가 네 몸에서 포르말린 냄새랑 향불 냄새가 진동을 하니까."

"난 못 느꼈는데?"

여전히 술보다는 부대찌개로 젓가락을 놀리고 있던 의웅이 눈치없이 끼어들었다. 그러더니 은욱의 옆에 코를 대고 개처럼 킁킁거리기까지 했다. 하나, 별 냄새는 없었다. 그저 옷장에서 흔히 나는 나프탈렌 냄새만이 감돌고 있을 뿐이었다. 의웅은 신경 쓰지 않고 은욱은 머리를 긁적이며 중얼거렸다.

"씨발, 마약 탐지견 훈련이라도 받았냐?"

"무슨 일이냐?"

은욱이 담뱃재를 툭툭 털어냈다. 별로 말하고 싶지 않다는 분위기를 풍겨내고 있었다.

"말 안 할 거냐?"

이청은 끈질기게 캐물었다. 그의 몸에서는 사기(死氣)가 짙게 풍기고 있었다. 죽은 영혼들의 냄새, 죽은 영혼들의 냄새를 이렇게 풍길 만한 곳은 장례식장, 화장터, 혹은 공동묘지 정도일까. 물론 인간들은 맡

지 못하는 냄새지만 자신은 알 수 있었다. 거기다가 향불과 포르말린 냄새라면 더 말할 것도 없다.

"…삼 일 전 아침에 내 여동생이 돼졌다. 그래서 장례식장에 갔다가 화장터까지 들러오는 길이야."

잠시 뜸을 들이던 은욱은 그렇게 내뱉고는 술잔을 기울였다. 순간, 의웅과 이청은 침묵했다. 그가 그 여동생에게 별로 내색은 안 했어도 얼마나 끔찍이 위했는지를 알았기에 차마 무어라고 해줄 말이 없었다.

"왜 갑자기 숙연해지냐? 처먹던 술이나 계속 처먹어."

부대찌개에서 흐물흐물해진 김치 몇 조각을 잽싸게 주워 먹으며 은욱은 킬킬댔다. 몇 번 입질해 보지도 못한 담배가 필터 가까이까지 타들어가고 있었지만 기이하게도 뜨거운 줄을 모르는 것인지 은욱은 손가락 사이에서 담배를 빼낼 생각을 하지 않았다.

"…죽은 년이 바보지. 미친년… 커다란 트럭이 지나가는데 그 앞으로 슥 지나가는 건 또 뭐야."

은욱의 고개가 푹 숙여졌다. 검은 음영이 내린 지면 위로 몇 개의 물방울이 떨어져 땅을 적셔가고 있었다.

"아, 씨발. 담배 연기가 눈에 들어갔나."

은욱은 담뱃재를 확 털어내며 소맷부리로 눈가를 닦았다.

"…전하고 싶은 말 없냐?"

"무슨 헛소리냐?"

이청의 뜬금없는 질문에 눈물이 그렁그렁한 은욱이 고개를 쳐들었다.

"…죽은 아이에게 전하고 싶은 말 말이다."

"해주고 싶은 말이라… 있지, 왜 없겠냐."

은욱은 빈 소주잔을 주워 들고 소주병을 기울였다. 흘러넘치기 직전까지 따른 소주잔의 내용물을 입 안 가득 털어 넣으며 은욱은 한숨을 지었다.

"…옆에 누군가가 없다는 것이 이렇게 뼈저리게 다가올 줄은 몰랐어. 지갑에 사진이나 품고 다니고 말로만 소중하다 소중하다 했을 뿐 내색도 무엇도 하지 않았는데, 이렇게나 서둘러서 가버릴 것은 또 뭐냐. 이제야 겨우 깨달았는데… 사실은 내 목숨을 내어주어도 아깝지 않은 하나뿐인 동생이었고 또한 우리 가족 모두에게 있어서도 소중한 존재라는 것을. 깨달으면 뭐 하냐… 이미 그 말을 들어줄 존재는 이 세상에 없는데… 앞으로도 영원히 전해지지 않겠지."

이청은 고개를 끄덕였다. 그것이 은욱의 소망이고 절절이 바라마지 않는 바람이라면, 그 여동생을 한 번도 본 적은 없지만 영혼을 찾아 그 말을 전해주는 것 정도는 들어줘도 큰 무리는 없을 터였다.

"…전해주마."

"미친놈, 이미 죽은 년을 무슨 수로?"

은욱은 여전히 킬킬거리고 있었다. 하지만 이청의 말을 듣는 순간, 어쩌면 그가 정말로 그것을 전해줄지도 모르겠다는 생각이 들었다.

'나도 미쳤군… 아, 그리고 보니 이청 이놈을 처음 만난 것이…….'

그랬다. 이청을 처음 만난 것은 인적도 없던 밤의 대로변, 무언가 커다랗고 푸른 빛을 띠는 거체가 자신의 앞에 내려앉는 듯한 기분이 들더니 그곳엔 헐렁하고 괴상한 옷을 입은 이청이 있었다.

그가 외계인이든, 뭐 상상 속에서 말하는 용이든 자신의 여동생에게 자신의 말을 전해줄 수 있다면 아무런 상관이 없는 게 아닌가. 몇 잔 걸치지도 않았는데 벌써부터 술기운이 도는지 뱅뱅 도는 머리를 추슬렀다. 눈가에 걸린 눈물이 주르르 흘러내림에도 억지로 얼굴 근육을 움직여 웃음을 만들어냈다. 우는 것인지 웃는 것인지 알 수 없는 그 표정이… 왠지 모르게 처연했다.

『4권으로 이어집니다』